Richard Perger • Walter Hetzer

Wiener Bürgermeister der frühen Neuzeit

Verein für Geschichte der Stadt Wien

Kommissionsverlag Jugend und Volk Wien — München

Wien 1981

Die Wiener Bürgermeister Lienhard Lackner, Friedrich von Pieschen, Dr. Martin Siebenbürger und andere Mitglieder der „Wiener Handelsgesellschaft"

Von Richard Perger, Wien

Grundlage des wirtschaftlichen Wohlstandes Wiens im Mittelalter war bekanntlich das Stapel- oder Niederlagsrecht, das Herzog Leopold VI. 1221 der Stadt verliehen hatte. Es zwang landfremde Kaufleute, die Waren nach Wien brachten, diese den Wiener Großhändlern zum Kauf anzubieten; flankierende Maßnahmen wie etwa die Sperre bestimmter Fernstraßen für Gütertransporte fremder Firmen und die Errichtung von Stapeln auch in anderen Städten Österreichs und der Steiermark unterbanden eine Umgehung Wiens und schufen zugunsten dieser weitaus größten Metropole im Südosten des Heiligen Römischen Reiches eine Handelsbarriere, die seit der Angliederung von Kärnten (1335) und Triest (1381) an den österreichischen Länderkomplex von der Thaya bis zur Adria reichte. Auf diese Weise war den unter der Berufsbezeichnung „Kaufleute" erfaßten Großhändlern, Im- und Exporteuren Wiens die fast mühelose Einschaltung in den internationalen Güteraustausch zwischen den Ballungszentren der flämischen Textilindustrie, den Metallbergbau- und Viehzuchtgebieten Ungarns und der Stadt Venedig, dem größten Umschlagplatz für Orient- und Luxuswaren, gesichert; nur während der Wiener Jahrmärkte, die zweimal jährlich stattfanden und jeweils mehrere Wochen dauerten, waren hier die Handelsbeschränkungen für die fremden Kaufleute — die sogenannten Gäste — gelockert. Die süd- und westdeutschen Handelsfirmen unterhielten in Wien ständige Repräsentanzen; nicht so die Kaufleute aus Ungarn, für die ja Wien viel näher lag. Gäste aus Böhmen und Mähren und aus Venedig fanden sich in Wien kaum ein; diese Absatz- und Bezugsmärkte mußten die Wiener selbst aufsuchen, im Fondaco dei Tedeschi, dem Handelshaus der Deutschen in Venedig, waren ihnen Kammern und Lagerräume reserviert[1].

Der Groß- und Außenhandel war mit vielen Risken verbunden. Transporte konnten beraubt werden, Warenlager abbrennen; ausländische Vertragspartner verlangten oft langfristige Kredite, manche Schuldner wurden zahlungsunfähig. Auch forderte der Konkurrenzkampf knappste Kalkulation, die nur mit einem entsprechend großen Warensortiment zu erzielen war. All dies erforderte Geldmittel in einer Höhe, die die Kapitalkraft eines Einzelkaufmannes meist überstieg. So schlossen sich in vielen Handelsstädten Kaufleute zu Gesellschaften zusammen, bei denen Gewinn und Verlust, entsprechend den Einlagen, aufgeteilt wurden; auch Personen, die selbst nicht Handel trieben, konnten sich beteiligen. Solche Handelsgesellschaften gab es auch im mittelalterlichen Wien[2]. Die Gesellschaft, mit der wir uns hier befassen wollen[3], wurde 1511 gegründet, also in einer Zeit, in der die Wiener Wirtschaft mancherlei Gefährdungen und Rückschlägen ausgesetzt war. 1515 mußte Kaiser Maximilian I. unter dem Druck der großen süddeutschen Handelshäuser, bei denen er schwer verschuldet war, das Wiener Stapelrecht durch Freigabe des Großhandels der Gäste untereinander auch außerhalb der Jahrmarktszeiten in einem entscheidenden Punkt lockern.

Dem Aufstand gegen das landesfürstliche Beamtenregime 1519 und 1520 folgte 1522 das Blutgericht von Wiener Neustadt, das auch zwei Mitgliedern jener Gesellschaft — Friedrich von Pieschen und Dr. Martin Siebenbürger — den Kopf kostete, die Vernichtung der ungarischen Armee durch die Türken bei Mohács 1526 beeinträchtigte den Südosthandel, die Verwüstung der Umgebung Wiens während der Türkenbelagerung von 1529 schwächte auch den heimischen Absatz. Daß die Gesellschaft all diese Wechselfälle überdauern konnte und nachweislich noch 1543, wahrscheinlich sogar länger, bestand, spricht für ihre gute Organisation und für die Fähigkeit ihrer geschäftsführenden Mitglieder. Drei der Gesellschafter — Lienhard Lackner, Friedrich von Pieschen und Dr. Martin Siebenbürger — waren zeitweise Wiener Bürgermeister, ebenso der Vater des Gesellschafters Erhard Zauner und die Söhne von Siebenbürger und Sebastian Schrantz. Aber auch die übrigen Mitglieder, wie etwa Jeronim Kiesling, Faktor der Firma Fugger, verdienen Interesse. Im ersten Kapitel der Studie sind die Nachrichten über die Handelsgesellschaft und die kommerzielle Tätigkeit ihrer Mitglieder zusammengestellt, die folgenden Kapitel befassen sich mit dem Lebensgang und den Familien der einzelnen Gesellschafter, die, wie im Schlußwort aufgezeigt wird, auch im privaten und politischen Bereich mehrfach miteinander verflochten waren.

Für maßgebliche Unterstützung danke ich den Leitern und Mitarbeitern des Wiener Stadt- und Landesarchivs, des Niederösterreichischen, Steiermärkischen und Kärntner Landesarchivs, der Stadtarchive von Wiener Neustadt und Villach, des Wiener Diözesarchivs, des Haus-, Hof- und Staatsarchivs, des Kunsthistorischen Museums, der Graphischen Sammlung Albertina, der Österreichischen Nationalbibliothek und des Österreichischen Bundesdenkmalamtes, alle in Wien, des Fürstlich und Gräflich Fugger'schen Familien- und Stiftungsarchivs in Dillingen und der Staatlichen Graphischen Sammlung in München, ferner Herrn Univ.-Prof. Dr. Hermann Wiesflecker, Graz, und seinen Mitarbeitern sowie Frau cand. jur. Eva Sand, Wien.

Die wichtigste Quelle für die Darstellung sind die im Wiener Stadt- und Landesarchiv verwahrten Grundbücher, deren Eintragungen auch oft die einzigen Belege zur Ermittlung genealogischer Zusammenhänge bilden; in den Kapiteln über die einzelnen Familien kann daher auf eine detaillierte Geschichte ihres städtischen Hausbesitzes nicht verzichtet werden. Bei Anführung von Kaufpreisen und Hypotheken werden die in jener Zeit üblichen Abkürzungen für Währungseinheiten verwendet; in Österreich galt eine Silbermünze, der Pfennig (lateinisch denarius, abgekürzt d), 30 fl bildeten einen Schilling (lat. solidus, abgek. s), 8 s ein Pfund (lat. talentum, abgek. t). Daneben kursierten fremde Goldmünzen wie der ungarische und der rheinische Gulden (lat. florinus, abgek. fl, entweder fl. ung. oder fl. rh.). Bestimmte Vornamen waren damals mundartlich gefärbt bzw. abgekürzt, z. B. Katrei für Katharina, Margret für Margarethe, Mert für Martin, Thoman für Thomas. Jeronim für Hieronymus, Andre für Andreas. Diese Kurzformen werden meist auch im folgenden Text gebraucht, ebenso die in jener Zeit üblichen Straßen- und Platzbezeichnungen[4]. Soferne der Wiener Rat erwähnt wird, beachte man, daß dieser bis 1526 bloß „Rat" hieß und aus Bürgermeister, Stadtrichter und 18 Ratsherren bestand, ab 1527 als „innerer Rat" neben Bürgermeister und Stadtrichter nur mehr 12 Ratsherren umfaßte; anstelle der schon 1522 abgeschafften rund 200 Genannten traten 1527 ein 76köpfiger „äußerer Rat" und 12 Stadtgerichtsbeisitzer.

Die Wiener Handelsgesellschaft

Die abwechselnde Bezeichnung dieses Unternehmens als „Gesellschaft zu Wien", „Gesellschaft der Kaufleute zu Wien" oder „Wienerische Handelsgesellschaft" läßt darauf schließen, daß damals in Wien keine andere Handelsgesellschaft bestand; vermutlich erforderte die damalige Wirtschaftslage, insbesondere die zunehmende Konkurrenz der süddeutschen Großhandelsfirmen, eine Konzentration des bodenständigen Unternehmertums. Ein seltener Glücksfall hat uns in den Aufzeichnungen des Dr. Martin Siebenbürger[5] einen Beleg über die Gründung der Gesellschaft im Jahre 1511 überliefert. Danach bekundeten die Wiener Bürger Lienhard Lackner und Wolfgang Fatzi, letzterer auch als Vormund der Kinder des verstorbenen Wolfgang Zauner, daß sie gemeinsam mit anderen eine Gesellschaft „furgenomen und aufgericht" haben; man vereinbarte die Aufteilung von Gewinn und Verlust nach Höhe der Einlagen, die Vorgangsweise bei Aufkündigung von Gesellschaftsanteilen und anderes mehr[6]. Siebenbürger hat die Abschrift dieser Gründungsurkunde in seinen Aufzeichnungen mit dem Titel „Societas leonis" (Gesellschaft zum Löwen) versehen; da wir diesem Ausdruck sonst nirgends begegnen, dürfte es sich um eine ursprünglich geplante, in der Praxis aber nicht verwendete Firmenbezeichnung gehandelt haben. Am 14. Juni 1512 erhielt Anna, Mutter des verstorbenen Jeronim Kisling, bei dessen Nachlaßaufteilung 250 fl. ung. ausbezahlt, die Jeronim von Anna als Darlehen erhalten und in des „Lienhard Lackner und seiner Gesellschaft Hantierung" eingebracht hatte[7]. Am 3. Oktober 1517 starb Lienhard Lackner; in seinem Testament hatte er verfügt, daß „mit dem gelt in der gesellschaft sol gehalten werden nach laut vnsers statut"[8]. Seine Testamentsvollstrecker — seine Witwe Magdalena und Ruprecht Nelbeck — zahlten am 3. Oktober 1518 den nunmehrigen Hauptgesellschaftern Friedrich von Pieschen und Hans Straub 100 t als Teil jener Summe aus, die nach beider Zeugnis Lackner „bey vnns in dem hanndl auf gwin vnd verlust" gehabt hatte; die 100 t sollten mit einer Verzinsung von 4 t jährlich zugunsten des Domkapitels von St. Stephan zwecks Abhaltung eines Jahrtages für Lackner angelegt werden[9]. 1519 bezog Wolfgang Fatzi landfremden Wein von Alexius Funck in Wiener Neustadt[10]; am 5. November dieses Jahres verkaufte der Kramer Ulrich Hackl eine Gült von 5 t jährlich auf seinem Hause in der vorderen Bäckerstraße an Friedrich von Pieschen, Hans Straub und ihre „Mitverwandten" (= Mitgesellschafter)[11]. 1520 lieferte Alexius Funck aus Wiener Neustadt an den „Rup" (= Ruprecht Nelbeck) im Lackner-Gewölbe zu Wien Feigen, Ingwer und Schwefel[12]; am 20. Dezember desselben Jahres versetzte Hans Praun für eine Schuld von 600 fl. rh. sein Haus beim Roten Turm an Friedrich von Pieschen, Hans Straub und ihre Mitverwandten zu Handen des Sebastian Schrantz, am 11. Jänner 1521 wurde die Hypothek ins städtische Satzbuch eingetragen[13]. Am 6. Juli 1521 wurden Friedrich von Pieschen und Hans Straub für sich und ihre Gesellschaft sowie Hans Marb anstatt der Schmidmair von Nürnberg als Besitzer eines innerhalb des Stubentor gelegenen Hauses, das ihnen die Vormünder der Katrei, Tochter des verstorbenen Wilhelm Eybeck, zur Abgeltung einer Schuld von 700 t abgetreten hatten, ins Grundbuch eingetragen[14], am 26. Juni 1522 versetzten sie dieses Haus an die Vormünder der Elena, Tochter des Kramers Mert Schönstein, um 100 t, rückzahlbar bei Elenas Vogtbarkeit (= Mündigkeit)[15]. Die Hinrichtung der Gesellschafter Friedrich von Pieschen und Dr. Martin Siebenbürger in Wiener Neustadt am 11. August 1522 hat den Fortbestand des Unternehmens nicht berührt[16]; noch im selben Jahr lieferten

Magdalena, Witwe nach Lienhard Lackner, Hans Straub und Wolfgang Fatzi südliche Weine an die Stadt Wien[17], Sebastian Schrantz verkaufte der Stadt Tuch um 32 t[18]. Am 28. September 1523 befahl der Landesfürst Ferdinand I. Hans Straub und den Mitverwandten der „kaufleut geselschaft zu Wien", die Höhe der Einlage des hingerichteten Dr. Siebenbürger, die kraft Urteils konfisziert sei, den Räten der niederösterreichischen Raitkammer bekanntzugeben und sie dem Vizedom Laurenz Saurer gegen Quittung auszufolgen[19]. Bald darauf wurde die Beschlagnahme widerrufen; am 5. Oktober 1523 wies Ferdinand I. Wolfgang Kirchhofer als Vormünder von Siebenbürgers Kindern an, die nunmehr freigegebene Summe, die Siebenbürger „bey der kaufleut gesellschaft zu Wienn lign" hatte, zugunsten der Kinder redlich zu verwalten[20]. Am 24. Oktober 1523 befahl der Landesfürst mit Rundschreiben allen Zollbeamten, Hans Straub, der für des Fürsten Bedarf drei Säume (Ladungen) Pomeranzen, Zitronen und andere welsche Früchte importierte, zollfrei passieren zu lassen[21]. 1524 zahlte (Sebastian) Schrantz zu Wien dem Alexius Funck zu Wiener Neustadt 32 t zurück, die Eberhard Gleismüllner zu St. Veit an der Glan im Vorjahr von Funck erhalten hatte[22]. Am 2. September desselben Jahres verpfändeten Hans Vorster und die Vormünder seiner Schwester Anna die Überteuerung (d. h. den von Hypotheken nicht erfaßten Wert) ihres Hauses in der Münzerstraße um 100 t, verzinsbar mit 10% jährlich, an Hans Straub und seine Mitverwandten der Gesellschaft zu Wien, am 15. November 1525 zahlte der neue Hausbesitzer Nikolasch Pecker das Darlehen an die Gesellschaft zu Handen von Ruprecht Nelbeck und Sebastian Schrantz zurück[23]. 1529 starb Wolfgang Fatzi[24], als Vertreter seiner Erben rechnete Kilian Stuchs mit der Stadt Wien Weinlieferungen aus den Jahren 1525 bis 1529 ab[25]. Von der Auswirkung der vom 26. September bis 18. Oktober 1529 währenden Belagerung Wiens durch die Türken auf die Tätigkeit der Gesellschaft haben wir keine Kunde[26]. Am 12. März 1530 quittierte Ruprecht Nelbeck, Verwalter des Lackner-Gewölbes zu Wien, der Katrei, Witwe nach dem Ödenburger Bürger Paul Moritz, die Zahlung von 35 t 4 s aconto ihrer Schulden[27], am 30. Jänner 1534 ließ er sich vom Färber Georg Weißmann ein halbes Haus im Hofgässel zu Wien um 200 t verpfänden, für die Weißmann Farbe und Indigo für seinen Betrieb aus dem Gewölbe bezogen hatte, die letzte der vereinbarten Rückzahlungsraten von 5 t pro Halbjahr wurde am 6. Februar 1540 entrichtet[28]. Am 22. Mai 1534 ließ Hans Straub die 1520 begründete Hypothek von 600 fl. rh. auf dem Hause des Hans Praun nach Rückzahlung der Schuld tilgen[29]. Am 15. März 1536 quittierte Hans Hauser, „der Wiennerischen gesellschaft factor", den Empfang von 100 t als Ablöse für die Gült von 5 t, die seit 1519 auf dem Haus des Kramers Ulrich Hackl gelastet hatte[30]. Am 20. April 1537 zahlte Hans Hauser, „der Wiennerischen gesellschaft diener", der Elena, Tochter des Mert Schönstein, die ihr 1522 auf dem Haus der Gesellschaft beim Stubentor verschriebenen 100 t aus, gleichzeitig wurde Mert Schwab, dem die Gesellschaft das Haus verkauft hatte, ins Grundbuch eingetragen[31]. Am 16. Juli 1537 berichtet Wolfgang Schrantz zu Villach, daß er für Erhard Zauner zu Wien bei Andre Halfinger zu Villach Güter verfrachtet und verzollt habe, der Wagen aber auf der Brücke nach Klagenfurt eingebrochen und dabei ein Faß Malvasierwein beschädigt worden sei[32].

Am 16. Mai 1538 starb Sebastian Schrantz, am 20. August 1540 Hans Straub, 1541 wird Erhard Zauner von den Kindern seines Schwagers Wolfgang Fatzi beerbt[33]. Nun rückt Franz Lackner, Lienhards Sohn, in die Führung der Gesellschaft auf, 1540 bezieht er über seinen Faktor Andre Halfinger, Bürger zu

Abb. 1 Anordnung der Grabmäler der Familien Lackner (rechts) und Straub (links) an der südlichen Chorwand des Wiener Stephansdomes. Foto: Bildarchiv der Österreichischen Nationalbibliothek.

Villach, Pfeffer und Koriander[34]. Die fünf Mautkonti, die 1542 im Mautbuch von Judenburg zugunsten von Wienern geführt werden, lauten auf Hans Straubs Witwe Anna, Franz Lackner, Wolfgang Fatzis Sohn Leopold, Ruprecht Nelbeck und Sebastian Eiseler, der mit Lienhard Lackners Tochter Dorothe vermählt war; sie verzollen Schwefel, Mandeln, Alaun, Lemoni, Feigen, Weinbeeren, Zibeben, Glas, Seife, Wein, Rinderhäute und Wachs[35]. Als Franz Lackner am 2. Juli 1543 als Besitzer des von seinem Vater hinterlassenen Hauses in der Münzerstraße zu Wien ins Grundbuch eingetragen wird, vermerkt man, daß er gemäß väterlicher Verfügung die Miterben — seine Mutter Magdalen, seine Schwestern Katrei, Gattin des Hans Puchler, Dorothe, Gattin des Sebastian Eiseler, und Felizitas, Gattin des Dr. Johannes Gastgeb, sowie die Kinder seiner verstorbenen Schwester Margret, Gattin des Hans Schiltl — mit je 800 t abgefunden habe, „innhallt des Berichts, so sy Burgermaister vnd Rat derhalben samenntlich neben der Schilltlischen Khinder Gerhaben (= Vormündern) gethan vnd darbey der Wiennerischen Gesellschaft Raittpuecher Innhaber schrifftlichen verfertigten Khundschafft zum Puech (= städtisches Grundbuch) erlegt“[36]. Offenbar wurden die Abfindungen zulasten des von Lienhard Lackner hinterlassenen Firmenanteils ausbezahlt; daß die hier erwähnten Raitbücher (= Rechnungsbücher) der Gesellschaft nicht erhalten geblieben sind, ist sehr zu bedauern.

Für die Zeit nach 1543 konnten wir keinen Beleg ermitteln, der den Fortbestand der Gesellschaft bezeugt; erwiesen ist jedoch, daß die Nachfahren der einstigen Gesellschafter weiterhin im Handel tätig blieben. Anstelle des Ruprecht

Nelbeck, der nach 1542 nicht mehr erwähnt wird, traten seine Schwiegersöhne Franz Lackner und Georg Kirchhaimer[37], anstelle des 1543 verstorbenen Sebastian Eiseler dessen Söhne Sebastian d. J. und Andre[38]. 1544 haben die Söhne des Hans Straub eine Forderung von 16 t 18 d gegen die Konkursmasse des Wiener Neustädters Hans Pottensteiner, 1546 gewährt Christoph Straub im Namen der Rottin der Frau Skornien zu Wiener Neustadt acht Tage Zahlungsaufschub[39], im selben Jahr bestätigt Ferdinand I. dem Franz Lackner die Befugnis zum Pechhandel in der Steiermark[40], 1550 kann Raymund Straub mittels Paßzetteln Säume mit Getreide nach Laibach führen[41]. Leopold Fatzi ist 1553 Gläubiger Ferdinands I., 1554 wird er als Gläubiger des verstorbenen Hans von Rosenharz erwähnt[42], im Jahre 1557 stirbt er kinderlos[43]. Franz Lackner scheint wiederholt als Gläubiger in Wiener Neustädter Konkursverfahren auf, so 1563 mit 40 t gegen Hans Schott, 1564 mit 145 t gegen Georg Gumpl, 1570 mit 716 t 5 s 15 d gegen Georg Eybenperger[44]; sein Sohn Veit Lackner stirbt 1566 in Venedig, Franz selbst 1571 in Wien[45], 1572 werden seinen Erben Mautschulden aus den Wiener Neustädter Mautregistern bekanntgegeben[46]. Raymund Straub kauft 1571 Seife von Georg Haindl[47], Franz Straub ist Gläubiger in Wiener Neustädter Konkursen, so 1568 mit 7 t 6 s 10 d gegen Ursula, Witwe nach Hans Eßl und Frau des Hans Nickl[48], 1574 schuldet der Fuhrmann Thoman Burger ihm und Christoph Wittiber 61 fl, dem Franz Lackner d. J. 130 fl[49], Hans Straub fordert 1573 22 t von Marx Martinengo[50]. Im Judenburger Mautbuch von 1587 lauten die sieben für Wiener Kaufleute reservierten Konti auf die „Franz Lackner'schen Bürger und Handelsleut", auf Ruprecht Nelbecks Schwiegersohn Georg Kirchhaimer, auf Sebastian Eiselers Sohn Andre, auf Franz Lackners d. Ä. Neffe Gregor Gastgeb, auf Franz Straubs Kompagnon von 1574 Christoph Wittiber, auf Valentin Plüml und auf einen gewissen Laffnauer[51]; nur bei den zwei Letztgenannten konnten wir keine Verbindung zu einstigen Mitgliedern der Wiener Handelsgesellschaft ermitteln. Noch 1643 wird das Ansuchen eines Bartlmä Lackner um einen Paßbrief zum mautfreien Transport „grober Ware" an den Kaiserhof und um den Titel eines Hofhandelsmannes abgelehnt[52].

Soweit die Nachrichten, die sich auf die Wiener Handelsgesellschaft und auf die geschäftliche Tätigkeit ihrer Mitglieder und deren Nachfahren beziehen; auf ihre nochmalige Anführung in den folgenden, den einzelnen Familien gewidmeten Kapiteln haben wir im allgemeinen verzichtet.

Lienhard Lackner, Wiens Bürgermeister 1502

Die Wiener Universitätsmatrikel nennt 1453 Hans Lackner aus Haag in Bayern, 1464 Hans Lackner aus Burghausen, 1478 Wolfgang Lackner aus Bruck, 1502 Bartlmä Lackner aus Zistersdorf und Hans Lackner aus Ödenburg, 1514 Sebastian Lackner aus St. Veit, 1517 Andreas Lackner aus Kitzbühel, 1525 Thomas Lackner aus Klagenfurt, 1528 Primus Lackner aus Osterwitz[53]. In Villach stirbt 1419 der Kramer Heinrich Lackner[54]. Ein Hans Lackner ist 1423 in Strechau bei Rottenmann ansässig; in Kammern am Liesingbach bei Leoben finden wir 1447 Ulrich Lackner, 1453 Lienhard Lackner und dessen Frau Katrei[55]. Veit Lackner ist 1444 Bürger zu Graz[56].

Der nachmalige Wiener Bürgermeister Lienhard Lackner ist zunächst in Wiener Neustadt nachweisbar. Dort besitzt er gemeinsam mit seiner Frau Barbara 1481 bis 1486 ein Haus im Deutschherrenviertel zunächst dem Grashof,

Abb. 2 Der Lacknersche Ölberg von 1502 am Wiener Stephansdom. Foto: Bildarchiv der Österreichischen Nationalbibliothek.

1482 bis 1492 ein halbes Haus und 1488 bzw. 1490 bis 1498 ein ganzes Haus im Frauenviertel am Futtereck[57]. 1485, 1486, 1488 und 1489 ist er Rait- und Steuerherr, 1490 Ratsherr, 1491 und 1492 Salzkämmerer, 1493 Ratsherr, 1494 und 1495 Raitherr, 1496 nochmals Ratsherr[58]. 1485 fungiert er als Testamentsvollstrecker für den Wiener Neustädter Kaspar Vest, Sohn des Wiener Kramers Jörg Vest[59], 1487 liefert er Wein an die Stadt Wien[60], 1496 bezeugt er das Testament der Anna, Frau des Dr. Jörg Taler, und stiftet gemeinsam mit seiner Gattin Barbara und Christoph Pross 6 t jährlich für ein ewiges Licht vor dem Heiliggeistaltar der Liebfrauenkirche[61]. Im selben Jahr kaufen Lienhard und Barbara Lackner um 1900 t ein Haus in der Münzerstraße zu Wien[62], dorthin übersiedelt er, 1498 und 1500 ist er schon Ratsherr in Wien, 1502 bekleidet er das Bürgermeisteramt, 1503 bis 1505, 1509 und 1512 bis 1514 sitzt er wieder im Rat[63], 1504 ist er auch Raitherr[64], 1514 bis 1517 Kirchmeister zu St. Stephan[65], 1511 und 1517 scheint er als Genannter auf[66]. Die Stadt Wien entsendet ihn 1498 gemeinsam mit Dr. Hans Kaufmann zu König Maximilian I. nach Burgund, 1507 gemeinsam mit Jeronim Kisling nach Linz und Wels[67]. Zwischen 1500 und 1509 beliefert er die Stadt Wien mit südländischen Weinen, Barchent, Schindeln und Bauholz[68].

Am 18. Februar 1501 war seine Gattin Barbara gestorben[69]; zu ihrem Gedächtnis stiftete er 1502 ein Ölbergrelief an der südlichen Außenseite des Chores von St. Stephan[70] (Abbildungen 1, 2). Das Haus in der Münzerstraße erweitert er 1503 durch Ankauf einer angrenzenden Parzelle[71]; im selben Jahr heiratet er Magdalen, Tochter des Wiener Ratsbürgers und Kaufmanns Hans Kopp, und kauft gemeinsam mit ihr ein zwischen der St. Johannes- und Traibotenstraße gelegenes Haus[72]. Ein Doppelporträt, das er 1503 von sich und Magdalen anfertigen ließ, ist nicht im Original erhalten, jedoch in zwei Miniaturkopien in der von Hieronymus Beck von Leopoldsdorf um 1570—1580 angelegten handschriftlichen Bildnissammlung überliefert (Abbildungen 9, 10), es weist die Beschriftungen „der alt Lackner Burger zu Wien 1503“ und „des alten Lackners hausfraw“ auf[73]. Im selben Jahr unterstellt Lienhard als Testamentsvollstrecker des Wiener Neustädters Kaspar Vest dessen Stiftung in der Wiener Neustädter Liebfrauenkirche dem dortigen Rat, 1504 widmet er dazu aus eigenen Mitteln 150 t, die er als Gült von 6 t jährlich auf seinem Haus in der Münzerstraße zu Wien anlegt, 1508 bessern er und die anderen Vollstrecker die Stiftung durch eine in der Reichsstadt Memmingen angekaufte Ewiggeldrente auf[74]. 1509 wird Ruprecht Nelbeck erstmals als „Diener“ (Prokurist) Lackners genannt[75], 1511 ist Lienhard selbst als Testamentsvollstrecker der Barbara, Witwe nach Michel Gundacker, nachweisbar[76], 1512 als Vormund des Stefan, Sohnes des verstorbenen Jeronim Kisling[77], 1513 als Vormund der Kinder des Bartlmä Schallautzer[78]. Die Gottsleichnamsbruderschaft zu St. Stephan, der Lienhard und seine Frau Anfang 1512 beigetreten waren[79], besorgte 1516 die Bestattung seines Dieners Heinrich Margraf[80]. Am 17. September 1517 erhielt Dr. Martin Siebenbürger von Lackner im Auftrag des Friedrich von Pieschen ein Honorar von 20 t für eine Tätigkeit als Rechtsanwalt ausbezahlt[81].

Lienhard Lackner starb am 3. Oktober 1517, seine zweite Frau Magdalena geb. Kopp erst am 15. Dezember 1555, sie mußte also viel jünger gewesen sein. Das Grabmal, das diese Daten und den Todestag von Lienhards erster Frau Barbara — 18. Feber 1501 — festhält, befindet sich an der südlichen Außenwand des Chores von St. Stephan, rechts neben dem Ölbergrelief von 1502, das wir schon vorhin erwähnt haben (Abbildungen 1, 3). Es weist vier Wappen auf: oben in der Mitte das Lackner'sche mit einem schrägrechten Fluß im Schild und in der Helmzier, unten links das Wappen der Kopp mit einem Hahn im Schild, in der Mitte ein Schild mit einem Hauszeichen, das vermutlich von Lienhard im Geschäftsverkehr anstelle des Wappens geführt wurde; rechts ein Wappen mit drei schräg absteigenden Hämmern im Schild, das wir Lienhards erster Frau Barbara, die wohl aus Wiener Neustadt stammte, zuweisen dürfen[82]. Am 3. Oktober wurde, wie schon erwähnt, die Jahrtagsstiftung Lienhards von seinen Testamentsvollstreckern — seiner Witwe Magdalena und Ruprecht Nelbeck — vollzogen[83].

Lienhard Lackner hinterließ aus seiner Ehe mit Magdalena geb. Kopp fünf Kinder: Margret, Katrei, Dorothe, Felizitas und Franz[84]. Margret begegnet uns 1520 als Gattin des Hans Schiltl, dem sie drei Kinder gebar, 1535 wird sie schon

Abb. 3 Grabmal des Wiener Bürgermeisters von 1502, Lienhard Lackner (gest. 1517) am Wiener Stephansdom. Foto: Sand, Wien.

als verstorben bezeichnet[85]. Katrei wurde zwischen 1523 und 1530 die dritte Gattin des Hans Puchler, sie hatte keine Kinder und lebte noch 1564[86]. Dorothe ehelichte nach 1523 und vor 1535 den verwitweten Kaufmann Sebastian Eiseler (gest. 1543), dem sie neun Kinder schenkte; auch sie ist noch 1564 nachweisbar[87]. Felizitas wurde nach 1525 und vor 1535 die zweite Gattin des Dr. med. Johann Gastgeb aus Melk (gest. 1542), dem sie sieben Kinder gebar, nach seinem Tod heiratete sie Hans Eiseler (gest. vor 1560), mit dem sie vier Kinder hatte, sie wird noch 1564 erwähnt[88]. Wir wollen uns hier nur mit Franz näher befassen.

Franz Lackner, der einzige Sohn Lienhards, wurde 1543 alleiniger Besitzer des von seinem Vater hinterlassenen Hauses in der Münzerstraße, nachdem er seine Schwestern und seine Mutter abgefunden hatte; die Mutter durfte bis zu ihrem Tode (1555) im Hause bleiben[89]. Das Haus zwischen der St. Johannes- und Traibotenstraße war je zur Hälfte an die Witwe Lienhards, Magdalen, und an die Kinder gefallen; Magdalens Anteil kam 1556 gemäß ihrem Testament an ihren Sohn Franz, der 1564 auch die Haushälfte seiner Geschwister kaufte[90]. 1554 erwarb er von den Kindern des Hans Puchler aus dessen zweiter Ehe die Hälfte eines Hauses in der Goldschmiedgasse um 1500 t, 1559 verkaufte er sie an Puchlers vierte Gattin Barbara[91]. 1542 bis 1547 und 1549 gehörte Franz Lackner dem äußeren Rat Wiens an, 1550 und 1551 war er Stadtgerichtsbeisitzer, 1552 bis 1571 saß er im inneren Rat, 1557 führte er auch das Ressort des Oberkämmerers[92]. Seine erste Frau Dorothe, geb. Schwarz, über deren Familie wir nichts ermitteln konnten, gebar ihm sechs Kinder[93]. 1554 war er schon in zweiter Ehe mit Katrei, Tochter des Ruprecht Nelbeck, vermählt, die ihm zwölf Kinder schenkte[94]. Über das Ableben des zwölften Kindes am 6. und der Mutter selbst am 8. September 1570 unterrichtet uns Katreis Grabmal im Inneren der Stadtpfarrkirche St. Stephan in Baden bei Wien[95] (Abbildung 5); von seiner Beschriftung zitieren wir folgende Verse, die Schicksal und Lebenseinstellung einer vielfachen Mutter geradezu rührend schildern: „Ich vnd mein jüngstes zwölfftes Khind / hie in ain Grab geleget sindt. / Starben im sibentzigsten Jar / den achten Herbstmonats nembt wahr. / Nit mehr dann nur zwen Tag zuuor / mein Tochter Anna ich hie verlohr. / Wirdts aber wider finden dortt / in Gottes Reich nach seinem Wortt, / nach welchem auch wirt aufferstehn / der Leib vnd in das Ewig gehn.“ — Die dritte Ehe Franz Lackners mit Eva geb. Guglweit kann nur kurze Zeit gedauert haben[96], denn schon am 9. Oktober 1571 ist Franz gestorben. Sein Grabmal an der südlichen Außenwand des Chores des Wiener Stephansdomes (Abbildungen 1, 4), links neben dem Lackner'schen Ölberg von 1502, zeigt Franz im Relief mit drei großen und zwei kleineren Söhnen, seine drei Ehefrauen mit drei großen und sechs kleineren Töchtern, ferner das schon erwähnte Lackner-Wappen und drei kleinere Wappen, das linke und mittlere mit je einem Hauszeichen, das rechte leer; sie sind wohl auf die drei Gattinnen des Franz Lackner zu beziehen[97].

Von den zahlreichen Kindern des Franz war der Sohn Veit am 30. März 1566, also noch vor dem Vater, in Venedig gestorben, nach Aussage seines Grabmals zu San Bartolomeo im Alter von 16 Jahren, 10 Monaten und 16 Tagen[98]. Nach Franz' Tode 1571 erbten seine Söhne Lienhard II., Franz II. und Paul das Haus in der Münzerstraße; nach dem kinderlosen Tode Lienhards II. und dem Ableben Franz II. fiel es an deren Bruder Paul Lackner und den Sohn Franz' II., Franz III., die Lienhards Witwe Barbara mit 600 t und Franz' III. Schwester, die ebenfalls Barbara hieß, mit 400 t abfanden und das Haus 1605 an Joachim Pfanner verkauften[99]. Das Haus zwischen der St. Johannes- und der Traiboten-

Abb. 4 Grabmal des Franz Lackner (gest. 1571) am Wiener Stephansdom. Foto: Bildarchiv der Österreichischen Nationalbibliothek.

straße, gegenüber der Bastei, war zunächst ebenfalls an die Brüder Lienhard II., Franz II. und Paul gefallen, 1587 kam es an Paul allein, der es 1590 an Stänzl Blau veräußerte[100]. Franz II. hatte die akademische Laufbahn gewählt; 1550 scheint er in der Wiener Universitätsmatrikel auf[101], 1563 studierte er Jus in Padua[102], als Doktor der Rechte ist er an der Universität Wien im Wintersemester 1569/70 Prokurator der österreichischen Nation, im Sommersemester 1571 und im Wintersemester 1574/75 Dekan der juridischen Fakultät, im Sommersemester 1574 sogar Rektor[103]; verheiratet war er in erster Ehe mit Katrei, Tochter des Josef Vetterl, die ihm die vorhin erwähnten Kinder Franz III. und Barbara gebar[104], in zweiter Ehe mit Elsbeth, Tochter des Eisners Hans Sighart[105]. Lienhard II. ist 1574 und 1575 als Mitglied des inneren Rates, 1576 bis 1578 als Beisitzer des Stadtgerichts nachweisbar[106]. Paul Lackner, Gegenhandler des N. Ö. landständischen Einnehmeramtes, kauft 1598 gemeinsam mit seiner ersten Frau Barbara ein Haus in der Kärntner Straße[107], nach 1609 heiratet er in zweiter Ehe Anna Maria geb. Stengl, Witwe nach Johann Baptist Stampa, die 1616 ein von ihrem ersten Mann stammendes Haus bei St. Jakob veräußert[108]. 1622 verkauft Paul sein Haus in der Kärntner Straße an den Handelsmann Franz Peurl[109], 1633 ist er schon tot, er hinterläßt aus erster Ehe die Kinder Paul II., Regina und Helene verehel. Wolzogen[110].

Jeronim Kisling, Faktor der Fugger in Wien

Den Namen Kisling finden wir im 13. Jahrhundert in Klosterneuburg bei Wien; noch im 16. Jahrhundert gab es dort eine Kislinggasse (heute Marzellingasse)[111]. Andere Kisling kommen im niederösterreichischen Waldviertel vor; Ott Kisling ist 1421 Richter zu Weitersfeld bei Geras, Anshalm Kisling 1423 Bürger zu Eggenburg, im Umkreis dieser Stadt finden wir 1428 und 1431 Margret Kislingin unter den Erben nach Heinrich Stark[112]. Auch im österreichisch-ungarischen Grenzraum taucht der Name auf; Ulrich Kisling ist um 1432 bis 1435 Bürgermeister von Hainburg[113], Michel Kisling, seine Gattin Margret und sein Sohn Mathes werden 1467, 1473 und 1478 in Ödenburg erwähnt, Hans Kisling siegelt 1509 in Ofen[114]. Die Wiener Universitätsmatrikel nennt 1432 Hans Kisling aus Ötting, 1438 Hans Kisling aus Leipheim in Bayerisch-Schwaben, 1450 Peter Kisling aus München, 1459 Hans Kisling aus Kühlbach im Rheinland und 1468 Klement Kisling aus Zwernitz[115]. In Wien siedeln Kisling im unteren Werd; Hans Kisling und seine Frau Margret kaufen dort 1398 ein Haus mit Garten und besitzen es noch 1403, Michel Kisling läßt sich 1441 ein Haus im Werd um 6 t 80 d ablösen[116]. Anderen Stammes war vermutlich Stefan Kisling, der 1388 gemeinsam mit seiner Frau Kristein eine halbe Hofstatt zu St. Ulrich bei Wien dem Juden Sekl verpfändet[117]; er könnte, nach dem gleichen Vor- und Zunamen zu schließen, ein Vorfahre des folgenden gewesen sein.

Stefan Kisling, Bürger zu Wien, begegnet uns 1437 als Gatte der Elsbeth, Witwe nach Peter Marolt, der ihr ein Haus in der vorderen Bäckerstraße hinterließ; nach Elsbeths Tode erbt es Stefan und verkauft es 1460 um 280 t seiner Muhme Dorothe, Witwe nach Hans Spannring[118]. Stefans zweite Frau Anna, Tochter des Dr. med. Peter Voltzian, erbt 1453 gemeinsam mit ihrer Schwester Apollonia von ihrer Großmutter Anna, Gattin des Paul Kurz und Schwester des Dr. jur. Peter Deckinger, Dechanten zu St. Stephan, ein Haus in der Singerstraße, nach Elsbeths Tode (1461) findet Stefan Kisling die Apollonia, Nonne im

Abb. 5 Grabmal der Katharina, geb. Nelbeck, Gattin des Franz Lackner (gest. 1570) in der Stadtpfarrkirche zu Baden bei Wien. Foto: Österreichisches Bundesdenkmalamt.

St. Laurenzkloster, 1468 ab und wird damit Alleinbesitzer[119]. Von seiner dritten Frau Katrei, Witwe nach Niklas Purger, erbt er ein Haus bei Maria am Gestade, das er 1467 an Mert Purger und dessen Frau Barbara verkauft[120]. Erst seine vierte Frau Anna überlebt ihn um rund 25 Jahre, sie muß also viel jünger als Stefan gewesen sein, erst aus dieser Ehe entsprossen Kinder[121]. 1459, 1467, 1475 ist Stefan Kisling als Genannter des Kärntnerviertels nachweisbar[122]; 1464, 1468 bis 1471 und 1476 bis 1478 gehörte er dem Rat an[123], 1468 bis 1471 und 1476 bis 1478 auch zu den vom Rat gestellten Steuerherren[124], 1468 fungierte er auch als Verweser des Franziskanerklosters St. Theobald[125]. In den Jahren 1472 bis 1475 ist er als Genannter Steuerherr[126]. Alles in allem betrachtet ist Stefan Kisling erst allmählich zu Wohlstand und Ansehne gelangt, nicht zuletzt durch seine lukrativen Heiraten; ein Handwerk hat er nicht ausgeübt, möglicherweise war er Kaufmann[127]. 1480 verfaßte er sein Testament, noch im selben Jahr dürfte er gestorben sein[128]. Sein Haus in der Singerstraße hatte er je zur Hälfte seiner Witwe Anna und seinen Kindern Jeronim, Martha und Margret vermacht[129]; von Margret hören wir später nichts mehr, sie dürfte jung gestorben sein.

Jeronim (= Hieronymus) Kisling, Stefans Sohn, scheint 1482 in der Wiener Universitätmatrikel auf[130]. 1494 heiratet er Barbara, Tochter des Apothekers Jobst von Fulda, die ihm ein Haus am Lichtensteg zubringt und einen Sohn, Stefan d. J., schenkt und bald darauf stirbt[131]. In der Zeit um 1496/98 ist Jeronims zweite Heirat mit Agnes (geb. 1479), Tochter des Wiener Neustädter Bürgers Hippolyt Stainer, und die Geburt einer gleichnamigen Tochter zu datieren[132]. 1497 wird Jeronim Kisling von der Augsburger Handelsfirma Fugger mit dem Aufbau ihrer Faktorei in Wien betraut, er leitet sie bis zu seinem Tode[133]; 1500 präsentiert er der Stadt Wien zwei Wechsel der Fugger auf zusammen 100 t, mit denen ein Aufenthalt des Wiener Gesandten Jörg Gundlach in Augsburg finanziert worden war[134], 1507 überweist er für die Gottsleichnamszeche zu St. Stephan mit Wechsel 62 fl nach Rom[135]. Die 250 fl, mit denen er sich an der 1511 gegründeten Wiener Handelsgesellschaft beteiligt, borgt er, wie schon erwähnt, von seiner Mutter Anna[136]. Wie sein Vater gehörte auch Jeronim Kisling dem Wiener Rat an, und zwar 1497, 1502 bis 1505, 1507 und 1509; das Ressort des Oberkämmerers führte er 1503 bis 1505 und 1507[137], im Auftrag der Stadt reist er 1503, 1507 und 1509 nach Linz, Wels und Augsburg[138]. Seinen Privatbesitz rundet er 1504 durch Kauf eines Hauses in der Weihenburg ab[139], 1511 tritt er gemeinsam mit seiner Frau Agnes der Gottsleichnamsbruderschaft zu St. Stephan bei[140]. 1512 stirbt er[141]; ein Schiedsspruch vom 14. Juni dieses Jahres regelt die Aufteilung des Nachlasses, die Einlage von 250 fl bei der Wiener Handelsgesellschaft wird Jeronims Mutter Anna ausbezahlt[142], die bis 1516 lebt[143]. Jeronims Witwe Agnes vermählt sich 1514 in zweiter Ehe mit dem berühmten Gelehrten und Diplomaten Dr. Johannes Spießhaimer, genannt Cuspinianus[144], und stirbt am 25. Jänner 1525 in Wiener Neustadt, man bestattet sie zu St. Stephan in Wien[145]. Ihr Porträt ist auf einer Darstellung der „Heiligen Sippe“ des Malers Bernhard Strigel von 1520 und auf dem Grabmal Cuspinians im Stephansdom überliefert[146].

Martha, Tochter des Stefan und Schwester des Jeronim Kisling, hatte zwischen 1487 und 1489 Sigmund Ammann geheiratet[147], der in Wien seit 1466 als „Lagerherr“[148] fremde Firmen vertrat — so 1474 Übele (Ulm), 1476 und 1478 Arzt (Augsburg), 1478 Span (Memmingen) und Schmidmair (Nürnberg), 1493 Scheytl (Nürnberg)[149] —, 1477 Bürger zu Wien wurde[150], 1485 bis 1493 dem Wiener Rat angehörte[151] und 1496 starb[152]. Die Ehe war kinderlos geblieben;

Abb. 6 Grabmal des Fuggerfaktors Laurenz Fleischer (gest. 1541) am Wiener Stephansdom. Foto: Sand, Wien.

1498 heiratet Martha den aus Hall in Tirol stammenden Kaufmann Matthäus Heuperger[153], der als Neugründer der Gottsleichnamszeche zu St. Stephan und als Herausgeber eines der ältesten Druckwerke Wiens, des „Heiligthumbuches" von St. Stephan (1502), bekannt wurde[154]. Auch aus dieser Ehe hatte Martha keine Kinder; 1504 ist sie gestorben[155].

Jeronim Kislings Sohn aus erster Ehe, Stefan d. J., hatte von seinem 1512 verstorbenen Vater die Hälfte des Hauses in der Singerstraße, genannt „Zur goldenen Sonne"[156], sowie das Haus am Lichtensteg[157] und das Haus in der Weihenburg geerbt, letzteres trat er 1514 seiner Stiefmutter Agnes, wiederverehelichte Cuspinian, ab[158]. 1516 erbten er und seine Halbschwester Agnes von ihrer Großmutter Anna, Witwe nach Stefan Kisling d. Ä., die andere Hälfte des Hauses „Zur goldenen Sonne“[159], 1528 kaufte Stefan das Haus „Zum Pfau“, das ebenfalls in der Singerstraße lag[160]. Wie sein Vater arbeitete er in der Wiener Faktorei der Augsburger Welthandelsfirma Fugger; 1512 stand er dort noch in Ausbildung[161], in den Jahren 1513, 1531 und 1533 bis 1536 tritt er als Faktor (d. h. Prokurist) in Erscheinung[162]. Einer seiner dortigen Kollegen war der aus Nürnberg stammende Laurenz Fleischer (gest. 1541), dessen Grabmal an der Außenwand der Hochturmhalle des Stephansdomes zu sehen ist (Abb. 6)[163]. Von Stefan Kisling d. J. wie auch von Laurenz Fleischer haben sich Bildnismedaillen erhalten; jene Kislings, die mit 1530 datiert ist (Abb. 13), verwahrt das British Museum in London[164], die Medaille des Fleischer von 1537 (Abb. 14) gehört zu den Beständen des Historischen Museums der Stadt Wien[165]. 1513 war Stefan der Gottsleichnamszeche zu St. Stephan beigetreten[166]. 1519 und 1520 gehörte er dem aus den Genannten und der „Gemain“ Wiens gewählten Sonderausschuß an, der damals den „harten Kern“ der Opposition gegen das landesfürstliche Beamtenregime bildete. Im Gegensatz zu Friedrich von Pieschen und Dr. Martin Siebenbürger, Mitgliedern der Wiener Handelsgesellschaft wie Stefans Vater, die ihre Aktivitäten im Auschuß mit ihrer Hinrichtung in Wiener Neustadt 1522 büßten, hat sich Stefan Kisling in jenem Gremium offenbar nicht exponiert[167]; 1522 bis 1529 gehörte er dem inneren Rat an, 1527 bis 1529 versah er das Ressort des Oberkämmerers[168]. Wenig rühmlich war sein Verhalten bei der Türkenbelagerung von 1529; mit der Mehrzahl der Ratsherren flüchtete er aus der bedrängten Stadt, doch wurde ihm wie auch den übrigen desertierten Amtsträgern vom Landesfürsten nur ein Bußgeld auferlegt[169], und 1533 bis 1536 saß Stefan wieder im inneren Rat[170]. Zweimal war er verheiratet; 1526 wird seine erste Frau Leonore, Tochter des kaiserlichen Zeugmeisters Bartlmä Freisleben, erwähnt[171], 1536, kurz vor seinem Tode, seine zweite Gattin Dorothe, Witwe nach dem Lizenziaten der Rechte Jakob Strollin, die ihn überlebte. Noch 1536 oder Anfang 1537 ist Stefan Kisling d. J. gestorben[172].

Stefans Halbschwester Agnes, die der zweiten Ehe des Jeronim Kisling mit Agnes geb. Stainer, nachmals verehelichte Cuspinian, entsprossen war, hatte 1510 den Schemnitzer Kammergrafen Seifrid von Pieschen, Bruder des uns als Mitglied der Wiener Handelsgesellschaft bekannten Friedrich von Pieschen, geheiratet, die Ehe blieb kinderlos[173]. Nach Seifrids Tode (1513) vermählte sich Agnes 1514 mit Vinzenz Rockner, Landschreiber in Österreich[174], dem sie sechs Kinder gebar. Vinzenz starb 1536[175], Agnes im Jahre 1539[176]; ihren Anteil am Haus „Zur goldenen Sonne“ in der Singerstraße vermachte sie den Kindern ihres um 1536/37 verstorbenen Bruders Stefan Kisling[177].

Diese Kinder, Jeronim d. J., Bartlmä, Katharina und Anna, waren beim Tode des Vaters noch minderjährig, das ihnen hinterlassene Haus „Zum Pfau“ in der Singerstraße wurde 1537 von ihren Vormündern verkauft[178], das Haus am Lichtensteg[179] und das alte Familienhaus „Zur goldenen Sonne“ in der Singerstraße, das durch Vermächtnis ihrer Tante Agnes vor 1539 zur Gänze an sie gekommen war[180], behielten sie zunächst gemeinsam. Um Jeronim d. J. und Bartlmä kümmerte sich die Firma Fugger; auf ihre Kosten studierte Jeronim 1539 und 1540 in der französischen Stadt Bourges, für Bartlmä wurden Schulden beglichen[181]. Jeronim ist nach 1540 nicht mehr nachweisbar; Bartlmä heiratete 1546 Katrei, Tochter des Wiener Ratsbürgers Paul Pernfuß und Witwe nach dem edlen Hans Stirch[182], 1550 begegnen uns Katharina als Gattin des

Abb. 7 Grabmal des Hans Straub (gest. 1540) am Wiener Stephansdom. Foto: Bildarchiv der Nationalbibliothek.

Wiener Ratsbürgers Christoph Haiden und Anna als Gattin des Hans Hirsch, Bürgers zu Olmütz. Damals kam es auch zur Erbteilung; das Haus „Zur goldenen Sonne“ fiel an Bartlmä und Anna[183], das Haus am Lichtensteg an Katharina, die 1558 ihren Mann Christoph Haiden mit an die Gewer schreiben ließ[184].

Nach Annas Tode und Verzicht Katharinas ging die „Goldene Sonne" 1559 in den alleinigen Besitz des Bartlmä Kisling über[185]. Auch er bekleidete verschiedene städtische Ämter; 1551 bis 1553 war er Raithandler, 1555 bis 1560, 1562 bis 1567 und 1570 bis 1574 Stadtgerichtsbeisitzer, 1559 Hauptmann am Tabor, 1568, 1569 und 1575 bis 1578 gehörte er dem inneren Rat an[186]. 1587 wird er als verstorben bezeichnet[187]; das Haus „Zur goldenen Sonne" wird 1601 von seinen Gläubigern veräußert[188].

Das „redende" Wappen der Familie Kisling zeigt im gespaltenen, rechts goldenen, links schwarzen Schild drei silberne Kieselsteine, der untere auf dem Spalt, die zwei oberen in je einer Schildhälfte, im Flug der Helmzier kehren die Kiesel wieder[189].

Friedrich von Pieschen, genannt Piesch, Wiens Bürgermeister 1514

Die Familie, der Friedrich angehörte, stammte aus Schemnitz (ungarisch: Selmecbánya, slowakisch: Banská Štiavnica), dem einstigen Zentrum des ungarischen Silberbergbaues; seit 1919 gehört die Stadt zur Slowakei, die, wie schon 1919—1939, seit 1945 einen Teil des tschechoslowakischen Staatsverbandes (ČSSR) bildet. Friedrich und seine Brüder Seifrid und Thoman nannten sich abwechselnd „von Pieschen" oder kurz „Piesch"[190]; aus Gründen der Einheitlichkeit verwenden wir im folgenden erstere Variante. „Von Pieschen" war vermutlich eine Herkunftsbezeichnung, die — mit Rücksicht auf die Ansässigkeit der Familie in Ungarn — entweder von Besenyö (s wird ungarisch wie sch ausgesprochen) im Komitat Eger (Erlau) oder von Pesteny im Komitat Hunyad abgeleitet werden könnte[191]. Vielleicht war ein „Gregorius Horttwayt de Peschene nobolis", der im Wintersemester 1498/99 in der Wiener Universitätsmatrikel als Angehöriger der ungarischen Nation aufscheint und wohl mit dem in den Nationsakten erwähnten „Gregorius de Pesthenne" identisch ist, ein Verwandter der drei Brüder[192], zumal auch Seifried von Pieschen das Prädikat „der edle" (lat. nobilis) führte[193], also zum Kleinadel zählte; danach könnte der eigentliche Familienname von Seifrid, Friedrich und Thoman von Pieschen „Hortwayt" gelautet haben. Beweisen läßt sich diese Vermutung allerdings ebensowenig wie eine Verwandtschaft mit dem aus der ungarischen Stadt Ödenburg (Sopron) stammenden Matthias Piesch, der 1514 in Wien studierte[194], und mit dem Ödenburger Lederer und Ratsherrn Hans Piesch, der 1516, 1524 und 1525 genannt wird[195].

Seifrid von Pieschen ist 1497 als Stadtrichter, 1503, 1510 und 1512 bis 1513 als Kammergraf zu Schemnitz belegt[196]. Seine erste Frau war Ursula, Witwe des Hans Tetlbach, der 1483 als Stadtrichter und 1488 als Bürger zu Schemnitz erwähnt wird; Ursulas Schwester Margret begegnet uns 1488 in Wien als Gattin des Ratsbürgers Stefan Panhalb d. Ä., 1514 als Frau des Ratsbürgers Georg Krell, der aus Nürnberg stammte[197]. Familienbeziehungen zwischen Bürgern österreichischer und ungarischer Städte waren im Spätmittelalter keine Seltenheit, zumal auch vielfache Handelsverbindungen bestanden; von 1485 bis 1490 stand Österreich unter der Enns mit Wien sogar unter ungarischer Herrschaft, auch nach Rückkehr des Landes in den habsburgischen Länderkomplex liefen die Beziehungen über die Grenzen weiter[198]. So heiratete auch Seifrid von Pieschen, unbeschadet seiner fortdauernden Funktion als Kammergraf in Schemnitz, 1510 in zweiter Ehe eine Wienerin, Agnes, Tochter des uns schon bekann-

Abb. 8 Das Straubsche Marienrelief am Wiener Stephansdom. Foto: Bildarchiv der Österreichischen Nationalbibliothek.

ten Jeronim Kisling, und kaufte gemeinsam mit ihr ein Haus zu Wien in der Wollzeile[199]; eine Badstube ebendort erwarb er 1513[200]. Im selben Jahr, am 26. Juli, starb er; sein Grabmal bei St. Stephan in Wien war 1630 noch vorhanden, 1779 schon verschollen[201]. Kinder hinterließ er nicht; sein Haus in der Wollzeile fiel je zur Hälfte an seine Witwe Agnes, nachmals Gattin des Vinzenz Rockner, und an seinen Bruder Friedrich von Pieschen[202], die Badstube an Friedrich allein[203]. Noch 1519 hören wir von einer einstigen Spende Seifrids für den silbernen Reliquienschrein des hl. Leopold in Klosterneuburg[204], und 1522 wird seine Jahrtagsstiftung zu St. Stephan erwähnt[205].

Seifrids Bruder Friedrich von Pieschen, geboren 1464[206], erwarb 1496 das Wiener Bürgerrecht[207]. 1498 kaufte er gemeinsam mit seiner Frau Margret ein Haus in der Wildwerkerstraße um 100 t[208] und ein Haus am Judenplatz um 350 t[209]. 1509 war Margret schon tot[210], 1510 vermählte sich Friedrich in zweiter Ehe mit der 1494 geborenen Veronika, Tochter des Mödlinger Bürgers Hans Sighart und der Barbara, einer Tochter des Konrad Ottwein und nun Gattin des Wiener Ratsbürgers Kaspar Reutter[211]; im selben Jahr traten sie der Gottsleichnamsbruderschaft zu St. Stephan bei[212]. 1512 verkaufte Friedrich um 132 t das Haus am Judenplatz[213], 1514 erwarben er und Veronika ein Haus in der Münzerstraße[214]. An der 1511 gegründeten Wiener Handelsgesellschaft war Friedrich von Pieschen wohl von Anfang an beteiligt, seit 1518 ist er als Hauptgesellschafter faßbar[215]. Am 16. Februar 1516 betraute er vor dem Wiener Rat seinen Bruder Thoman sowie einen Mitgesellschafter, den Juristen Dr. Martin Siebenbürger, mit seiner Rechtsvertretung in einem Streit mit der Stadt Schemnitz, die bei Ausfolgung des Nachlasses seines Bruders Seifrid Schwierigkeiten machte; das Mandat galt auch für Verhandlungen mit Markgraf Georg von Brandenburg, der sich in Ungarn als Ratgeber des Königs Ludwig II. aufhielt und ein Darlehen von 2000 fl ung. aus dem Nachlaß des Seifrid von Pieschen begehrt hatte. Ein Honorar von 20 t, das Dr. Siebenbürger am 16. September 1517 im Auftrag Friedrichs durch Lienhard Lackner ausbezahlt erhielt, dürfte mit jenen Angelegenheiten in Zusammenhang stehen[216]. Unbekannt ist der Zeitpunkt, zu dem Friedrich beim Handelshaus Fugger Schulden von 1803½ fl machte; diese Verbindlichkeit sollte noch seine Erben belasten[217] Am 12. März 1522 teilte er der Stadt Preßburg mit, daß ihm König Ludwig von Ungarn — „unser Herr" — die Verbringung von sechs Faß Wiener Wein nach Schemnitz für den Hausbedarf seiner Familie gestattet habe, und bat, den Transport nicht zu behindern[218]. Beachtung verdient, daß Friedrich von Pieschen zu dieser Zeit, obwohl längst Bürger und Amtsträger in Wien, noch immer in seiner Heimatstadt Schemnitz einen Wohnsitz hatte.

Wie vom Ehepaar Lackner sind auch von Friedrich von Pieschen und seiner Frau Veronika Bildnisse in der Porträtsammlung des Hieronymus Beck von Leopoldsdorf überliefert (Abb. 11, 12)[219]. Beide tragen die Jahreszahl 1519; auf dem Porträt Friedrichs ist überdies der Text „LV ANNO AETATIS SVAE" (in seinem 55. Lebensjahr) und „Piesch Burger zu Wien in d. Neustadt endhaubt ao. 22" zu lesen, was sich auf das dramatische Ende seiner noch zu besprechenden politischen Tätigkeit bezieht. Das Bildnis der Frau weist die Worte „XXV ANNO AETATIS" (in ihrem 25. Lebensjahr) und — verstümmelt — „Pi . s . .", was wohl „Piesch" bedeuten soll, auf[220]. Zum Unterschied von dem griesgrämig blickenden Lackner (Abb. 9) läßt Pieschen in seinem Antlitz nicht nur Ernst, sondern auch kalte Entschlossenheit erkennen, die er im Jahre 1519 auch tatsächlich unter Beweis gestellt hat[221].

Seine politische Laufbahn hält sich zunächst in den bei der Wiener Oberschicht üblichen Bahnen. 1503, 1504 und 1507 ist er, als Genannter, städtischer Unterkämmerer, 1511 bis 1513 Ratsherr und Oberkämmerer, 1514 Bürgermeister, 1515 und 1516 sitzt er wieder im Rat, 1516 versieht er auch wieder das Oberkämmereramt[222], 1517 und 1519 können wir ihn als Kirchmeister zu Sankt Stephan nachweisen[223]. Im Februar 1519 wurde er in den 53köpfigen außerordentlichen Bürgerausschuß gewählt, der dem Wiener Rat in der Aufstandsbewegung gegen das landesfürstliche Beamtenregime zur Seite stehen sollte und zum eigentlichen Träger aller Aktionen wurde; er war auch einer der acht Abgeordneten, die Wien in der revolutionären ständischen Landesregierung vertraten. Am 12. Juni 1519 ersetzte er sogar den nach Spanien entsandten Dr. Martin Siebenbürger im Landrat, dem obersten Gremium der neuen Regierung, wo zwei Delegierte Wien repräsentierten, für das Jahr 1520 wurde er anstelle des verstorbenen Andre Meichsner in den Wiener Rat gewählt, er gehörte ihm auch 1521 an. Er zählte als kompromißloser Parteigänger des Dr. Siebenbürger zu den Wortführern des Aufstandes; so wurde er, nachdem sich unter landesfürstlichem Druck die ständische Regierung und der Wiener Bürgerausschuß schon im Oktober 1520 aufgelöst hatten, Ferdinand I. im Juni 1521 als neuer Landesfürst die Macht in Österreich übernommen hatte und bei der Ratswahl für 1522 die einstigen Radikalen, von Siebenbürger abgesehen, nicht mehr zum Zuge kamen, im Juli 1522 in Wiener Neustadt unter Anklage gestellt und am

Abb. 9 Bildnis des Wiener Bürgermeisters von 1502, Lienhard Lackner, datiert 1503, in der Porträtsammlung des Hieronymus Beck von Leopoldsdorf, Gemäldegalerie des Kunsthistorischen Museums, Wien. Foto: Kunsthistorisches Museum, Wien.

11. August, zusammen mit Dr. Siebenbürger und vier anderen Wiener Bürgern, enthauptet[224]. Für die Bestattung des Leichnams in Wien sorgte die Gottsleichnamsbruderschaft zu St. Stephan[225]. Eine Güterkonfiskation unterblieb oder wurde, falls zunächst ausgesprochen, widerrufen[226], vielleicht mit Rücksicht auf seine zahlreichen Hinterbliebenen.

Die Witwe des Friedrich von Pieschen, Veronika, begegnet uns bereits 1524 als Gattin des Hans Pach[227]. Dem Friedrich hatte sie sieben Kinder geboren, die 1522, beim Tod des Vaters, alle noch unmündig waren: Seifrid, Friedrich d. J., Hans, Elsbeth, Anna, Veronika und Margret. Sie erbten das Haus in der Wildwerkerstraße[228], das Haus in der Münzerstraße[229], die Badstube in der Wollzeile[230] und die Hälfte des Hauses in der Wollzeile[231]. 1531 verpfändeten Elsbeth, damals schon Gattin des Fuggerfaktors Ulrich Zaunusser[232], und ihre von den Vormündern Thoman von Pieschen und Hans Schiltl vertretenen sechs unmündigen Geschwister die Badstube an die Fuggerfaktoren Jakob Hüenle und Stefan Kisling um 1803½ fl ung., den fl für 10 s gerechnet, die ihr Vater der Firma Fugger schuldig geblieben war, die Rückzahlung sollte in Jahresraten à 150 fl, fällig jeweils zu Ostern, erfolgen[233]. 1535 wurde die Badstube an Adam Mackl veräußert[234], der noch nicht abgezahlte Rest der Fugger'schen Hypothek auf das Haus der Pieschen in der Münzerstraße mit Zustimmung des Fuggerfaktors Laurenz Fleischer übertragen[235]. Als Besitzer dieses Hauses finden wir 1536 Hans und Friedrich von Pieschen und ihre Schwester Margret, die von den Vormündern Anton Part und Andre Frank vertreten wurden, sowie Veronika, damals schon Frau des Sebastian Hutstocker; 1544 sind nur noch Veronika mit ¼ und Hans von Pieschen mit ¾ an der Gewer, nachdem Friedrich seinen Anteil dem Hans vermacht hatte und der von Margret ihrem Gatten Sebastian Schrantz d. J. hinterlassene Teil von Hans gekauft worden war[236]. Hans hinterließ dann mit Testament von 1547 ¼ seiner Tochter Agnes, nachmals Gattin des Wolf Hubmair, und 2/4 seiner Witwe Margret, nachmals Gattin des Dr. jur. Hans Hutstocker, der den Teil der Agnes kaufte; das ¼ der Veronika fiel an deren Witwer Sebastian Hutstocker, der es gemäß Testament von 1558 seinen fünf Kindern Margret, Gattin des Regimentsrates Dr. Wolfgang Püdler, Hans, Bernhard und Anna hinterließ; der Sohn Hans, Doktor der Rechte, löste die Anteile seiner Geschwister ab und wurde damit 1569 Besitzer des gesamten Hauses[237]. Die von Friedrich von Pieschen d. Ä. hinterlassene Haushälfte in der Wollzeile wurde 1539 von seinen Kindern Seifrid, Hans, Anna, Gattin des Anton Part aus München (dessen Bildnis auch in der Beck'schen Porträtsammlung überliefert ist), Veronika, Gattin des Sebastian Hutstocker, Margret, Gattin des Sebastian Schrantz, sowie von Sebastian Schrantz und Hans Perl als Vormündern des unmündigen Sohnes von Friedrich d. J., und von Anton Part und Sebastian Hutstocker als Vormündern der Kinder der verstorbenen Elsbeth Zaunusserin[238] (Katrei, Elsbeth und Barbara) an Agnes, Witwe nach Seifrid von Pieschen und nach Vinzenz Rockner, die schon die andere Haushälfte besaß, verkauft[239]. Das Haus in der Wildwerkerstraße schließlich war 1538 durch Verzicht von Friedrich d. J., Hans, Anna, Veronika und Elsbeth an Seifrid von Pieschen d. J. allein gekommen und wurde von ihm 1539 um 750 t an den Laubenherrn Hans Eberhart und dessen Frau Barbara verkauft[240].

So war also der Nachlaß des Kaufmannes und Politikers Friedrich von Pieschen d. Ä. allmählich in andere Hände übergegangen. Seine Söhne traten weniger hervor; Seifrid d. J., der 1537 Silberbergbau in Hodrus betrieb und 1538 in Schemnitz weilte[241], war 1538 und 1540 im äußeren Rat Wiens, Hans von Pieschen saß 1542 bis 1548 ebenfalls im äußeren Rat und war 1543, 1545 und 1546 Raithandler, d. h. Verwalter von Waisengeldern[242].

Wir haben uns noch mit Thoman von Pieschen, dem Bruder Seifrids d. Ä. und Friedrichs d. Ä., zu befassen. Daß er und Dr. Siebenbürger 1516 als Rechtsvertreter Friedrichs d. Ä. nach Ungarn gingen, haben wir bereits gehört[243]. 1519 wurde er in den revolutionären Bürgerausschuß gewählt, in dem sein Bruder Friedrich das große Wort führte, ist aber nicht hervorgetreten[244]. 1525 finden wir ihn und Andre Mispeck als Vormünder des Hans, Sohnes des Heinrich Vorster[245]. 1527, 1528 und 1530 gehörte er dem inneren Rat an[246], 1531 zählte er zum äußeren Rat und führte gemeinsam mit Hans Schiltl die Vormundschaft über die unmündigen Kinder seines Bruders Friedrich[247]. Er starb 1532[248]; seine seit 1528 nachweisbare Gattin Barbara, Tochter des Ratsbürgers Sigmund Seedorfer und der Anna, Witwe nach Balthasar Wieland, ist 1535 schon in zweiter Ehe mit Michel Thiernagel vermählt[249]. Thomans Sohn Hans d. J. war 1553/54 Schreiber in der Hofkammer[250]. Von Christina, Schwester der Brüder Seifrid, Friedrich und Thoman von Pieschen, die 1518 zu St. Stephan bestattet wurde, wissen wir nichts Näheres[251].

Abb. 10 Bildnis der Magdalena, geb. Kopp, Gattin des Lienhard Lackner, in der Porträtsammlung des Hieronymus Beck von Leopoldsdorf, Gemäldegalerie des Kunsthistorischen Museums, Wien. Foto: Kunsthistorisches Museum, Wien.

Das Wappen der von Pieschen zeigt im Schild ein Büffelgehörn mit je zwei Sternen an der Außenseite, ebenso in der Helmzier[252]. Ein gewisser Wenzel von Bešin (Bešyn, Bieschin), Herr zu Dorfteschen bei Troppau, Schlesien, führt um 1600 bis 1608 in seinem gespaltenen Wappen links im schwarzen Feld ein goldenes Büffelhorn, rechts im goldenen Feld eine schwarze Bärentatze, in der Helmzier kehren beide Figuren wieder[253]; der Familienname dieses Herrn und der linke Teil seines Wappens lassen darauf schließen, daß er der hier besprochenen Familie entstammte.

Dr. Martin Kapp, genannt Siebenbürger, Wiens Bürgermeister 1521 und Vater des Bürgermeisters von 1560 und 1561, Thoman Siebenbürger

Der im spätmittelalterlichen Wien öfters vorkommende Beiname „Siebenbürger" ist als Herkunftsbezeichnung zu verstehen und bezieht sich auf das Land Siebenbürgen (lat. Septemcastra oder Transsylvania, ungar. Erdély, rumänisch

Transilvana), das der ungarischen Krone unterstand, aber eine gewisse Autonomie genoß, die auch während der Türkenherrschaft des 16. und 17. Jahrhunderts und später unter den Habsburgern behauptet werden konnte; seit 1918 gehört es, von der teilweisen Einbeziehung in Ungarn 1940—1945 abgesehen, zum rumänischen Staat. Charakteristisch für das alte Siebenbürgen war das unterschiedliche Volkstum der Bewohner; die Madjaren bildeten die Herrenschicht, die Székler genossen als wehrhafte Grenzbauern verschiedene Sonderrechte, ebenso die als „Sachsen" bezeichneten Deutschen, die vor allem in den Städten wohnten; die Rumänen stellten einen Großteil der Landbevölkerung. Das Namensgut im mittelalterlichen Wien beweist, daß die Fluktuation seiner Einwohner bis ins ferne Siebenbürgen reichte[254]; auch von einzelnen Handelsbeziehungen haben wir Kunde[255].

Aus der Sippe, der der nachmalige Wiener Bürgermeister entstammte, ist zunächst Sigmund Siebenbürger bekannt; vielleicht ist er mit einem Sigmund Many von Siebenbürgen, der 1470 das Wiener Bürgerrecht erwarb[256], identisch. 1474 führte Sigmund Siebenbürger, Bürger zu Wien, beim Landmarschallgericht — dem für Prozesse gegen Adelige vorgesehenen Gerichtsstand — Klage gegen die Untertanen des Kaspar von Rogendorf, die ihm in Weitenegg bei Melk etliche Fässer Weines geraubt hatten[257]. 1475 ist er bereits Genannter des Stubenviertels[258]; er wohnte damals in einem Haus in der Wollzeile, das der Ratsherr und Arzt Mert Guldein 1473 seiner Witwe Elsbeth hinterlassen hatte; schon 1486 wird Sigmund Siebenbürger als Besitzer dieses Hauses bezeichnet, die Grundbuchseintragung, derzufolge er es von der Witwe Guldein kaufte, datiert allerdings erst von 1501[259]. In den Jahren 1483 bis 1485, als der ungarische König Matthias Corvinus Wien militärisch bedrohte und schließlich belagerte, war Sigmund im Auftrag der Stadt, zum Teil gemeinsam mit Hans Stainperger und Hans Geyr, zur Aufbringung von Hilfeleistungen unterwegs; er weilte bei Kaiser Friedrich III. in Graz und Linz, in Gmunden requirierte er Salz, im Raum von Krems Lebensmittel[260]. Daß Wien schließlich am 23. Mai 1485 vor den Ungarn kapitulierte und fünf Jahre lang unter ihrer Herrschaft blieb, ist bekannt[261]. Am 6. Juli 1487 ersuchte die ungarische Königin Beatrix die Stadt Wien, sie möge den Kaufmann „Sigismundus de Transsylvania" zur Bezahlung seiner Schulden bei Michel Polnar, Diener der Königin, veranlassen[262]; am 28. Jänner 1490 ist Sigmund Siebenbürger als Vormund der Kinder des Sebastian Engelhartstetter am Abschluß eines Vergleichs vor dem Wiener Stadtgericht beteiligt[263], er war also während der ungarischen Besetzung in Wien geblieben. Dem plötzlichen Tode des Königs Matthias in Wien am 6. April 1490 folgte die rasche Wiedereroberung Österreichs durch die Truppen des Habsburgers Maximilian I., der am 19. August 1490 in die Hauptstadt einzog und am 23. August die Huldigung der Wiener entgegennahm[264]. Es kam zur Konfiskation von Gütern von Kollaborateuren und zur Belohnung jener Bürger, die sich seinerzeit um die Verteidigung der Stadt besondere Verdienste erworben und sich auch später als Parteigänger des Hauses Österreich bewährt hatten. So erhielt auch Sigmund Siebenbürger von Maximilian I. 1490 einen am Hohen Markt gelegenen großen Häuserkomplex[265], der zuletzt Ruprecht Ennser, Hubmeister Österreichs während der Ungarnherrschaft, gehört hatte und beschlagnahmt worden war[266], weiters unter dem 29. November 1490 einen Wappenbrief[267]. Auch war er noch im selben Jahr anstelle des Laurenz Taschendorfer zum Stadtrichter bestellt worden[268], er bekleidete diese Funktion auch 1491 bis 1493, in den Jahren 1494, 1500 und 1501 ist er als Mitglied des Rates nachweis-

Abb. 11 Bildnis des Wiener Bürgermeisters von 1514, Friedrich von Pieschen, datiert 1519, in der Porträtsammlung des Hieronymus Beck von Leopoldsdorf, Gemäldegalerie des Kunsthistorischen Museums, Wien. Foto: Kunsthistorisches Museum, Wien.

bar[269], im Auftrag der Stadt weilte er 1491 in Nürnberg, 1500 und 1501 in Linz[270]. Zwischen 1483 und 1493 hatte er Hedwig, Tochter des Wiener Ratsbürgers Hans Ingelsteter und seiner zweiten Frau Corona, geheiratet; sie lebte noch 1494, aber nicht mehr 1496[271]. Sigmund erbte von ihr ein halbes Haus am Haarmarkt[272] und ein halbes Haus in der Schulstraße, in dem die Studentenburse zum hl. Hieronymus untergebracht war[273]. Wegen einer Hypothek von 200 t auf dem Haus am Haarmarkt, die einst ein früherer Besitzer, Jörg Talhaimer, seiner Frau Anna, Tochter des Hans Gold, verschrieben hatte, führte Sigmund Siebenbürger 1494 im Namen seiner Frau Hedwig und 1498 als deren Erbe Prozeß gegen die Schwestern und Erben der Talhaimerin, Regine, Witwe nach Wolfgang Grünpeck, und Dorothe, Gattin des Preßburger Bürgers Jörg Pehem, die die Anerkennung bzw. alternativ die Auszahlung der Hypothek durch Sigmund begehrten; er wurde zur Zahlung verurteilt[274]. Unklar ist der Rechtsgrund eines anderen Prozesses, den Sigmund gegen Anna, Witwe nach Wolfgang Leubenpeck, Besitzerin der anderen Hälfte des Hauses in der Schulstraße, führte und der 1502 in letzter Instanz vor König Maximilian I. gebracht wurde[275]. Jedenfalls erweisen die Gerichtsurkunden Sigmund als streitbaren Mann, der seinen Rechtsstandpunkt beharrlich verteidigte. In zweiter Ehe heiratete er 1496 Barbara, Tochter des im selben Jahr verstorbenen Paul Gabelkofer, Bürgers und Radmeisters zu Leoben, und der Ursula Schöttl zu Hollenthal; sie wird schon 1497 als verstorben bezeichnet, mit ihrem Vetter Joachim Schöttl stritt Sigmund 1497 und 1498 wegen Auszahlung des Heiratsgutes von 200 t[276]. Mit seiner dritten Frau Anna, deren Familienzugehörigkeit wir nicht kennen und die ihn überleben sollte, trat er 1505 der Gottsleichnamsbruderschaft zu St. Stephan bei[277]. Ein Haus am Haarmarkt, seinem dortigen halben Haus benachbart, hatte er zu unbekannter Zeit erworben und verkaufte es 1503 um 825 t[278]; kurz vor seinem Tode hat er auch sein Haus in der Wollzeile um 850 t veräußert[279]. Er starb ohne Hinterlassung von Kindern am 26. August 1506 und wurde im Wiener Stephansdom in der Moranduskapelle (auch Tirnakapelle genannt, heute Kreuz- oder Savoyenkapelle) bestattet. Eine noch 1630 erhaltene, 1770 bereits verschollene Gedenktafel pries in lateinischen Versen Sigmunds Verdienste und hielt fest, daß er in jener Kapelle einen Flügelaltar gestiftet hatte[280]; vermutlich den Johannes-Evangelist-Altar, wo später eine Meßstiftung von Sigmunds Vetter Martin Siebenbürger nachweisbar ist[281]. Diesem Vetter, mit dem wir uns gleich beschäftigen werden, vermachte Sigmund seinen gesamten Besitz[282]; Sigmunds dritte Frau Anna, 1507 noch als Witwe bezeugt, begegnet uns 1511 und 1512 als Gattin des Münzmeisters Wolfgang Liephart, 1517 wird sie als verstorben bezeichnet[283]. Das Wappen des Sigmund Siebenbürger zeigt im goldenen Schild einen rotgekleideten Knaben mit rotgestielter, schwarzroter Peitsche auf einem schwarzen, rotgezäumten Pferde reitend; in der Helmzier ist der Knabe wachsend zwischen einem goldenen und einem schwarzen Büffelhorn zu sehen, die Helmdecken sind schwarz-gold[284].

Martin Siebenbürger, Sigmunds Universalerbe[285], wird in verschiedenen Belegen als dessen Vetter bezeichnet[286]; keineswegs war er sein Sohn, wie in der Literatur gelegentlich behauptet wird[287]. „Vetter" konnte im damaligen Sprachgebrauch auch „Onkel" oder „Neffe" bedeuten; da sich Sigmund von 1470 bzw. 1474 bis 1506, Martin erst von 1491 bis 1522 nachweisen läßt[288], dürften sie Onkel und Neffe gewesen sein. Trifft die Identifizierung des Sigmund Maly von 1470[289] mit Sigmund Siebenbürger zu, hätte dieser einen anderen Familiennamen als sein Neffe Martin, der Kapp oder Kappen hieß, geführt; danach müßten wir ihn als Onkel Martins von Mutterseite bezeichnen.

Martin wird im Wintersemester 1491/92 als „Martinus Kapn de Cibinio" in die Wiener Universitätmatrikel unter den Angehörigen der ungarischen Nation eingetragen[290]; in den Nationsakten scheint er 1492 als „Martinus Capinius de Cibinio" auf[291]. „Cibinium" ist die lateinische Bezeichnung für die siebenbürgische Stadt Hermannstadt (ungarisch Nagyszeben, rumänisch Sibiu). „Kapn" (latinisiert Capinius) war Martins Familienname, der erst später hinter der Herkunftsbezeichnung „Siebenbürger" (latein. Transsylvanus) zurücktrat[292]; für wahrscheinlicher halten wir die Schreibweise „Kapp", die im Sommersemester 1510 in der Wiener Universitätsmatrikel bei einem „Anthonius Kapp de Cibinio", zweifellos einem Verwandten Martins, aufscheint[293]. Wir dürfen annehmen, daß Martin während seines Studiums in Wien bei seinem Onkel Sigmund, der selbst keine Kinder hatte, gewohnt hat. 1497 und 1498 wird „Martinus ex Cibinio" bereits als Magister bezeichnet[294], er hatte also das Studium an der artistischen (= philosophischen) Fakultät, das mit diesem Grad abschloß, absol-

Abb. 12 Bildnis der Veronika, geb. Sighart, Gattin des Friedrich von Pieschen, datiert 1519, in der Porträtsammlung des Hieronymus Beck von Leopoldsdorf, Gemäldegalerie des Kunsthistorischen Museums, Wien. Foto: Kunsthistorisches Museum, Wien.

viert. Im Sommersemester 1502 führt „Magister Martinus de Cibinio“ in der Matrikel der ungarischen Nation erstmals das Prädikat „venerabilis“ (ehrwürdig)[295], das Angehörigen des geistlichen Standes zukam; für das Sommersemester 1503 wurde „venerabilis Magister Martinus Capinius Cibiniensis, plebanus in Heltaw“ zum Prokurator der ungarischen Nation gewählt[296], er war also damals Pfarrer in Heltau, nahe Hermannstadt. Doch kann er nur die niederen Weihen besessen haben, andernfalls wäre ihm die spätere Heirat und der Erwerb des Wiener Bürgerrechts nicht möglich gewesen[297]. Außerdem dürfen wir annehmen, daß er die Pfarre Heltau nur als Pfründe genoß, aber nicht dort residierte; vielmehr hatte er nach Erwerb des artistischen Magisteriums in Wien die Rechte studiert, im Wintersemester 1505/06 war „Martinus Capinius decretalium doctor“, das heißt Lehrer des Kirchenrechts, erstmals Dekan der juridischen Fakultät[298]. Für den am 24. Jänner 1508 verstorbenen berühmten Humanisten Konrad Celtes fungierte „Martinus de Cibinio, artium et utriusque doctor“ (Doktor der Künste und beider Rechte, das heißt des kaiserlichen und des kirchlichen Rechts) gemeinsam mit Johannes Krachenberger, Thomas Resch und Stephan Rosinus als Testamentsvollstrecker[299]. Im Wintersemester 1510/11 war er wieder Juristendekan[300]. 1512 widmete der aus Enyed in Siebenbürgen stammende Magister Adrian Wolfhart dem „Martinus Capinius Transsylvanus utriusque et philosophiae professor ac reipublice Viennensis supremus censor" (welch letzterer Titel Martins damalige Funktion als Wiener Stadtrichter kennzeichnet) ein Lobgedicht auf Kaiser Maximilian I.[301]. Im Sommersemester 1516/17 stand Martin der Juristenfakultät zum drittenmal als Dekan vor[302]. Über seine Vorlesungstätigkeit und seine sonstigen Aktivitäten an der Hohen Schule sind wir leider nicht unterrichtet, da die damaligen Akten der juridischen Fakultät verloren gegangen sind[303]; es ist jedoch überliefert, daß er als Jurist im Volk höchstes Ansehen[304] genoß.

Wir sind den sonstigen Ereignissen im Leben Martin Siebenbürgers etwas vorausgeeilt und halten fest, daß seine Zugehörigkeit zum geistlichen Stand nach 1503 nicht mehr belegt ist und sicher vor 1506 beendet wurde[305]. Sein am 26. August 1506 verstorbener Oheim Sigmund Siebenbürger hatte ihm den Hauskomplex am Hohen Markt[306], das halbe Haus am Haarmarkt[307] und das halbe Haus in der Schulstraße[308], wohl auch noch anderes, vermacht; damit war Martin reich geworden. 1506 begann er mit seinen — glücklicherweise erhaltenen — Aufzeichnungen, die er bis zu seinem Tode führte[309]. 1507 spendete „Doctor Mert Capini, weilennt Sigmunden Siebenbürgers Vetter" der Gottsleichnamsbruderschaft zu St. Stephan, der er jedoch nicht beitrat, Harnischteile, die wohl Sigmund gehört hatten: zwei Vorder- und zwei Hinterteile, zwei Paar Kniebuckel, einen davon mit Schiene oberhalb des Knies, zwei Paar „gestumpfte Meysl" und eine Schallern[310]; die Bruderschaft wird sie entweder verkauft oder für ihre Passionsspiele verwendet haben. 1507 erwarb Martin Weingärten[311]. Die Notiz in seinen Aufzeichnungen „January 17. 1508 hora secunda post meridiem promissa est filia Khoppin in sponsam" (am 17. Jänner 1508 um 2 Uhr nachmittags ist die Tochter der Koppin verlobt worden) bezieht sich vermutlich auf Martins Heirat mit Helena (auch: Elena), Tochter des 1507 verstorbenen Hans Kopp[312], die 1508 unter der Obhut ihrer verwitweten Mutter, der Koppin, lebte; das erste Kind aus dieser Ehe wurde am 17. November 1508 geboren[313]. 1508 erwarb Martin auch das Wiener Bürgerrecht um die hohe Taxe von 6 t[314] und verkaufte das ihm von seinem Oheim vermachte halbe Haus in der Schulstraße an Dr. jur. Johann Kaufmann[315]; den Hauskomplex am Hohen Markt und das halbe Haus am Haarmarkt behielt er[316], seine Frau besaß einen Anteil am Kopp'schen Haus am St. Petersfreithof[317]. Martin hat sich als Rechtsanwalt betätigt; auf die einzelnen Rechtsfälle, die in seinen Aufzeichnungen vermerkt sind, wollen wir hier nicht eingehen[318], wir erinnern bloß an die Reise nach Ungarn, die er im Jahre 1516 für Friedrich von Pieschen unternahm[319]. An der 1511 gegründeten Wiener Handelsgesellschaft war er nur als „stiller Gesellschafter" beteiligt; ihr Gründer Lienhard Lackner, der ebenfalls mit einer Tochter des Hans Kopp vermählt und damit Martins Schwager war, mag ihn zum Beitritt veranlaßt haben[320]. 1512 kaufte Martin eine Mühle in Gumpendorf[321]. 1514 quittierten er und der Wiener Neustädter Bürger Paul Vesl im Namen der Söhne des verstorbenen Leobener Bürgers Paul Gabelkofer — mit dessen Tochter Martins Oheim Sigmund verheiratet gewesen war — dem Joachim Schöttl die Bezahlung einer Schuld von 200 t[322]. 1513 und noch 1518 fungierte Martin als Vormund der Kinder des 1512 verstorbenen Bartlmä Schallautzer, dessen Frau Margret ebenfalls zu Hans Kopps Töchtern zählte[323]. Für die Meßstiftung Dr. Martin Siebenbürgers auf dem St. Johannes-Evangelist-Altar in der Moranduskapelle des Wiener Stephansdomes, wo sein Oheim Sigmund ruhte,

Abb. 13 Bildnismedaille des Fuggerfaktors Stefan Kisling d. J., datiert 1530, im British Museum, London. Foto: F. Leutner OHG (nach einer Abbildung in den Mitteilungen des Vereins für Geschichte der Stadt Wien, 7/1927).

wurde 1515 ein Haus in der Traibotenstraße gekauft, das bis 1582 im Besitz der Stiftung blieb[324].

Nun wollen wir uns der öffentlichen Tätigkeit Martin Siebenbürgers zuwenden, die ihm zu Berühmtheit verhalf, schließlich aber ein tragisches Ende bescherte. Ihr Beginn hängt mit der Affäre Lauffner zusammen, die zu Anfang 1512 aufflog; wir wollen sie etwas breiter schildern, weil sie nicht nur als Zeitkolorit interessant ist, sondern auch Einblick in Siebenbürgers Naturell gewährt und zweifellos sein späteres politisches Wirken mitbestimmte[325]. Lienhart Lauffner, Verwalter der Wassermaut beim Roten Turm[326] — des für die Verzollung verschiffter Waren zuständigen Amtes —, war dem Donauschiffer Bartel Staudinger[327] 100 fl schuldig, für die er ein Pfand gegeben hatte. Nun redete er Staudinger ein, daß dieser höheren Ortes des Diebstahls ärarischer Holzvorräte bezichtigt werde; auch wenn er unschuldig sei, werde er dies kaum beweisen können, eine strafgerichtliche Verfolgung könne nur durch Bestechung landesfürstlicher und städtischer Beamter abgewendet werden. In seiner Angst bezahlte Staudinger auf Anraten Lauffners zunächst im Vizedomamt — dem Sitz der österreichischen Finanzverwaltung — dem Salzamtmann Hans Öder 50 fl[328], dem Schreiber Wolfgang Kirchhofer 25 fl[329] und übergab ihnen weitere 100 fl für ihren Chef, den Vizedom Laurenz Saurer[330]; dann entrichtete er dem Wiener Stadtrichter Hans Pelchinger 40 fl[331], dem Wiener Bürgermeister Hans Süß zahlte er 10 fl in bar aus und erließ ihm eine Schuld von 50 fl[332]. Die Tatsache, daß all diese Funktionäre die Beträge annahmen, ohne Nachforschungen anzustellen, wirft ein trauriges Licht auf ihre Moral[333]. Lauffner ging noch weiter; er teilte Staudinger mit, daß man auch Mitglieder des niederösterreichischen Regiments — der für Österreich unter und ob der Enns, Steiermark, Kärnten und Krain zuständigen, seit 1510 in Wien residierenden landesfürstlichen Regierungsbehörde[334], der die Stadt Wien wie auch das Vizedomamt unterstellt waren — befriedigen müsse, er, Lauffner, habe daher dem Kanzler des Regiments, Doktor Hans Schneidpöck[335], und dem Regimentsrat Georg von Rottal[336] je 10 fl gegeben, die ihm Staudinger ersetzen müsse. Auch dies tat der eingeschüchterte Schiffer. Dann erließ er Lauffner auf dessen Drängen die Schuld von 100 fl, gab ihm das Pfand heraus und bezahlte dem Gegenschreiber bei der Wassermaut, Kölbl, und dem Verwalter des Lernpecheramtes, Haydl, die bei dieser Intervention zugegen waren, zusammen 25 fl. Damit hatte Lauffner sein Ziel — Befreiung von seiner Verbindlichkeit gegenüber Staudinger — erreicht; gegen Verfolgung wegen Betruges und Erpressung glaubte er sich gesichert, da er maßgebliche Beamte mit seinem Wissen um ihre Bestechlichkeit in der Hand zu haben vermeinte. Staudinger aber, der sich unschuldig wußte, hatte aus bloßer Angst insgesamt 420 fl eingebüßt! Erst als Lauffner dem Forstmeister Wolfgang Fueger, genannt Kahlenberger[337], im Namen Staudingers 100 fl anbot, flog die Sache auf; Kahlenberger nahm nämlich das Geld nicht an, sondern lud Staudinger vor und erfuhr von ihm alle Einzelheiten seiner Bedrängnis. Dann verständigte er den Vizedom Saurer, nicht ohne vorher von Staudinger 12 fl angenommen zu haben. Saurer, der ja so wie sein Schwager Pelchinger selbst Geld erhalten hatte, verhörte Staudinger und Lauffner mit möglichster Diskretion[338]; vorsorglich protokollierte man auch Staudingers Aussage, daß er nicht wisse, ob Kanzler Schneidpöck und Regimentsrat v. Rottal tatsächlich die ihnen angeblich von Lauffner bezahlten Beträge von je 10 fl erhalten hätten. Staudinger erhielt dann von Saurer und Kahlenberger seine Unschuld schriftlich bescheinigt; damit glaubte man die Affäre bereinigt zu haben. Dennoch wurde sie ruchbar und kam auch dem Regiment zu Ohren, vermutlich, weil Staudinger nun auch die grundlos bezahlten Bestechungsgelder zurückhaben wollte. Das Regiment griff energisch durch; Bürgermeister Süß und Stadtrichter Pelchinger wurden abgesetzt, Saurer, Öder, Kirchhofer, Kahlenberger, Kölbl und Haydl blieben zwar in ihren Ämtern, mußten jedoch, so wie auch Süß und Pelchinger, dem Staudinger die erhaltenen Summen zurückzahlen, vermindert um insgesamt 100 fl, die man als Strafgebühr einhob. Die dem Staudinger ausgestellte Unschuldsbescheinigung wurde als ungültig erklärt; ihn und Lauffner sperrte man in der Wiener Burg ein. Am 19. März 1512 wurde Dr. Martin Siebenbürger, der dem Regiment als tüchtiger Mann bekannt war, anstelle Pelchingers zum Stadtrichter von Wien bestellt[339] und mit der Prozeßführung gegen Lauffner und

Abb. 14 Bildnismedaille des Fuggerfaktors Laurenz Fleischer, datiert 1537, im Historischen Museum der Stadt Wien. Foto: Historisches Museum der Stadt Wien.

Staudinger, die man ins Gerichtsgebäude überstellte, betraut; Bürgermeister wurde Lienhard Pudmannsdorfer. Ein entsprechender schriftlicher Bericht des Regiments erging am 7. April 1512 an Kaiser Maximilian I.[340]. Darin wurden allerdings die angeblich an zwei Mitglieder des Regiments, Schneidpöck und Rottal, bezahlten Bestechungsgelder von je 10 fl nicht erwähnt; beide hatten den Erhalt entschieden bestritten und Lauffner hatte vor versammelten Regiment schriftlich zugegeben, daß er die dem Staudinger entlockten 20 fl für sich behalten habe. So hielt man eine diesbezügliche Unterrichtung des Monarchen, die die beiden hohen Regierungsbeamten unnötig ins Gerede gebracht hätte, für untunlich; entsprechende Diskretion bei der Prozeßführung erwartete man auch vom neuen Stadtrichter Dr. Siebenbürger.

Ob Rottal und Schneidpöck je 10 fl doch genommen und Lauffner zu seiner sie entlastenden Aussage mit der Zusicherung heimlicher Hilfeleistung im Prozeß bestimmt hatten, wird sich wohl niemals klären lassen. Siebenbürger jedenfalls scheint einen solchen Verdacht gehegt zu haben, ihm war auch bekannt, daß Lauffner mit einer Schwester des kaiserlichen Sekretärs Vinzenz Rockner verheiratet war[341] und dieser nicht zögern würde, zugunsten seines Schwagers beim Kaiser zu intervenieren. Daß Siebenbürger den Prozeß trotzdem schonungslos, ohne Rücksicht auf den Rückhalt Lauffners, zu führen gedachte und auch die ihm von Lauffner angebotenen 100 fl ablehnte, spricht für seine Anständigkeit; vielleicht wollte er sich auch beim Volk, das dem Regiment nicht günstig gesinnt war, politisch profilieren. So ließ er zu, daß bei der ersten Gerichtsverhandlung, die in der Wiener Schranne vor zahlreichem Publikum stattfand, in der Klage Staudingers gegen Lauffner auch die angeblich für Rottal und Schneidpöck erpreßten zweimal 10 fl erwähnt wurden. Natürlich erregte dies Aufsehen; daran änderte nichts, daß die beiden hohen Regierungsbeamten sofort eine öffentliche Befragung Lauffners und Staudingers zu diesem Punkt erzwangen, die entlastende Aussage beider protokollieren und den entsprechenden Passus aus der Klage streichen ließen. Jedenfalls hatte Siebenbürger fortan zwei mächtige Feinde. Lauffner aber erwies sich im übrigen als „Mordssteher", der alle Aussagen verweigerte; bald vermochte er auch, wohl mit Hilfe seines Schwagers Rockner, einen kaiserlichen Befehl zu erwirken, der ihm Hafterleichterung gewährte. Er wurde nun in ein Gewölbe im Privathaus des Stadtrichters verbracht; dort unternahm er in der Nacht vom 29. auf den 30. Mai 1512 einen Fluchtversuch, der allerdings mißglückte. Inzwischen hatte der oberste Hauptmann des Regiments, Wolfgang von Polheim[342], der mit Siebenbürgers Prozeßführung unzufrieden war und eine Ausweitung der allgemeinen Erregung über die kaiserliche Beamtenschaft vermeiden wollte, eine Unterbrechung des Verfahrens veranlaßt; eine vom Regiment eingesetzte, aus dem Wiener Rat, einigen Genannten und Rechtsgelehrten gebildete Kommission von 31 Personen entschied, daß gegen Lauffner, der nach wie vor stumm blieb, das peinliche Verfahren zu eröffnen sei. In Gegenwart des Stadtrichters Dr. Siebenbürger, der Ratsherren Bernhardin Tenk und Kaspar Reutter und der Genannten Stefan Een und Hans Rinner[343] unterzog man ihn der Streckfolter mit dem Seil. Da bekannte er alles, was man ihn fragte. Rottal und Schneidpöck, die, so wie auch Rockner, bei dem Verhör nicht zugegen waren, Lauffner aber nachher im Gefängnis besucht hatten, warfen nun Siebenbürger vor, daß er von Lauffner unter Anwendung übermäßiger Folter auch belastende Aussagen über sie beide hatte erzwingen wollen, obwohl ihre Unschuld öffentlich erwiesen sei, und damit gegen die Prozeßordnung verstoßen habe. Daraufhin ließ Siebenbürger die Aussagen der Torturzeugen, wonach er Lauffner keine Fragen über die zwei Regimentsmitglieder gestellt und ihn eher milde foltern lassen habe, am 19. Juli 1512 vor dem Regiment unter Polheims Vorsitz durch den Sekretär Hans Wittl[344] verlesen. Er konnte sich allerdings nicht die Bemerkung verkneifen, daß er, mit Rücksicht auf Staudingers Klage, an sich das Recht zur Befragung Lauffners auch zu diesem Punkt gehabt hätte. Rottal schwieg dazu; Kanzler Schneidpöck meinte, er wüßte sehr wohl, daß Betrug und Falschheit Geschwisterkinder seien, Siebenbürger möge dies aus seinen Büchern erlernen. Wenige Tage nach dem Verhör widerrief übrigens Lauffner seine unter der Folter gemachten Aussagen; nach Siebenbürgers Vermutung unter dem Einfluß seines Schwagers Rockner und der beiden Regimentsmitglieder.

In der Folgezeit ruhte das Verfahren. Zu Jahresende 1512 bat Siebenbürger das Regiment, dem nun anstelle des am 11. November verstorbenen Polheim Markgraf Ernst von Baden als oberster Hauptmann vorstand[345], ihn für 1513 nicht mehr zum Stadtrichter zu bestellen, da er sich bedroht fühle. Man gab dem Ersuchen statt; Siebenbürger war in diesem Jahr bloß Ratsherr[346], ab 1514 nicht mehr. Das Amt des Stadtrichters wurde 1513 wieder von Hans Pelchinger versehen, da der Prozeß — dank Lauffners Stillschweigen — bisher keinen Nachweis für eine Schuld, welche die seinerzeitige Enthebung gerechtfertigt hätte, erbracht hatte. Von Pelchinger war natürlich keine korrekte Führung des Lauffner-Prozesses zu erwarten; ob er, wie Siebenbürger vermutete, rückdatierte Aktenstücke, die diesen kompromittierten, nachträglich in die Prozeßakten einlegte, sei dahingestellt. Schneidpöck, Rottal, Saurer, Öder, Kirchhofer und der Wiener Ratsherr Wolfgang Treu[347] beschwerten sich bei Kaiser Maximilian über Siebenbürger, dem es ihrer Meinung nach bei der Prozeßführung nicht so sehr um die Überführung Lauffners, sondern um eine Kompromittierung der kaiserlichen Beamtenschaft gegangen sei. Der Kaiser forderte die Prozeßakten an; ein Versuch Siebenbürgers, den Monarchen in Augsburg persönlich zu sprechen, wurde vom Vizedom Saurer hintertrieben. Rückhalt fand der einstige Stadtrichter nur bei dem Regimentshauptmann Markgraf Ernst von Baden, der ihn zu seinem Rat und Diener ernannte und damit vor unmittelbarer Verfolgung schützte, sich außerdem um eine Betreibung des Lauffner-Prozesses und um eine Entfernung Rottals aus dem Regiment bemühte; dies erfahren wir aus einem Schreiben, das Lauffners Schwager, der kaiserliche Sekretär Rockner, am 8. August 1513 vom Hoflager in Worms an den obersten Hofkanzler Cyprian von Sernthein in Innsbruck richtete[348]. Darin wird auch die Ankunft des Markgrafen und das Eintreffen der Prozeßakten in Innsbruck angekündigt, ferner die Berufung Rottals gegen seine Eliminierung aus dem Regiment; die Bitte Rockners, daß sich Sernthein als „getreuer Mann" erweisen möge, versteht sich zweifellos als Appell, die Bemühungen des Markgrafen zu durchkreuzen. Kurz danach wurde diesem die Hauptmannschaft über das niederösterreichische Regiment entzogen; an seine Stelle trat — unter dem Titel eines „Landhofmeisters" — niemand anderer als Georg von Rottal, der die besondere Gunst des Kaisers genoß[349] und nun alles daransetzte, um Siebenbürger zu diskreditieren. Rottal, Schneidpöck und Treu hatten von dem des Mordes angeklagten Christoph Hutstocker[350] während dessen Folterung belastende Aussagen über Siebenbürger und dessen Universitätskollegen Dr. jur. Peter Tanhauser[351] zu erhalten versucht und diese Befragung im Beisein Siebenbürgers, des Stadtanwaltes Hans von Gutenstein, des Untermarschalls Benedikt Jüdinger und des Doktor jur. Jörg Besserer wiederholt[352], doch ohne Ergebnis. Wenig später starb Hutstocker an den Folgen der Tortur; Siebenbürger und Tanhauser beschwerten sich über die Fragestellung, die in keinem Zusammenhang mit der gegen den Delinquenten erhobenen Anklage gestanden sei.

Der Einfluß von Siebenbürgers Gegnern wird aus einem Schreiben ersichtlich, das Kaiser Maximilian am 17. Oktober 1513[353] aus Lonstein am Rhein an das niederösterreichische Regiment richtete. Dieses habe die Prozeßakten über Lauffner und Staudinger unverschlossen dem Markgrafen Ernst von Baden geschickt; darüber habe sich der Angeklagte Lauffner mit dem Hinweis beschwert, daß sein alter Widersacher Dr. Siebenbürger, Rat und Diener des Markgrafen, auf diese Weise Gelegenheit hätte, Schriftstücke, die nicht zu den Akten gehören, beizulegen. Er, der Kaiser, habe den Markgrafen veranlaßt, die Akten samt allfälligen Ergänzungen dem Regiment zurückzustellen, dieses möge sie in Gegenwart beider Parteien kollationieren und sodann verschlossen an den Kaiser senden. Lauffner, der noch immer an den Folgen der vorigjährigen Folterung leide, sei gegen eine Kaution von 3000 fl rh. freizulassen, sein Gut sei ihm zurückzustellen, Staudinger aber müsse in Haft bleiben. Am 17. Dezember 1513[354] schrieb der Kaiser dem Regiment neuerlich, diesmal aus Augsburg. Wie ihm berichtet worden sei, habe Dr. Martin Siebenbürger, als er als Wiener Stadtrichter die Untersuchung gegen Lienhard Lauffner führte, viel „Unförmlichkeit und Ungeschick" gezeigt, auch seine Kompetenzen überschritten und damit nicht nur parteiisch gegen Lauffner, sondern zum Nachteil einiger Regimentsräte gehandelt. Er, der Kaiser, habe daher den Kammerprokurator der niederösterreichischen Lande, Dr. jur. Johann Stephan Reuß[355], mit der gerichtlichen Untersuchung gegen Siebenbürger beauftragt. Reuß sollte, laut gesondertem Schreiben, Siebenbürger vor allem zu dem Vorwurf vernehmen, daß er die Verunglimpfung kaiserlicher Räte geduldet habe.

Reuß lud Siebenbürger für den 10. Jänner 1514 vor. Dieser war jedoch am 21. Dezember von den Ständen Österreichs gemeinsam mit Mert Keck zum Landtag nach Innsbruck delegiert worden[356], Dr. Reuß versuchte vergeblich, den Wiener Rat zur Nominierung eines anderen Abgeordneten zu bewegen. Siebenbürger sandte dem Kaiser eine ausführliche Stellungnahme zur Lauffner-Affäre[357] und reiste dann selbst nach Innsbruck. Dort schilderte er Maximilian I. auch mündlich den Sachverhalt, vermochte aber bloß einen Befehl des Kaisers an das Regiment zu erwirken, mit dem Vorgehen gegen Siebenbürger bis zu dessen Rückkehr nach Wien zuzuwarten. Dort lag Dr. Reuß bereits eine ausführliche Äußerung Georgs von Rottal vor[358]; Siebenbürger seinerseits beschwerte sich beim Kammerprokurator über Rottal, Schneidpöck und Saurer, weigerte sich jedoch, in ihrer Gegenwart auszusagen. In einem Schreiben aus Enns vom 17. März 1514[359] befahl der Kaiser dem Regiment, nun auch den Bartel Staudinger gegen eine Kaution von 1200 fl zuzüglich des von Lauffner erlegten Betrages freizulassen, eine kollationierte Abschrift der Prozeßakten sei versiegelt an den Hofkanzler Sernthein zu schicken. In einem Brief aus Vöcklabruck vom 26. März 1514[360] bezog sich der Kaiser auf eine Mitteilung, daß bei Kollationierung der bewußten Prozeßakten Schriftstücke, die Siebenbürger nachträglich beigelegt habe, aufgetaucht seien; das Regiment möge Lauffner und Staudinger sowie den Wiener Urteilschreiber fragen, was während der Prozeßführung unter den Stadtrichtern Siebenbürger und Pelchinger tatsächlich vorgebracht worden sei, sodann die kollationierten Akten verschlossen, zusätzliche Schriftstücke gesondert an den Hofrat zu Handen des Hofkanzlers Sernthein senden; dem Lauffner seien seine beschlagnahmten Güter freizugeben. Am 7. Juni 1514 bat Dr. Siebenbürger die Wiener Universität, für ihn beim Kaiser zu intervenieren, was auch geschah[361]. Am 31. Juli 1514[362] bestätigte der Kaiser von Gmunden aus den Erhalt der Stellungnahmen des Dr. Siebenbürger und des Kammerprokurators Dr. Reuß; Siebenbürger wurde aufgefordert, binnen 33 Tagen nach Empfang des Briefes vor Reuß zu erscheinen, andernfalls werde in seiner Abwesenheit gegen ihn verhandelt. Bei dieser Vernehmung, die vor dem Regiment und vielen Zuhörern stattfand, scheint Siebenbürger die Nerven verloren zu haben; er bezeichnete Dr. Reuß als infam, als Buben und Schalk, und erklärte, sich vor einem solchen Bösewicht nicht verantworten zu wollen. Reuß behielt Haltung; wenig später starb er, was Siebenbürger in seinen Aufzeichnungen mit Genugtuung vermerkte[362a]. Am 15. September 1514 sandte der Regimentskanzler Dr. Schneidpöck die Akten über die Auseinandersetzung zwischen dem verstorbenen Reuß und Siebenbürger im Beisein des Hans Öder per Post nach Innsbruck ab[363]. Dorthin wurde auch Siebenbürger zitiert, nach seiner Ankunft aber wegen anderweitiger Belastung des Hofes wieder heimgeschickt und neuer-

Abb. 15 Bildnis des Franz Straub, datiert 1561, von Hanns Lautensack, in der Staatlichen Graphischen Sammlung, München. Foto: Staatliche Graphische Sammlung, München.

lich für Weihnachten 1514 vorgeladen. Bei diesem zweiten Besuch vernahm ihn der neue Kammerprokurator Dr. jur. Philipp Altinger. Siebenbürger stellte nach Einsichtnahme in die in Innsbruck eingetroffenen Prozeßakten fest, daß zwei Briefe — einer von Schneidpöck und Rottal, der andere von Saurer — beigelegt worden waren. Er bat den Kaiser, ihm Recht zu gewähren, wurde aber nach Beratung einer eigens eingesetzten Kommission mit dem Bedeuten verabschiedet, daß man die Akten prüfen und dem Gesetz entsprechend verfahren werde. So zog er heim, ohne etwas erreicht zu haben; zweifellos enttäuscht und verbittert, trug er in seine Aufzeichnungen eine ausführliche Darstellung der Affäre Lauffner aus seiner Sicht ein[364], die mehrmals an den Rand geschriebenen Worte „Lauffner der Schalk" bzw. „Lauffner der Pöswicht"[365] kennzeichnen seine maßlose Wut über den listigen Erpresser, der in Ausnützung seiner Verbindungen seinen einstigen Richter in Mißkredit gebracht hatte.

Der Kaiser ließ nun die Prozeßakten zur Begutachtung an die Universität Freiburg im Breisgau übermitteln. Am 17. März 1515 bestätigte diese den Empfang und versprach eingehende Prüfung durch ihre juridische Fakultät[366]. Den Wortlaut des Gutachtens kennen wir leider nicht, über das Wesentlichste berichtet Siebenbürger[367]; danach haben die Freiburger Widersprüche in den Akten und Abweichungen der Regimentsmitglieder von ihren Instruktionen aufgezeigt, insbesondere beanstandet, daß Pelchinger, obwohl selbst belastet, 1513 anstelle Siebenbürgers zum Stadtrichter bestellt und mit der Fortführung des Prozesses betraut worden war, und schließlich die Auffassung vertreten, daß Staudinger rehabilitiert werden müsse, selbst wenn der Kaiser dem zweifellos schuldigen Lauffner die Strafe nachsehen wolle.

Am 14. Dezember 1516[368] schrieb der Kaiser aus Hagenau an Laurenz Saurer, er möge dem Lienhard Lauffner, der seines Amtes als Wassermautner enthoben worden sei, 100 fl sofort auszahlen, künftig aber die Hälfte seines Amtseinkommens solange anweisen, bis der Prozeß entschieden sei. Das Freiburger Gutachten samt den Akten gelangte im Laufe des Jahres 1517 ins Landhaus zu Wien, also zu den Ständen Österreichs unter der Enns, wurde jedoch auf Anraten Rottals und Schneidpöcks im kaiserlichen Auftrag an den Offizial des Bischofs von Wien und jenen des Bischofs von Passau zur Beschlußfassung weitergeleitet. Siebenbürger, der eine Beeinflussung der Offiziale durch seine Feinde und Manipulationen in den Akten befürchtete, intervenierte schriftlich und sandte außerdem am 6. Jänner 1518 eine ausführliche Stellungnahme an den Kaiser ab. Der Spruch der Offiziale stützte sich im wesentlichen auf das Freiburger Gutachten und gipfelte in der Auffassung, daß der gesamte, gegen Lauffner und Staudinger geführte Prozeß wegen verschiedener Verstöße gegen die Verfahrensordnung, unter anderem auch wegen der Bestellung des selbst belasteteten Pelchinger zum Richter, als nichtig anzusehen sei[369]. Zweifellos haben darüber alle Beteiligten mit Ausnahme Staudingers und Siebenbürgers, denen damit ihre offizielle Rehabilitierung versagt blieb, Erleichterung empfunden. Siebenbürger verlagerte nun seine Aktivität in die Landstände Österreichs, die Standesorganisation des hohen und niederen Adels, der Prälaten und der landesfürstlichen Städte, die seit jeher in Opposition zum Regiment stand. Als Abgeordneter Wiens zur ständischen Städtekurie nahm er wiederholt an Landtagen teil, so an den von den Ständen aller Erbländer beschickten Generallandtagen, die 1517 in Donauwörth und 1518 in Innsbruck stattfanden[370]. Auch sein alter Streit mit Georg von Rottal lebte wieder auf. Dieser beschwerte sich am 5. August 1518 bei einem Ständeausschuß schriftlich über jene Ehrabschneider, die im Lauffner-Prozeß Fragen über seine angebliche Bestechung gestellt hatten. Siebenbürger, der dies auf sich bezog, betonte sein korrektes Vorgehen, das ihm nur Schaden gebracht habe; hätte er seinerzeit die ihm von Lauffner angebotenen 100 fl angenommen, wäre ihm viel erspart geblieben. Hilfeleistung gab ihm am 7. August Hans von Puchheim, der einst als Marschall des Regiments Lauffner verhaftet hatte; er bestätigte, daß Siebenbürger alle Handlungen als Stadtrichter mit Wissen des Regiments vorgenommen und keineswegs gegen Rottal gehetzt habe, man möge doch die Aussagen der Torturzeugen einsehen. Am 9. August schließlich brachte Siebenbürger im Ständeausschuß eine massive Anklage gegen Rottal zur Verlesung[371]; sie trug vermutlich dazu bei, daß der Kaiser anläßlich des Innsbrucker Generallandtages eine Abberufung Rottals und eine verstärkte Beteiligung von Ständemitgliedern am Regiment in Aussicht nahm[372].

Mit dem Tod Maximilians I. am 12. Jänner 1519 wurden diese Pläne gegenstandslos. Gemäß seinem Testament sollte das bisherige Regiment — mit Rottal an der Spitze und Schneidpöck als Kanzler — die Geschäfte in den niederösterreichischen Landen bis zum Regierungsantritt der Thronerben Karl und Ferdinand, die damals in Spanien bzw. Burgund weilten, weiterführen. Die Stände, in früherer Zeit selbst für solche Interimsregierungen zuständig, nahmen dies nicht zur Kenntnis, sagten dem bisherigen Regiment, das sich nach Wiener Neustadt zurückzog, den Gehorsam auf und bildeten eigene Regierungen; die in Österreich unter der Enns bestand aus 64 Personen, von denen 16 als „Landrat" seit Februar 1519 die oberste Gewalt ausübten. Auf die detaillierte Schilderung dieser Bewegung und ihres Fortganges verzichten wir, da sie schon öfters dargestellt wurde[373]; wir beschränken uns auf die wichtigsten Fakten, soweit sie Dr. Siebenbürger unmittelbar berührten. In Wien hatte sich schon am 15. Jänner neben dem unschlüssigen Rat, dem damals der seinerzeit in die Lauffner-Affäre verwickelte Wolfgang Kirchhofer[374] als Bürgermeister vorstand, ein von den Genannten und der Gemain gebildeter außerordentlicher Ausschuß von 53 Personen konstituiert, der bald den Rat unter seine Kontrolle brachte und fortan die Stadtpolitik im Rahmen der ständischen Bewegung bestimmte. Wortführer in diesem Ausschuß war niemand anderer als Martin Siebenbürger, dem die Verjagung des alten Regiments eine späte Genugtuung bereitet haben muß. Zunächst gehörte er dem neuen Landrat an; für die Wiener Hausgenossen — das privilegierte Konsortium der Bankiers —, die ihn als Mitglied aufgenommen hatten, gab er am 8. Februar 1519 ein Festessen[375]. Am 12. Juni reisten er und Michel von Eitzing nach Villach ab, wo sich Abgeordnete aller Erbländer zu einer Gesandtschaft nach Spanien versammelten; man wollte nämlich vom neuen Landesfürsten Karl die Anerkennung der getroffenen Maßnahmen und eine Verbesserung der künftigen Regierungsform erwirken. Am 20. Juni brach man von Villach auf; die Reise ging über Venedig, Florenz und Rom nach Neapel, von dort ab 1. September zu Schiff nach Barcelona, wo man am 3. November landete. Am 6. November traf man in Molina del Rey ein, wo Karl — inzwischen als Karl V. zum Römisch-deutschen Kaiser gewählt — Hof hielt. Noch am selben Tag trat Siebenbürger als Sprecher seiner Kollegen dem Monarchen gegenüber. Seine lateinische Ansprache, bei der er zum Teil von der gemeinsam vereinbarten Sprachregelung abwich, allzu selbstbewußt auftrat und höfisches Gehaben vermissen ließ, machte keinen günstigen Eindruck; die Mehrzahl der Gesandten distanzierte sich von ihm, Karls Kanzler Gattinara hielt sich bei den folgenden Besprechungen mehr an den von der Steiermark delegierten Sigmund von Herberstein. Am 15. November gab Gattinara die Stellungnahme seines

Herrn bekannt: die Stände hätten besser daran getan, den letzten Willen Maximilians zu beachten, das landesfürstliche Gut nicht an sich zu ziehen und von dem Vorgehen gegen das Regiment, selbst wenn dessen Mitglieder Verfehlungen begangen hätten, Abstand zu nehmen, doch wolle man gerne glauben, daß die Stände in bester Absicht gehandelt hätten. Da der Kaiser vorläufig nicht selbst nach Österreich kommen könne, möge die Erbhuldigung vor einer neu eingesetzten, für alle Erblande gemeinsam zuständigen obersten Regierung geleistet werden, dann sei man zur Prüfung und Bestätigung der ständischen Privilegien bereit. De Gesandten waren über diese Äußerung geteilter Meinung, ein Mehrheitsbeschluß, von Herberstein erwirkt, sprach sich für Kenntnisnahme aus. Siebenbürger als Vertreter Österreichs unter der Enns meinte freilich, die anderen Länder hätten gut reden, da sie den Übergriffen des in Wien residierenden Regiments nicht unmittelbar ausgesetzt gewesen seien. Am 19. Dezember wurde die Gesandtschaft verabschiedet, die Rückreise ging auf dem Landweg über Südfrankreich und Oberitalien. Siebenbürger traf am 5. Februar 1520 wieder in Wien ein, wo Friedrich von Pieschen an seiner statt den Sitz im Landrat übernommen hatte. In seinem Bericht vom 8. Februar über den Erfolg der Reise stellte Siebenbürger die Sache so dar, als ob Karl V. den Umsturz nachträglich gebilligt habe, und erwirkte solcherart die Erbhuldigung, die die unterennsischen Stände vor Vertretern der obersten Regierung am 9. Juli 1520 in Klosterneuburg leisteten. Die Wiener huldigten am 11. Juli in ihrer eigenen Stadt; von dem konzedierten Zusatz, daß man dem alten Regiment keinen Gehorsam mehr schulde, machten einige in landesfürstlichem Dienst stehende Bürger, darunter Hans Süß und Wolfgang Treu, die wir aus dem Lauffner-Prozeß kennen, keinen Gebrauch. Vom 8. August bis 4. September 1520 fand auf Einladung der obersten Regierung in Augsburg eine Tagung statt, an der auch Dr. Siebenbürger teilnahm. Dabei konnten sowohl das alte Regiment als auch die ständische Regierung ihre gegenseitigen Beschuldigungen vortragen. Siebenbürger legte im Namen der Stadt Wien nicht weniger als 23 „Gravamina“ gegen das alte Regiment vor, hauptsächlich Vorwürfe über Eingriffe in die Stadtverwaltung und in bürgerliche Rechte, auch der Lauffner-Prozeß kam dabei zur Sprache[376]. Der besonderen Empfindlichkeit Österreichs unter der Enns trug die oberste Regierung insofern Rechnung, als sie dieses Land einer eigens geschaffenen „Mittelregierung“ als Zwischeninstanz unterstellte. Unmittelbar nach Tagungsende reiste Siebenbürger zum Kaiser, um ihm auch persönlich die Beschwerden vorzutragen; am 15. Oktober erreichte er ihn in Maastricht und zog dann mit dem Hof über Aachen bis Mainz. Von dort reiste er am 15. November ab, am 14. Dezember 1520 traf er in Wien ein. Hier hatte sich inzwischen im Sinne eines Landtagsbeschlusses vom Oktober auf Drängen der kaiserlichen Kommissäre nicht nur die ständische Regierung, sondern auch der außerordentliche Bürgerausschuß aufgelöst; es war dies die Bedingung für die Bestätigung der Landesprivilegien gewesen. Damit waren die in Siebenbürgers Abwesenheit von Friedrich von Pieschen und Hans Rinner geführten Wiener Radikalen zwar ihres Instruments beraubt; sie hatten jedoch bei der in kaiserlichem Auftrag am 27. September 1520 stattgefundenen Ratswahl für 1521 die Mehrzahl der Ratssitze mit ihren Anhängern zu besetzen gewußt und zum Bürgermeister Siebenbürger gewählt, der erst bei seiner Heimkehr am 14. Dezember davon erfuhr und in seine Aufzeichnungen die Bemerkung eintrug: „Des ich von hertzen erschrokhen, got geb, es sey nit, den mein verderbenn daran stet. Got schykhs zum pesten!“[377]. Offenbar ahnte er, was auf ihn zukam.

Abb. 16 Wappen des Johann Baptist Siebenbürger im Friedensheimschen Wappenbuch von 1599, Niederösterreichisches Landesarchiv — Ständisches Archiv, Wien, Handschrift 59, 3. Teil, Nr. 47. Foto: Niederösterreichisches Landesarchiv — Ständisches Archiv, Wien.

Zunächst schien alles in Ordnung zu gehen. Am 17. Jänner 1521 bestätigte Karl V., wenngleich nicht ohne Bedenken, das Wahlergebnis. Mit seinem Verzicht auf die Herrschaft in den Erblanden zugunsten seines Bruders Ferdinand am 29. April 1521 kündigte sich jedoch ein neuer politischer Kurs an. Am 5. Juni nahm der aus Brüssel angereiste neue Landesfürst in Ybbs die Erbhuldigung Österreichs unter der Enns entgegen. Bald darauf bestellte er für die niederösterreichischen Lande ein neues, „Hofrat" genanntes Regiment; für die Zeit seiner Abwesenheit setzte er seine Gemahlin Anna als oberste Regentin ein, im Oktober 1521 reiste er nach Brüssel ab. In Wien hatte von Juni bis September eine furchtbare Pestseuche gewütet, der mehrere Ratsherren zum Opfer fielen. Bürgermeister Siebenbürger blieb verschont; die Ungewißheit, wie Ferdinand über die seinerzeitige Umsturzbewegung urteilen würde, mag ihn bedrückt haben.

Dem für 1522 gewählten Rat gehörten bezeichnenderweise keine Radikalen mehr an; ob durch Manipulation, wie das Volk behauptete, sei dahingestellt. Bloß Siebenbürger blieb, allerdings nur mehr als Ratsherr. Am 17. April starb sein zehntes und letztes Kind kurz nach der Geburt; Martin vermerkte es mit dem Zusatz „hab also 5 khind bei got, 5 herundten“[378]. Am 27. Juni verzichteten seine Frau Helena und andere Nachkommen ihres Vaters Hans Kopp zugunsten von Helenas Schwester Barbara, Gattin des Christoph Turner, auf ihre Anteile an dem von Kopp hinterlassenen Haus am St. Petersfreithof[379]. Noch stand Martin Siebenbürger in der Politik; an einer Tagung in Wien, die am 25. Mai 1522 begann und sich mit Verteidigungsmaßnahmen gegen die Türken befaßte, wirkte er als Abgeordneter der Stände mit. Im Juni kam der Landesfürst Ferdinand wieder nach Österreich; diesmal fand er Zeit, über die Vorgänge von 1519 und 1520 zu urteilen, alle daran Beteiligten wurden vor einen eigens bestellten Gerichtshof nach Wiener Neustadt zitiert. Dort verhandelte man vom 10. bis 12. Juli unter freiem Himmel auf dem Hauptplatz; Sprecher des alten Regiments war dessen Kanzler Dr. Hans Schneidpöck[380], die Ständepartei wurde von Dr. Viktor Gamp vertreten[381]. Anschließend kam es noch zu Einzelverhören; Siebenbürger legte dem Landesfürsten einen neu verfaßten Bericht über den Lauffner-Prozeß vor[382]. Am 23. Juli wurde das Urteil verkündet; es gab dem alten Regiment recht, die Ständepartei wurde schuldig gesprochen, ihre am meisten belasteten Mitglieder, darunter Dr. Siebenbürger und Friedrich von Pieschen, setzte man in der Neustädter Burg in Haft. Am 9. August wurden Hans von Puchheim und Michel von Eitzing, am 11. August 1522 Dr. Martin Siebenbürger, Friedrich von Pieschen, Hans Rinner, Stefan Schlagindweit, Hans Schwarz und Martin Flaschner enthauptet, ihre Leichname nach Wien verbracht. Siebenbürger bestattete man zu St. Stephan, vermutlich in der Moranduskapelle, wo sein Oheim Sigmund ruhte und Martins Meßstiftung begangen wurde[383]. In Wiener Neustadt erinnerte ein aus Pflastersteinen gebildeter Kreis auf dem Hauptplatz an den Standort des Blutgerichts; in Wien brachte man 1922 unter dem Rathausturm eine Gedenktafel für Siebenbürger und seine Genossen an[384], die Siebenbürgerstraße im 22. Wiener Gemeindebezirk ist nach ihm benannt.

Ein Porträt Dr. Martin Siebenbürgers ist leider nicht überliefert. Wir wissen auch nicht, ob er das vorhin beschriebene Wappen seines Oheims Sigmund geführt hat. In den Akten der ungarischen Nation der Wiener Universität ist 1503 seinem Namen eine Art Monogramm, C. M.Ɔ., beigefügt[385], wir finden es auch auf Martins Siegel an einer Urkunde vom 27. Oktober 1514, vermehrt um drei Rosen, die aus dem mittleren Buchstaben M sprießen[386].

Martin Siebenbürgers Vermögen wurde zunächst vom Landesfürsten konfisziert. Auf Ersuchen der Witwe Helena hat König Ludwig II. von Ungarn bei Erzherzog Ferdinand für eine Freigabe interveniert[387], doch noch am 28. September 1523 wird die Einlage Martins bei der Wiener Handelsgesellschaft als beschlagnahmtes Gut bezeichnet[388]; am 5. Oktober 1523 war sie bereits freigegeben, auch die von Martin hinterlassenen Häuser blieben seinen Erben gewahrt[389], die Rückerstattung von 600 fl hat die Witwe 1524 urgiert[390]. Im dritten Quartal 1525 trat „Helena, Herrn Doctor Mertn Siebenburger verlassen Wittib am Hohen Markt“ der Gottsleichnamsbruderschaft zu St. Stephan bei und bezahlte auch den posthumen Eintritt ihres Mannes[391]. Im selben Jahr teilte sie dessen Nachlaß mit ihren Kindern und übernahm das halbe Haus am Haarmarkt[392]. Sie heiratete dann in zweiter Ehe Hans Hofmann, der von 1527 bis 1540 Stadtschreiber von Wien war[393], 1545 begegnet sie uns als dessen Witwe,

1558 vermachte sie das halbe Haus ihren Kindern[394], im selben Jahr starb sie und wurde zu St. Stephan bestattet[395].

Von den zehn Kindern aus der 1508 geschlossenen Ehe des Dr. Martin Siebenbürger und der Helena geb. Kopp haben fünf den 1522 hingerichteten Vater überlebt: Thoman (geb. 1512), Andre (geb. 1514), Ulrich (geb. 1516), Katharina (geb. 1517) und Martha (geb. 1520)[396]. Ihren Vormündern Wolfgang Heitl und Wolfgang Kirchhofer wurde am 5. Oktober 1523 die treuhändige Verwaltung des Gesellschaftsanteils ihres Vaters bis zur Großjährigkeit der Kinder übertragen[397]. Deren Erbteilung mit ihrer Mutter Helena im Jahre 1525 haben wir vorhin erwähnt[398]. Danach fiel den Kindern das Haus am Hohen Markt samt dem Zuhaus im Berghof zu. Nach dem frühen Tod von Ulrich und Martha und dem Verzicht des Bürgermeisters Hermes Schallautzer als Vormund von Andre und Katharina wurde Thoman Siebenbürger 1538 als alleiniger Besitzer im Grundbuch eingetragen[399]. 1540 mußte er den Komplex mit einem Burgrecht von 200 t belasten, das er erst 1550 ablöste[400]. 1549 heiratete er Anna, Witwe nach Wolfgang Egrer[401]. 1558 erweiterte er den Hauskomplex am Hohen Markt durch Ankauf eines Nachbarhauses[402], im selben Jahr übernahm er das von seiner Mutter Helena hinterlassene halbe Haus am Haarmarkt, nachdem er seine Schwester Katharina, Gattin des Dr. Johann Pyerer, und Mert und Helena, die Kinder seines verstorbenen Bruders Andre Siebenbürger, abgefunden hatte[403]. 1560 ist er schon in zweiter Ehe mit Barbara, Tochter des Leopold Ebersperger und Witwe nach Wolfgang Mägerl (gest. 1558) und Dr. jur. Alexander Liephart (gest. 1559) vermählt[404]; sie bringt ihm 1560 ein Haus am Neuen Markt zu, das an Philipp Perchtold verkauft wird[405], und 1561 ein halbes Haus am Kienmarkt im Winkel, dessen andere Hälfte Thoman 1562 erwirbt[406], ein von Mägerl stammendes Haus am Eck Kohlmarkt/Walchstraße behält Barbara allein[407]. 1565 bis 1566 besitzt Thoman auch ein Haus im Grashof[408]. Seine politische Laufbahn zeigt, daß ihm die Katastrophe seines Vaters nicht nachgetragen wurde und er in der Gunst des Landesfürsten stand: 1542 und 1543 gehörte er als Raithandler dem äußeren Rat an, 1544 bis 1547 war er Stadtgerichtsbeisitzer, 1548 bis 1559 saß er im inneren Rat, 1560 und 1561 bekleidete er die Bürgermeisterwürde, 1562 bis 1565 gehörte er wieder dem inneren Rat an, 1566 und 1567 war er Stadtrichter, 1568 bis 1571 nochmals im inneren Rat[409], 1569 wurde er auch zum Hauptmann der Stadtguardia, der Wiener Polizeitruppe, bestellt[410], 1573 bis 1578 ist er als Superintendent der landesfürstlichen Bauten in Wien nachweisbar[411]. Am 28. Mai 1560 hatte er eine Wappenbesserung erhalten, am 16. Dezember 1577 wurde er geadelt[412]. Sein Testament, das er am 21. August 1575 verfaßte, hat sich erhalten[413]; darin verfügt er seine Bestattung zu St. Stephan bei seinen Eltern, kleinere Legate erhalten sein Schwager Hans Springschaff, sein Eidam Dr. Johann Prunner und sein Ziehknabe Anton Müller, Haupterben sind sein Sohn Johann Baptist, kaiserlicher Hofdiener, der das Haus am Hohen Markt, den Weingarten „Kholpeck" am Nußberg, einen Weingarten bei Baumgarten, das größere Lerchfeld bei St. Ulrich, eine Ziegelgrube in Klosterneuburg, einen Garten vor dem Kärntnertor sowie kostbares Geschirr und Juwelen erhält, und die Kinder von Thomans verstorbener Tochter Martha mit Dr. Prunner, Christoph und Barbara, die das Haus am Haarmarkt, einen Weingarten am Mittersberg bei Grinzing, einen Weingarten bei Klosterneuburg und ebenfalls Geschirr und Pretiosen bekommen, der Rest des Nachlasses, darunter das Haus am Kienmarkt, ist Thomans Frau Barbara zugedacht, die gemeinsam mit dem Sohn Johann Baptist das

Testament vollstrecken soll, Zeugen des letzten Willens sind Dr. jur. Melchior Hofmair, kaiserl. Rat und niederösterreichischer Kammerprokurator, und Gregor Schausichselbst. Thoman Siebenbürger starb 1578, am 12. März dieses Jahres wurde sein Testament eröffnet[414]. Seine Witwe Barbara heiratete noch im selben Jahr den kaiserlichen Bibliothekar Dr. jur. Hugo Blotius, starb aber schon zwischen 30. November und 12. Dezember 1578[415]. Blotius als ihr Erbe wurde 1580 an die Gewer des Hauses am Kohlmarkt und des halben Hauses am Kienmarkt geschrieben[416].

Thomans Sohn aus erster Ehe, Johann Baptist Siebenbürger, hatte 1575 Elsbeth, Witwe nach Hans Straub d. J., geheiratet[417]; sie starb schon 1576 und hinterließ ihm ein halbes Haus am Kienmarkt, das er 1582 verkaufte[418]. Den Häuserkomplex am Hohen Markt, den er von seinem Vater Thoman 1578 erbte, veräußerte Johann Baptist zu unbekannter Zeit an Sigmund Katzpeck[419]. 1582 bis 1584 stritt er mit der Stadt Wien um drei Baugründe beim Bürgerspital, die seinem Vater Thoman zu Leibgeding gehört hatten[420]. Fortan ist er in Wien nicht mehr faßbar, er bevorzugte offenbar das Leben eines Landedelmannes auf der von ihm erworbenen Herrschaft Oberseebarn[421], am 27. Juli 1579 war er unter die neuen Ritterstandsgeschlechter Österreichs unter der Enns aufgenommen worden[422]. 1590 verkaufte er Oberseebarn an Raimund Straub d. J., im selben Jahr soll er gestorben sein[423]. Sein geviertes Wappen zeigt in Feld 1 und 4 in Gold den reitenden Knaben, den schon Sigmund und Thoman in ihren Wappen geführt hatten, in Feld 2 und 3 in Rot einen silbernen Berg aus sieben Spitzen[424] (Abb. 16). Von seinen Nachkommen ist wenig bekannt; zu ihnen zählte jedenfalls Johann Baptist d. J., der 1645 bis 1656 Rat des niederösterreichischen Regiments war und am 5. Juni 1663 in Wien verstarb[425].

Christoph Prunner und Barbara, Gattin des Lorenz Schipfer zu Klingenberg, Oberdreißigers zu Ungarisch-Altenburg, Kinder von Thoman Siebenbürgers Tochter aus zweiter Ehe Martha mit Dr. Johann Prunner, hatten, wie erwähnt, das halbe Haus am Haarmarkt von Thoman geerbt; es kam später schuldenhalber an die Handelsgesellschaft des Ercole Podesta, die es 1601 an Christoph Kirchstetter veräußerte[426].

Thoman Siebenbürgers Bruder Andre war schon vor 1558 gestorben. Seine Gattin Anna hatte ihm zwei Kinder, Martin und Helena, geboren, die 1558 zugunsten ihres Oheims Thoman auf ihre Anteile an dem von ihrer Großmutter vererbten halben Haus am Haarmarkt verzichteten[427]. Ihre Mutter Anna, in zweiter Ehe Gattin des Hans Pruckner, vermachte ihnen ein von Pruckner stammendes halbes Haus am Silberbühl, nach Verzicht Helenas, die Stefan Kleeblatt heiratete, wurden Martin und seine 1563 angetraute Frau Margret geb. Prock 1566 an die Gewer geschrieben, 1568 kaufte Martin auch die andere Haushälfte[428]. Er war 1550 an der Wiener Universität immatrikuliert worden[429], 1564 und 1565 gehörte er dem äußeren Rat an, 1566 bis 1572 war er Stadtgerichtsbeisitzer. Kinderlos starb er am 8. Februar 1572[430]; sein Haus am Silberbühl fiel an seine Witwe Margret, die es ihren Kindern aus erster Ehe, Lazarus und Cäcilie Summer, vermachte[431].

Die Erben des Wiener Bürgermeisters von 1503, Wolfgang Zauner

Die von Lazius behauptete Herkunft dieser Familie aus Steyr[432], wo 1385 und 1389 ein Heinrich Zauner Stadtrichter war[433], ist nicht gesichert. In der Wiener Universitätsmatrikel finden wir 1456 Peter Zauner aus Falkenstein, 1465

Leonhard Zauner aus Mettmach (bei Ried im Innkreis), 1472 Wolfgang Zauner aus Ried, das zur rheinischen Nation gerechnet wird, daher mit dem damals noch bayerischen Ried im Innkreis gleichzusetzen ist, 1489 Georg Zauner aus Grieskirchen und 1493 Georg Zauner aus Wels[434].

Der nachmalige Wiener Bürgermeister Wolfgang Zauner, vielleicht mit dem eben erwähnten, aus Ried stammenden Studenten von 1472 identisch, wird 1491 durch Heirat mit Katrei, Tochter des Korneuburger Bürgers Mert Kreshan und Witwe nach dem Wiener Bürger Erhard Waldmut, Mitbesitzer eines Hauses in der Münzerstraße zu Wien, das Katrei 1488 von ihrem ersten Mann geerbt hatte[435]. 1500 kauft das Ehepaar ein anstoßendes Haus am Lichtensteg dazu[436]. Wolfgang allein erwirbt 1501 ein Haus in der St. Johannesstraße[437] und 1505 um 60 t ein weiteres Haus in der Münzerstraße, hinten zum Kammerhof gerichtet[438]. Belege aus den Jahren 1500, 1501, 1503, 1504 und 1507 beweisen, daß Wolfgang Zauner die Stadt mit Barchent und landfremden Wein belieferte[439]. In öffentlichen Ämtern ist er schon seit 1496 nachweisbar; damals war er als Genannter Steuerherr[440], 1497 bis 1501 saß er im Rat und fungierte wieder als Steuerherr[441], 1503 bekleidete er das Bürgermeisteramt[442], 1504, 1505 und 1507 ist er wieder Ratsherr[443]. Am 21. Juni 1507, als seine Frau Katrei schon verstorben war, werden die von ihr hinterlassenen Weingärten vom Rat der Stadt Korneuburg unter folgende, von Wolfgang Zauner vertretene Erben aufgeteilt: Katreis Bruder, der stumme Sebastian, Sohn des Mert Kreshan aus dessen erster Ehe mit einer Ottilie; Katreis Halbbruder Matthäus, Sohn des Mert Kreshan aus dessen zweiter Ehe mit Elsbeth, nachmals Gattin des Korneuburger Bürgers Hans Preuer; und Christoph, Erhard, Barbara und Anna, minderjährige Kinder der Katrei geb. Kreshan mit Wolfgang Zauner[444]. Ein angebliches weiteres Kind des Ehepaars Zauner, Leopold, der nach Lazius der Pest erlegen sei[445], müßte schon vor 1507 verstorben sein, da er bei der damaligen Nachlaßteilung nicht mehr erwähnt wird. Wolfgang Zauner starb wahrscheinlich 1509, da in diesem Jahr Wolfgang Fatzi einmal als sein Diener, einmal als Diener seiner Erben erwähnt wird[446]. Das Zauner'sche Siegel zeigt eine Hausmarke[447].

Im Namen der erwähnten vier Kinder, die den Nachlaß Wolfgang Zauners erbten, verrechnet Wolfgang Fatzi 1509 mit der Stadt Wien Weinlieferungen aus den Jahren 1508, 1509 und 1510[448], als ihr Vormund beteiligt er sie 1511 an der Wiener Handelsgesellschaft[449]. Am 26. Februar 1514 bestätigen Christoph Zauner und seine Schwester Barbara, damals schon Gattin ihres einstigen Vormunds Wolfgang Fatzi, im Namen ihres stummen Onkels Sebastian Kreshan den Empfang von 145 t als Verkaufserlös für das Erbgut, das Sebastian von seinen Eltern zugefallen war[450]. Über den tragischen, zwischen 1513 und 1517 erfolgten Tod von Wolfgang Zauners Tochter Anna berichtet die Stadt Wien 1520 in ihrer Beschwerde gegen das einstige landesfürstliche Beamtenregiment folgendes[451]: „.. das ist uns in der Irrung, so Kopp unnd Zauner Tochter mit ainander gehabt, die khay(serliche) M(ajesta)t aus gegrunten Ursachen und genugsamer Erkhantnuß der Sachen Bevelch that, wir sulln gedenkhen unnd verfügen, das die beede eelich zesamen auff ir Bewilligung vor ainem ehrsamen Rat kämen; darin das Regiment, da wir khay(serlicher) M(ajesta)t Bevelch gelebtn, unns ain Styllstandt gepotn, daraus nachmals komen, das diselb Tochter selige aus seltzamen Uebungen ainem Ausslender mit der vorign Regentn Hylff verheirat, das wider gemainer Stat Freyhait gröslich gehantlt ist, in Ansehung daß Burgermeister, Richter, Rett deshalben furgesetzt, unnd mit Wissen derselbign nit den Ausslender die wassen verheyrat sull werdn. Daraus auch erfolgt, daß dem

Koppen, der sains Alters ungeverlich sechsunndzwainzig Jar, auss seltzamer Practikhen vergeben (= vergiftet) war; wie dan die Doctores der Artzney nach genugsamer Besichtung erkhennen; dergleichen die Junckfraw nit lang nach im auch abgeleibt ist, woll zu bedenkhen auss sunder khumernuß und Freyssung, das man sy gemeltem Koppen nach irem Willen und Gevallen unnd vor ains ersamen Rat unnd ander Enden Begern auch nach Vermugen khay(serlicher) M(ajesta)t gedacht Bevelch nit geben hat, unnd sy mit ainem Ausslender dartzu sy nit willen noch gevallen, in hangenden Rechtn wider Aufersatzung der heiligenn christlichenn Khirchenn verheyraten; wer zu hoffn, wo inen ir baider Wille wie sich gepurt gelassn unnd khay(serlicher) M(ajesta)t Bevelch auch gemainer Stat Freyhaiten vermugen, sy leben baide auff heutign Tag . . . ".

Der hier genannte Kopp ist Andre Kopp, ein Sohn des 1507 verstorbenen Wiener Kaufmanns Hans Kopp und Bruder der Gattinnen von Lienhard Lackner, Dr. Martin Siebenbürger und Hans Straub[452]; aus Obigem geht hervor, daß seine von Kaiser und Rat begünstigte Heirat mit Anna Zauner, die ihn auch liebte, von Beamten des Regiments, die das reiche Mädchen zur Ehe mit einem Ausländer nötigen wollten, hintertrieben wurde, daß Kopp bald darauf an Gift starb und aus Gram darüber bald auch das Mädchen verschied. Zweifellos wuchs damit die Kritik am Regiment[453]. 1517, als Anna nicht mehr lebte, kauften ihre Brüder Christoph und der auch schon großjährige Erhard Zauner, ihre Schwester Barbara und deren Gatte Wolfgang Fatzi einen Hausanteil in der Landskron, der allerdings schon bald nach 1520 in fremde Hände kam[454]. 1519 starb Christoph Zauner[455]; sein Bruder Erhard dürfte um diese Zeit von Wien fortgezogen sein, da er das Wiener Bürgerrecht 1522, offenbar anläßlich der Rückkehr, neu erwerben mußte[456]. Fortan widmete er sich dem Handel; sein Diener (damals auch soviel wie Prokurist) Bartlmä Apfler wird 1523 zu Sankt Stephan bestattet[457]. 1527 erwarb Erhards Gattin Magdalena, die 1521 ihren ersten Mann Stefan Köppl verloren und von ihm die Hälfte eines Eckhauses am Graben geerbt hatte, durch Ablöse auch die andere Hälfte[458]. 1529 starb Erhards Schwager Wolfgang Fatzi[459], 1530 dessen Frau Barbara, Erhards Schwester[460]; mit ihren Kindern Leopold, Georg, Wolfgang und Katrei Fatzi teilte nun Erhard den Nachlaß seines Vaters Wolfgang Zauner. Das Haus in der Münzerstraße, das hinten in den Kammerhof (nachmals Heringmarkt) stieß, überließ er 1534 den Fatzi-Kindern[461], das andere Haus in der Münzerstraße samt dem angrenzenden Haus am Lichtensteg behielt er[462], das Haus in der St. Johannesstraße blieb zunächst gemeinsamer Besitz, doch verzichteten Leopold und Georg Fatzi nach dem Ableben ihrer Geschwister auf ihren Anteil zugunsten Erhards[463]. 1536 starb Erhard Zauners Gattin Magdalen, sie hinterließ ihm das Eckhaus am Graben[464]. Da die Ehe kinderlos geblieben war, vermachte Erhard in seinem Testament von 1541 sein Haus in der St. Johannesstraße an Sigmund Prauchinger[465], das Haus in der Münzerstraße samt dem Zuhaus am Lichtensteg an Leopold Fatzi[466], das Eckhaus am Graben an Georg Fatzi[467].

Wolfgang Fatzi

Nach Wißgrill stammten die Fatzi — auch Facy, Faci, Fazi oder Fäcy geschrieben — aus Welschtirol, dem heutigen Trentino; ein Cosmas Fatzi soll 1507 und 1511 Hoflieferant in Wien gewesen sein[468]. Beweisen läßt sich dies nicht; der Name dürfte allerdings italienischen Ursprungs sein. Ob ein Bartlmä

Abb. 17 Wappen des Wolfgang Fatzi d. J. im Friedesheimschen Wappenbuch von 1599, Niederösterreichisches Landesarchiv — Ständisches Archiv, Wien Handschrift 59, 3. Teil, Nr. 35. Foto: Niederösterreichisches Landesarchiv — Ständisches Archiv, Wien.

„Fatze", der in Villach 1469 und 1474 Ratsherr, 1475 Stadtrichter und noch 1486 und 1495 Bürger war[469], derselben Familie angehörte, muß offen bleiben.

Einiges über Wolfgang Fatzi haben wir bereits im Kapitel über Wolfgang Zauner gehört. Wir wiederholen, daß er 1509, bei seiner ersten Erwähnung, Zauners Diener war und nach dessen im selben Jahr erfolgten Tode die Vormundschaft über seine Kinder übernahm[470]. Noch 1511 fanden wir ihn in dieser Funktion, als er sich im Namen seiner Mündel und auch im eigenen Namen an der Gründung der Wiener Handelsgesellschaft beteiligte[471]. Seine Heirat mit einem dieser Mündel, Barbara Zauner, spätestens 1514 vollzogen[472], trug zweifellos zu seinem Aufstieg bei. Von dem vorübergehenden Erwerb eines Hausanteils in der Landskron 1517 haben wir schon gehört[473]. 1519 gehörte Wolfgang Fatzi als Genannter der Stadt Wien dem 53köpfigen Sonderausschuß an, der in der damaligen Aufstandsbewegung gegen das landesfürstliche Beamtenregime eine entscheidende Rolle spielte; hervorgetreten dürfte er nicht sein, da er nach dem Wiener Neustädter Gerichtstag 1522 unbehelligt blieb[474]. 1520 und 1521 ist er wieder unter den Genannten, 1523 und 1525 Mitglied der Gemain, da das Genanntenkollegium 1522 abgeschafft worden war[475]. 1523 kaufte er um 200 t ein im Kammerhof gelegenes Haus, das fortan mit dem anstoßenden, in der Münzerstraße gelegenen Haus seiner Frau und ihrer Brüder eine Besitzeinheit bildete[476]. Im Jahre 1529 ist Wolfgang Fatzi gestorben[477], seine Frau Barbara geb. Zauner folgte ihm 1530 im Tode nach[478], eine nicht namentlich bekannte Tochter starb 1531[479].

Die vier übrigen Kinder des Ehepaares — Leopold, Georg, Wolfgang und Katrei — haben, wie vorhin erwähnt, den Hausbesitz, der ihrer verstorbenen Mutter und deren Bruder Erhard Zauner gemeinsam gehört hatte, 1534 mit Erhard geteilt[480]. Zwischen 1534 und 1541 starben Wolfgang und Katrei Fatzi als noch minderjährig; ihre Hausanteile fielen an ihre Brüder Leopold und Georg[481]. 1541 erbte Leopold Fatzi von seinem Oheim Erhard Zauner das Doppelhaus Münzerstraße—Lichtensteg[482]; das Doppelhaus Münzerstraße—Kammerhof wurde 1548 bzw. 1550 zwischen Georg und Leopold geteilt[483], das Eckhaus am Graben war 1541 von Erhard Zauner dem Georg Fatzi vermacht worden[484].

Leopold Fatzi widmete sich dem Handel[485], bekleidete aber auch öffentliche Ämter: 1536 bis 1541 gehörte er dem äußeren Rat an, 1542 bis 1545 war er Stadtgerichtsbeisitzer, 1546, 1547, 1549 bis 1556 finden wir ihn wieder im äußeren Rat[486]. Seine Gattin Katrei, Tochter des Wachskerzlers Wolfgang Grueber, kam 1544 nach Verzicht ihres Bruders Felix Grueber in den alleinigen Besitz eines von ihrem Vater hinterlassenen Hauses am Hohen Markt und verkaufte es im selben Jahr[487], 1558 wurde es von Thoman Siebenbürger erworben[488]. Ein Haus am Salzgries, das ebenfalls zum Nachlaß des Wolfgang Grueber zählte, verkauften Katrei und ihr Bruder Felix 1546[489], im Jahre 1548 verzichtete Katrei zugunsten des Felix auf ihr Erbteil an einem Haus in der vorderen Bäckerstraße[490]. Nach 1550 erbte Leopold Fatzi von seinem verstorbenen Bruder Georg dessen Anteil am Doppelhaus Münzerstraße—Heringmarkt[491]. Im Jahre 1557 machte Leopold, der kinderlos geblieben war, sein Testament; demgemäß fiel das Doppelhaus Münzerstraße—Heringmarkt 1561 an seine Witwe Katrei, die es 1575 an Michel Starzer verkaufte[492], das Doppelhaus Münzerstraße—Lichtensteg kam an den Sohn von Leopolds Bruder Georg, Wolfgang Fatzi[493].

Georg Fatzi war mit Margret, Tochter des Wolfgang Kirchhofer und Schwester des Augustin Kirchhofer, vermählt; diese verkaufte 1547 gemeinsam mit Augustins Tochter Anna, Gattin des Leopold Ofner, ein von Augustin hinterlassenes Haus in der Ratstraße an den kaiserlichen Mustermeister Konrad Wall[494]. Noch 1550 muß Georg Fatzi gelebt haben[495], vor 1557 ist er verstorben[496]. 1559 wird ein Rechtsstreit zwischen seiner Witwe und jener des Leopold Fatzi erwähnt[497].

Georgs Sohn Wolfgang Fatzi erbte von ihm das Eckhaus am Graben[498] und von Georgs 1557 verstorbenen Bruder Leopold das Doppelhaus Münzerstraße—Lichtensteg, das er 1567 an Georg Kirchhaimer verkaufte[499]; ein anderes Haus am Graben, das ihm Augustin Kirchhofer vermacht hatte, veräußerte er 1567 an den Apotheker Abraham Sangner und dessen Frau Anna[500]. Damals wird

Wolfgang Fatzi als Hofdiener des Erzherzogs Karl bezeichnet; bald darauf erwarb er von den Erben des Gregor von Lamberg die Herrschaft Niederabsdorf bei Zistersdorf[501]. Am 6. Juni 1572 wurde Wolfgang Fatzi, Mautner zu Ybbs und Herr zu Niederabsdorf, geadelt, am 19. März 1578 nahm man ihn unter die neuen Ritterstandsgeschlechter Österreichs unter der Enns auf[502]. 1582 verkaufte er das Eckhaus am Graben an den kaiserlichen Kellermeister Jakob Teubl und dessen Frau Anna[503]. In erster Ehe soll er mit Barbara Gienger von Grünbüchl, in zweiter Ehe mit Katharina Vindinger zu Heinrichschlag und Dross vermählt gewesen sein[504]. Er starb am 22. Oktober 1586 in Wien und wurde zu St. Stephan neben seiner ersten Frau beigesetzt; sein Grabmal, auf dem er als Mautner zu Ybbs und Herr zu Niederabsdorf bezeichnet wird, war 1630 noch vorhanden und ist heute verschollen[505].

Er hinterließ drei Söhne, Wolf Bernhard, Adolf Friedrich und Wolf Ernst, von denen nur letzterer den Stamm fortsetzte[506]. Wolf Ernst Fatzi studierte 1588 in Padua[507], 1602 wurde er niederösterreichischer Regimentsrat, 1618 Raitherr der Landstände, 1623 Verordneter des Ritterstands[508]. Im Jahre 1609 verkaufte er ein Haus in der Singerstraße zu Wien, das er durch Exekution vor dem Landmarschallgericht mittels einer zedierten Forderung von 6000 fl erworben hatte, an Mathes Richter und dessen Frau Anna um 3500 fl und 310 Dukaten[509]. Nach 1598 hatte der „edle gestrenge Wolf Ernst Fatzi von und zu Niederabsdorf, kaiserlicher Rat" vom Hauptmann Georg Filser ein Haus zu Wien in der Riemergasse gekauft[510]. Neben Niederabsdorf besaß er von 1605 bis 1611 auch die Herrschaft Ebendorf bei Mistelbach[511], 1617 erwarb er die Herrschaft Therasburg bei Eggenburg[512]. 1626 wird er als verstorben bezeichnet. Sein Sohn Georg Ruprecht Fatzi von und zu Niederabsdorf erbte damals das Haus in der Wiener Riemergasse, 1632 verkaufte er es an den Bäcker Veit Zaher und dessen Frau Barbara[513]. Zwei andere Söhne des Wolf Ernst, Wolf Ferdinand und Karl Ernst Fatzi, huldigten am 5. September 1651 dem Erzherzog Ferdinand[514].

Wie die Siebenbürger hatten auch die Fatzi den Weg vom Bürgertum in den Adelsstand gesucht und gefunden und damit die höchste für sie denkbare gesellschaftliche Stufe erreicht. Das Vermögen, das Wolfgang d. Ä. und sein Sohn Leopold Fatzi im Handel verdient hatten, gab Wolfgang d. J. die Möglichkeit, die nüchterne wirtschaftliche und politische Betätigung in der Stadt mit dem vornehmeren und großzügigeren Leben eines ritterlichen Gutsbesitzers zu vertauschen. Denselben Weg nahmen auch die Straub, mit denen wir uns im folgenden Kapitel befassen wollen.

Das ursprüngliche Wappen der Fatzi zeigte im silbernen Schild einen goldenen, springenden Widder mit abwärts gebogenen schwarzen Hörnern. Das ritterliche, wohl 1572 verliehene Wappen ist geviert und zeigt in Feld 1 und 4 auf blauem Grund einen schrägrechts gerichteten silbernen Fisch, in Feld 2 und 3 auf goldenem Grund ein halbes schwarzes Mühlrad; in der doppelten Helmzier ist links der goldene Widder des Stammwappens, rechts ein blau-goldener Flug zu sehen[515] (Abb. 17).

Hans Straub

Im 15. und 16. Jahrhundert gab es in Österreich und seinen Nachbarländern mehrere Familien dieses Namens. Jene, die uns hier beschäftigt, war jedenfalls anderen Stammes als der 1495—1522 nachweisbare Handelsherr Bernhard Straub, Bürger zu Nürnberg und Leipzig, da er ein anderes Wappen — in schwarzem Schild ein goldener Löwe mit einem Dolch in den Pranken — führte[516]. Keine Verwandtschaft bestand auch mit Sylvester Straub aus Ybbs, der in Wien ab 1523 studiert, ab 1563 als Bürger aufscheint und vor 1591 stirbt, aber unter den Nachkommen unseres Hans Straub nie genannt wird[517]. Auszuscheiden sind wohl auch Jörg und Joachim Straub, beide aus Melk, die 1536 bzw. 1550 in der Wiener Universitätsmatrikel erfaßt sind[518]. Dieselbe Matrikel nennt noch 1415 Hans Straub aus Pforzheim, 1451 Hans Straub aus Nördlingen, 1513 Lamprecht Straub aus Hall in Tirol, 1528 Franz Straub aus Kempten und 1568 Wolfgang Straub aus Bamberg[519].

Jener Hans Straub, der uns als Mitglied der Wiener Handelsgesellschaft interessiert, ist zunächst — so wie auch Lienhard Lackner — in Wiener Neustadt nachweisbar. Er heiratete dort Barbara aus der Familie Pfleger, Witwe nach dem aus Cilli stammenden Ambros Prelager, den wir in Neustadt bis 1499 verfolgen können[520]; ein Vetter des Ambros, Thoman Prelager, machte als Erzieher des Erzherzogs Maximilian (1471 bis 1474), kaiserlicher Protonotar (1475 bis 1480), Dompropst zu Konstanz (1447 bis 1491) und Wien (1480 bis 1491) und schließlich Bischof zu Konstanz (1491 bis 1496) eine erstaunliche Karriere[521]. 1507 ist Barbara schon in zweiter Ehe mit Hans Straub vermählt, der damals erstmals genannt wird; in dem entsprechenden Beleg vertraut ihr Walter Pernauer letztwillig seine Töchter zur Pflege an, den Straub bestellt er zum Testamentsvollstrecker[522]. Am 10. April macht Barbara ihr Testament; darin ordnet sie ihre Bestattung in der Wiener Neustädter Liebfrauenkirche an, ihrem Gatten Hans Straub vermacht sie ihr Haus am Platz gegenüber dem Neustädter Rathaus, sie verfügt auch über ein Haus in Hernals bei Wien[523]. Am 31. Mai 1509, als Barbara schon verstorben war, wird dieses Testament publiziert[524]. Vom 6. August 1509 datiert ein Vertrag zwischen Straub und Mert Prelager, dem Bruder des Ambros, wonach Straub die gesamte Hinterlassenschaft des Bischofs Thoman Prelager und des Ambros Prelager gegen finanzielle Entschädigung des Mert ausgefolgt erhält[525]. Im selben Jahr liefert Hans Straub landfremden Wein an die Stadt Wien[526]. Noch 1509 oder Anfang 1510 muß er in zweiter Ehe Anna, Tochter des Wiener Kaufmanns Hans Kopp, geheiratet haben, da das erste Kind aus dieser Verbindung, Franz Straub, 1510 geboren wurde[527]. Straub blieb jedoch vorerst in Wiener Neustadt, noch 1511 ist er dort als Bürger bezeugt und fungierte als Vormund der Kinder des Bernhardin Zuber[528]. Erst 1514 wird er in Wien ansässig und kauft um 1200 t ein Haus in der Münzerstraße[529] unmittelbar neben dem Haus des Lienhard Lackner, der ebenfalls mit einer Kopp-Tochter vermählt war und Straub zum Eintritt in die 1511 gegründete Wiener Handelsgesellschaft veranlaßt haben mag[530]. Zu unbekannter Zeit erwirbt Hans Straub von Anna, Tochter des Wolfgang Rieder und Gattin des Hans Tumbshirn, um 160 t ein Haus in der Pippingerstraße, das er 1521 um 140 t an Hans Schiltl weiterverkauft[531]. 1522 verzichtet seine Frau Anna auf ihren Anteil an einem von ihrem Vater Hans Kopp hinterlassenen Haus am St. Petersfreithof zugunsten ihrer Schwester Barbara, Gattin des Christoph Turner[532]. 1523 kauft Straub von der Stadt Wien um 150 t ein Haus auf der Brandstatt, das an sein Haus in der Münzerstraße hinten anstößt und fortan mit diesem eine Besitzeinheit bildet[533]; im selben Jahr verkauft er um 100 t eine Burgrechtsgült von 5 t jährlich auf seinem von seiner ersten Frau stammenden Haus in Wiener Neustadt am Platz gegenüber dem Rathaus, „als man in die Neunkirchnergasse geht“, an die der Angst Christi gewidmete Stiftung des Wiener Bürgers Wolfgang Treu in der Neustädter Liebfrauenkirche[534].

1531 verkauft er eine Gült von 3 t jährlich auf seiner Mühle vor dem Stubentor zu Wien um 60 t an die Meßstiftung des Priesters Georg Formoser auf dem Frauenaltar zu St. Michael[535]. 1535 veräußert er als Testamentsvollstrecker des Wiener Bäckers Jakob Krändl dessen Haus in der Riemerstraße an Ursula, Witwe nach Marx Loman[536].

Im öffentlichen Leben Wiens ist Hans Straub nur wenig hervorgetreten. 1519 gehörte er — so wie die meisten übrigen Mitglieder der Wiener Handelsgesellschaft — dem 53köpfigen außerordentlichen Bürgerausschuß an, der damals beim Aufstand gegen das landesfürstliche Beamtenregime eine maßgebliche Rolle spielte; Straub selbst hat sich aber nicht exponiert, da er später politisch unbehelligt blieb[537]. 1525 fungierte er gemeinsam mit Sigmund Seedorfer als Verweser der Siechenhäuser St. Marx und zum Klagbaum[538], 1526, 1531 und 1533 ist er als Kirchmeister zu St. Stephan nachweisbar[539], 1531 gehört er dem äußeren Rat an[540], 1539 stellen er und zwei andere Bürger dem Pfarrer zu Sankt Marx einen Revers aus[541]. Am 20. August 1540 ist Hans Straub gestorben[542]. Sein Grabmal an der südlichen Außenseite des Chores von St. Stephan[543] (Abb. 7) zeigt sein Wappen, dessen Farben uns aus anderen Quellen bekannt sind[544] (Abb. 18): im blauen Feld auf grünem Dreiberg ein rechts springender goldener Hirsch mit goldener Halsbinde, aus dem Helm wächst der Hirsch zwischen einem blau-goldenen Adlerflug. Von den zwei kleineren Wappen auf dem Grabmal zeigt das linke eine Hausmarke, das rechte den stehenden Hahn, die Wappenfigur der Familie Kopp, der Straubs zweite Frau Anna entstammte[545]. Links neben dem Grabmal, in der Mitte zwischen zwei Strebepfeilern, befindet sich das berühmte, von Straub gestiftete Relief, das in kreisförmigen Medaillons gestaltet ist und in der Mitte den Abschied Christi von seiner Mutter, rundum die sieben Schmerzen Mariä darstellt; am unteren Rand des Bildwerks sehen wir, so wie auf dem Grabmal, links das Wappen mit der Hausmarke, rechts das Kopp'sche Wappen mit dem Hahn[546] (Abb. 1, 8).

Hans Straubs Witwe lebte noch 1542, das Judenburger Mautkonto der Straub lautete damals auf sie[547]; dagegen hatte sie an den von ihrem Mann hinterlassenen Häusern in Wien keinen Anteil. Wann sie starb, wissen wir nicht.

Das Doppelhaus Münzerstraße—Brandstatt fiel an Hans' und Annas Söhne Franz und Raymund Straub und deren Geschwister, die laut Grundbucheintragung von 1556 auf ihre Anteile zugunsten von Franz und Raymund verzichteten[548]. Die Namen dieser Geschwister werden in der Eintragung nicht genannt, lassen sich aber aus anderen Quellen erschließen. So hat Christoph Straub 1546 in Wiener Neustadt eine Forderung[549]; seine Identität mit einem gleichnamigen Expeditor der niederösterreichischen Kanzlei, der 1543 von der Stadt Wien um 900 t ein Haus am Neuen Markt kauft und es 1545 weiterveräußert, bleibt ungewiß[550]. Margret geb. Straub, Gattin des edlen Matthias Eschey, wird 1551 in Villach bestattet, ihr Grabmal an der dortigen Stadtpfarrkirche St. Jakob zeigt das Wappen der Wiener Straub[551]. Katharina geb. Straub ist auf der Hinterseite einer Medaille abgebildet, die Hanns Lautensack formte; die Vorderseite zeigt ihren am 6. September 1556 im 74. Lebensjahr verstorbenen Gatten Hans Marb[552], der sich 1511 in Wien als Vertreter der Nürnberger Handelsfirma Schmidmair niedergelassen hatte[553], wir haben ihn in dieser Funktion bei der Exekution auf ein Wiener Haus im Jahre 1521 bereits kennengelernt[554]. Im folgenden wollen wir uns nur mit den Brüdern Franz und Raymund Straub und ihrer Nachkommenschaft befassen.

Franz Straub, geb. 1510[555], heiratete 1543 Anna, Tochter des Wiener Bürgers Hans Kleeblatt[556]; ein von Jakob Seisenegger 1536 gemaltes Bildnis Kleeblatts und ein 1537 entstandenes Porträt seiner Frau gehören heute zu den Beständen des Tiroler Landesmuseums Ferdinandeum in Innsbruck[557]. Anna konnte sich aus dem väterlichen Nachlaß durch Vertrag mit den anderen Erben 1562 je einen Anteil an einem Haus am Graben in der Mehlzeile[558] und an einem Haus unter den Sattlern[559] sichern. Ihr Mann Franz Straub, dem, wie erwähnt, seit 1556 das Straub'sche Doppelhaus Münzerstraße—Brandstätte zur Hälfte gehörte[560], kaufte 1557 von den Vormündern der Kinder des Sebastian Hutstocker ein Haus mit Stadel und Garten in der Krugerstraße[561] und 1559 von der Stadt Wien ein halbes Haus am Kienmarkt gegenüber dem Praghaus[562]. Wir finden ihn 1540 bis 1547 und 1549 bis 1555 im äußeren Rat Wiens, 1556 und 1557 gehört er dem inneren Rat an, 1558 und 1559 ist er Beisitzer des Stadtgerichts[563]. Im Jahre 1561 läßt er sich von Hanns Lautensack porträtieren; der Stich trägt die Inschrift „Frantz Straub seines Alters 51. Jaren, im 1561. Jar den 8. Tag Aprilis conterfet" und zeigt auch das uns bereits bekannte Straub'sche Wappen[564] (Abb. 15). Noch 1568 ist Franz geschäftlich tätig[565], 1571 wird er bereits als verstorben bezeichnet[566]. Seine Witwe Anna geb. Kleeblatt lebt noch 1572, im folgenden Jahr wird auch ihr Tod vermeldet[567]. Erben beider wurden ihre Söhne Hans (II.), Mathes und Georg Straub sowie die Kinder ihrer schon früher verstorbenen Tochter Anna aus deren Ehe mit dem kaiserlichen Salzamtmann Johann Jordan, Christine und Barbara. Auf diese zwei Mädchen wurde die von Franz Straub hinterlassene Hälfte des Doppelhauses Münzerstraße—Brandstatt überschrieben; 1578, als Christine schon mit Dr. med. Martin Stopio von Straßfeld und Barbara mit Johann Baptist Caperin, Kammerdiener des Erzherzogs Maximilian, verheiratet war, traten sie den Anteil an Margret, Witwe nach Raymund Straub, ab[568]. Das Haus mit Stadel und Garten in der Krugstraße und das halbe Haus am Kienmarkt kamen nach Verzicht der Miterben 1571 in den alleinigen Besitz des Hans II. Straub und seiner Frau Elsbeth[569]. Mathes und Georg Straub erbten von ihrer Mutter deren Anteil an dem Haus am Graben in der Mehlzeile, das sie gemeinsam mit den übrigen Eigentümern 1573 an den Greißler Michel Wurm und dessen Frau Anna veräußerten[570], und den Anteil an dem Haus unter den Sattlern, von dem nach Verzicht Georgs und nach Vergleich mit den übrigen Besitzern eine Hälfte 1573 in den alleinigen Besitz des Mathes Straub und seiner Frau Katrei kam[571]. Von Georg Straub hören wir nach 1573 nichts mehr. Hans II. Straub gehört 1565 bis 1571 dem äußeren Rat an, 1572 und 1573 dem inneren Rat, er stirbt am 18. Dezember 1573 ohne Hinterlassung von Kindern[572]; seine Witwe Elsbeth verkauft 1574 das ihr hinterlassene Haus mit Stadel und Garten in der Krugstraße an den Kaufmann Christoph Wittiber[573], 1575 heiratet sie in zweiter Ehe Johann Baptist Siebenbürger, dem sie 1576 das von ihrem ersten Mann stammende Haus am Kienmarkt vererbt[574]. Mathes Straub heiratet nach 1571 Katrei, Tochter des Bartlmä Haunspan und Witwe nach Hans Übermann dem Älteren, die 1573 und 1574 auf ihren Anteil an einem von Übermann stammenden Haus unter den Sattlern zugunsten der Miterben verzichtet[575], vor 1578 auch ihren von Haunspan geerbten Anteil an einem Haus in der Riemerstraße aufgibt[576] und 1584 einen ebenfalls von Haunspan stammenden Anteil an einem Haus in der Bognergasse besitzt[577]; daß sie und Mathes seit 1573 die Hälfte eines anderen Hauses unter den Sattlern besaßen, haben wir schon erwähnt[578]. Mathes Straub ist 1572 bis 1579 als Mitglied des äußeren Rates nachweisbar,

Abb. 18 Wappen des Raymund Straub d. J. im Friedesheimschen Wappenbuch von 1599, Niederösterreichisches Landesarchiv — Ständisches Archiv, Wien, Handschrift 59, 3. Teil, Nr. 48. Foto: Niederösterreichisches Landesarchiv — Ständisches Archiv, Wien.

1574 bis 1578 auch als Steuerhandler; 1579 und 1580 fungiert er als Stadtgerichtsbeisitzer, 1581 gehört er dem inneren Rat an, 1582, 1584 und 1585 ist er wieder Stadtgerichtsbeisitzer, 1586 bis 1590 nochmals Mitglied des inneren Rates[579]. Er vererbt die Haushälfte unter den Sattlern seinen Kindern Franz (III.), Rosina und Potentiana, die sie vor 1595 an Laurenz Schönkerl verkaufen[580].

Raymund Straub, seit 1544 so wie sein Bruder Franz (I.) im Handel tätig[581], heiratet 1550 Margret, Tochter des Kremser Bürgers Bartlmä Holtzer[582]. Sein Wiener Hausbesitz beschränkt sich auf den Anteil an dem von seinem Vater hinterlassenen Doppelhaus Münzerstraße—Brandstatt[583]. Er gehört von 1551 bis 1560 dem äußeren Rat an, 1561 bis 1563 ist er Stadtgerichtsbeisitzer, 1564 bis 1571 sitzt er im inneren Rat. Er stirbt am 3. Oktober 1571[584] und wird zu St. Stephan in Wien bestattet. Sein Grabmal an der Außenseite des Südchores, links neben dem Straub'schen Marienrelief, war noch 1779 erhalten,

1931 nur mehr in einem Bruchteil mit einem Medaillon, das die Auferstehung zeigt[585]. Die Inschrift ist jedoch in einer Kopie des 1630 angelegten „Codex Trautsonianus" überliefert; sie verzeichnete den Todestag und gab an, daß der Ehe des Raymund Straub und der Margaretha geb. Holtzer die Kinder Potentiana, Gattin des Carl Pacheleb zu Oberwaltersdorf, kaiserlichen Dieners, Margaretha, Gattin des Hans Moser des Jüngeren, Raymund (II.), Franz (II.), Barbara und Anna entsprossen waren[586]. Den beigegebenen Zeichnungen zufolge befand sich auf dem Grabmal links das Straub'sche Wappen mit dem Hirsch, rechts ein Wappen, das im Schild ein querliegendes gesäumtes Rechteck mit einem Stern in der Mitte zeigte und offenbar der Kremser Familie Holtzer, der Raymunds Frau Margret entstammte, zuzuweisen ist[587]. Diese Margret erbte von Raymund die Hälfte des Doppelhauses Münzerstraße—Brandstatt, die andere Hälfte erwarb sie als Witwe 1578 von den Schwestern Christine verehelichte Stopio und Barbara verehel. Camerin, Enkelinnen des Franz I. Straub[588]. Sie kaufte auch von Agnes, Witwe nach Wolfgang Tretschaff, ein Haus in der Strauchgasse, das sie 1582 an Leonhard Dorffner, Gegenhandler am Tabor, weiterveräußerte[589]. 1584 wird sie als verstorben bezeichnet; das Doppelhaus Münzerstraße—Brandstatt hatte sie letztwillig ihrem Sohn Raymund II. Straub vermacht[590]. Dieser soll schon am 3. August 1560 gemeinsam mit seinem Bruder Franz II. in den Adelsstand erhoben worden sein[591], 1568 finden wir ihn als Student in Padua[592], 1571 wird er im Gültbuch des Viertels unter dem Manhartsberg bereits als Besitzer der Herrschaft Thürnthal am Wagram genannt[593], am 18. Juli 1579 wurde er unter die neuen Ritterstandsgeschlechter Österreichs unter der Enns aufgenommen[594], 1584 übernahm er das von seiner Mutter hinterlassene Doppelhaus Münzerstraße—Brandstatt[595], 1588 kaufte er von Sigmund Mäschko zu Niederleis ein Freihaus in Wien in der Spieglerstraße[596], 1590 erwarb er von Johann Baptist Siebenbürger die Herrschaft Oberseebarn[597]. Dann setzten Güterverkäufe ein, vielleicht schuldenhalber: 1591 veräußerte Raymund das Doppelhaus Münzerstraße—Brandstatt an Laurenz Khumber und dessen Frau Barbara[598], 1599 verkaufte er Oberseebarn an Hans von Auersperg[599], 1602 das Freihaus in der Spieglerstraße an Hans Wild von Wildnitz, Raitrat der niederösterreichischen Kammer[600], 1608 war er schon tot[601]. Aus seiner Ehe mit Katharina, Tochter des Wolfgang Stubmer, sollen die Kinder Wolf Christoph, Maximilian, Barbara, Gattin des Michel Püdler auf Velm, Katharina, Gattin des Matthias Lehner auf Kettenhof, und Euphrosyne, Gattin des Johann Christoph Stockhorner auf Starein, entsprossen sein[602]; sie verkauften im Jahre 1608 die Herrschaft Thürnthal an Hans Andre von und zu Stadel[603]. Die weiteren Schicksale der Familie zu verfolgen, würde den Rahmen dieser Studie überschreiten[604]. Mit Wien hatte sie jedenfalls nichts mehr zu tun; den Anteil an der Wiener Handelsgesellschaft hatten die Straub offenbar schon vor 1587 liquidiert, da sie damals unter den Wiener Kaufleuten, die Mautkonti in Judenburg besitzen, nicht mehr aufscheinen[605].

Ruprecht Nelbeck

Die Herkunft dieses Mannes liegt völlig im Dunkeln. Im zweiten Quartal des Jahres 1509 wird er als „Diener" (Handlungsbevollmächtigter) des (Lienhard) Lackner erwähnt und tritt der Gottsleichnamsbruderschaft zu St. Stephan bei[606]. Er muß Lackners besonderes Vertrauen genossen haben, denn 1518 handelt er als Testamentsvollstrecker seines Herrn gemeinsam mit dessen Witwe[607].

Im Pestjahr 1521 sterben seine Gattin Barbara, die er nach 1509 geheiratet hatte[608], und sein Diener Hans[609]; zu unbekannter Zeit, jedenfalls vor 1530, schließt er eine zweite Ehe mit einer Anna[610]. 1525 vertritt Ruprecht Nelbeck gemeinsam mit Sebastian Schrantz die Wiener Handelsgesellschaft, 1530 und 1534 fungiert er als Verwalter des Lackner'schen Gewölbes in Wien, 1542 unterhält er ein eigenes Mautkonto in Judenburg[611]. Nach 1547 erwirbt er von Hermes Schallautzer, königl. Rat und Superintendent der königlichen Bauten in Wien, die Hälfte eines Hauses am St. Petersfreithof. Bald darauf dürfte er gestorben sein; die Haushälfte fiel an seine Töchter Katharina, Gattin des Franz I. Lackner, und Anna, die ihre Anteile 1551 teilten. Nach Katharinas Verzicht wurde Anna, vertreten durch ihren Vormund Lienhard Herbst, 1554 Alleinbesitzerin. Sie heiratete später Georg Kirchhaimer, dem sie 1561 letztwillig die Haushälfte vermachte. Kirchhaimer wurde 1578 als Besitzer ins Grundbuch eingetragen, 1589 verkaufte er sie an Daniel Luntzer[612]. Über das Schicksal von Nelbecks anderer Tochter Katharina verehel. Lackner, die 1570 in Baden bei Wien bestattet wurde, haben wir an anderer Stelle berichtet[613]. Auf dem dortigen Grabmal ist das Wappen der Nelbeck, das eine Hausmarke zeigt, angebracht (Abb. 5).

Sebastian Schrantz der Ältere, Vater des Wiener Bürgermeisters von 1547 und 1548, Sebastian Schrantz des Jüngeren

Die Familie, mit der wir uns hier befassen, stammt aus Kärnten[614]. Hans Schrantz war 1466 Amtmann in der Reichenau im Gurktal[615], die Wiener Universitätsmatrikel nennt 1473 Thomas Schrantz aus Feldkirchen[616]. 1490 und 1493 verzollt „der Schrantz zu Villach" Tuch in Lienz[617]. Christoph Schrantz, Bürger zu Villach (urk. 1506, gest. vor 1527[618]), hinterließ aus seiner Ehe mit Kunigunde Perner von Perneck drei Kinder: Brigitte, 1527 mit dem Villacher Bürger Mathes Görtschacher, später mit einem Noser vermählt, Hans, der 1534 von Georg Döbriacher getötet wurde, und Wolfgang[619]. Dieser Wolfgang Schrantz wird im Wintersemester 1520/21 an der Wiener Universität immatrikuliert[620]; er ist zweifellos identisch mit dem „jungen Schrantz zu Villach", der 1525 mit dem Wiener Neustädter Kaufmann Alexius Funck in Geschäftsverbindung steht[621]. Im selben Jahr kauft er von Hans Gleismüllner, Bürger zu St. Veit an der Glan, zwei Güter in der Reichenau[622]. Am 4. Mai 1531 werden die drei Töchter des Villacher Kaufmanns Pankraz Häml — Dorothe, Gattin des Wolfgang Schrantz, Felizitas, Gattin des Hans Ampfinger, und Magdalen, Gattin des Andre Gleismüllner, von ihren Männern in der Vormundschaft über Pankraz Häml d. J., den Bruder der drei Schwestern, vertreten[623]. Ein Siegel Wolfgangs an einer Urkunde vom 21. Februar 1532 zeigt ein Wappen, das mit jenem der Wiener Schrantz identisch ist: im Schild und auf der Helmzier einen wachsenden Hirsch[624]. Von dem Bericht, den Wolfgang Schrantz am 16. Juli 1537 über die Beschädigung einer für Erhard Zauner verfrachteten Weinladung erstattete, haben wir an anderer Stelle gehört[625]. Am 20. November 1538 wird Wolfgang schon als verstorben bezeichnet, seine Witwe Dorothe ist bereits in zweiter Ehe mit Thoman Paumgartner zu Villach vermählt und vertritt ihre Kinder bei der Verlassenschaftsabhandlung[626]. Die Tochter Barbara heiratet in erster Ehe Martin Troyer, der als Doktor der Rechte, kaiserlicher Rat und Fiskaladvokat am 21. November 1567 stirbt und zu St. Stephan in Wien bestattet wird; Barbara, die ihm sieben Kinder geboren hatte, vermählte sich dann in zweiter Ehe mit Ambros Eisenreich[627]. Der Sohn des Wolfgang Schrantz,

Wolfgang der Jüngere, geb. 1530, wird im Sommersemester 1544 an der Wiener Universität immatrikuliert, erwirbt das Doktorat der Rechte[628] und heiratet am 29. Jänner 1559 Katharina, Tochter des Wiener Bürgers Paul Ostermayr, die zwei Kinder, Karl und Susanne, zur Welt bringt[629]. 1570 vermählt sich Wolfgang d. J. in zweiter Ehe mit Anna, Tochter des Wiener Bürgers Sebastian (II.) Eiseler und der Martha geb. Tannstetter, nachmals Frau des kaiserlichen Hofdieners Hans Auer. Anna erbt gemäß dem 1573 verfaßten Testament ihrer Großmutter Anna, Witwe nach Kristian Tannstetter, gemeinsam mit ihrer Mutter Martha ein Haus mit Garten in der Singerstraße zu Wien, genannt „Zum schwarzen Mann", samt einem anstoßenden Häuschen in der Weihenburg, verzichtet jedoch auf ihren Anteil zugunsten der Mutter, die den Besitz 1580 an Lukas Lausser und dessen Frau Apollonia verkauft[630]. Damals war Wolfgang, der auch aus seiner zweiten Ehe Kinder hatte, bereits in Graz ansässig. Am 10. Mai 1572 erhielt er vom dortigen Regenten Erzherzog Karl eine Wappenbesserung; das nunmehr gevierte Schild zeigte in Feld 1 und 4 in Rot den aus einem silbernen Balken wachsenden Hirsch, die alte Wappenfigur der Schrantz, in Feld 2 und 3 in Gold Kopf und Hals eines schwarzen Bären mit einem roten Ring in der Nase, die Wappenfigur der Familie Meingoz, in die einst Sebastian Schrantz der Ältere, der Stammvater der 1551 ausgestorbenen Wiener Linie eingeheiratet hatte[631]. 1574 bis 1576 wirkte Dr. Wolfgang Schrantz als geheimer Rat Erzherzog Karls am Grazer Hof, 1576 bis 1591 war er sogar Hofvizekanzler und hat sich als konsequenter Vorkämpfer der Gegenreformation profiliert. Seine dritte Frau Margarethe geb. Marschalk von Pappenheim, die ihm ebenfalls Kinder gebar, ist seit 1583 nachweisbar. Am 24. Oktober 1594 ist Wolfgang gestorben[632]; sein Grabmal an der nördlichen Außenseite des Grazer Domes zeigt ihn und seine drei Frauen samt Wappen und zahlreichen Kindern, sein Prädikat „zu Schrantzenegg und Forchtenstein" beweist seine Zugehörigkeit zum Adel[633]. Sein Sohn aus dritter Ehe, Philibert Schrantz, erbte von ihm u. a. die Herrschaft Forchtenstein bei Neumarkt, 1604 kaufte er die Herrschaft Katsch bei Murau, 1612 heiratete er Katharina Strasser von Neudegg, die ihm 13 Kinder gebar, 1623 kaufte er Schloß Penkhof bei Judenburg und ein benachbartes Hüttrauch(= Arsenik)bergwerk. Er verfaßte auch eine — allerdings nicht sehr verläßliche — Familiengeschichte, die im Steiermärkischen Landesarchiv in Graz verwahrt wird; gestorben ist er am 9. März 1623[634].

In anderen Bahnen verlief das Schicksal der Wiener Schrantz, deren Abkunft von der gleichnamigen Villacher Familie durch die Gleichheit der Wappen erwiesen ist[635]. Sebastian Schrantz der Ältere, vermutlich ein Bruder des vor 1527 verstorbenen Villachers Christoph Schrantz[636], begegnet uns erstmals am 5. September 1509, als er gemeinsam mit Lienhard Murer, Bürger zu Bruck an der Mur, eine Hypothek von 140 t, die dem Murer 1505 auf dem Haus des Achaz Junkmann in der Krugstraße zu Wien verschrieben worden war, nach Rückzahlung der Schuld für erloschen erklärt[637]. 1513 ist er bereits in Wien ansässig und mit Margret, Tochter des 1502 verstorbenen Wiener Ratsbürgers und Münzmeisters Thoman Meingoz und Witwe nach dem 1510 verstorbenen Wiener Bürger Jakob Kienberger, vermählt[638]. Aus dem Nachlaß des Meingoz war Margret in der Erbteilung mit ihrer Mutter Helena, nachmals Gattin des Wiener Bürgermeisters Lienhard Pudmannsdorfer, und mit Meingoz' anderen Töchtern Helena, nachmals Frau des Dr. med. Johann Entzianer, und Ursula, nachmals Frau des Andre Pacheleb, ein Metkeller am Lichtensteg zugefallen[639]; von ihrem ersten Gatten Jakob Kienberger hatte Margret die Hälfte eines Hauses am Kienmarkt und eines gegenüberliegenden Preßhauses geerbt[640]. Gemeinsam mit ihrem nunmehrigen Mann Sebastian Schrantz verkaufte sie das Kienberger'sche Erbgut 1521 an ihren Stiefsohn Oswald Kienberger[641] und erwarb im selben Jahr von der Stadt Wien um 308 t ein Haus Am Hof, nachmals „Zum Elend" genannt[642]. 1524 kauften Sebastian und Margret Schrantz von Margrets Schwester Helena und deren Gatten Dr. Johann Entzianer ein Haus am Eck Lichtensteg/Kramergasse, in dem sich der ihnen schon gehörige Metkeller und drei Fleischbänke befanden, sowie ein angrenzendes Haus in der Kramergasse[643]. Sebastian Schrantz allein erwarb 1526 von der Stadt Wien um 458 t ein Haus im Hofgässel, das er sofort an den Färber Jörg Weißmann weiterveräußerte[644]; im selben Jahr verschrieb ihm der Kramer Jörg Mottlhamer eine Hypothek von 493 t auf einem Haus am Kienmarkt[645], 1528 bis 1530 besaß er eine Hypothek von 43 t auf dem Haus des Steinmetzen Hans Traubinger hinter St. Pankraz[646]. 1531 war Sebastian Schrantz bereits in zweiter Ehe mit Anna, Witwe nach dem aus Ofen stammenden Wiener Bürger Hans Praun, vermählt, die ein Haus an der Fischerstiege und ein halbes Haus am Salzgries, beides aus Prauns Nachlaß, in die Ehe mitbrachte, aber schon 1532 an Balthasar Prunner und dessen Frau Anna verkaufte[647]. 1537 erwarb Sebastian von den Testamentsvollstreckern des Mag. Andre Schimpfer um 250 t ein Haus Am Hof, das an das 1521 angekaufte Haus „Zum Elend" grenzte; einen Teil davon trat er im selben Jahr dem Bäcker Lienhard Raab ab[648]. Längere Zeit versah er öffentliche Ämter; 1527 war er als Mitglied des äußeren Rates Grundbuchsverweser, 1529 gehörte er dem inneren Rat an[649] und blieb auch, anders als die Mehrzahl seiner Kollegen, während der Türkenbelagerung in der eingeschlossenen Stadt[650]. Auch 1530 bis 1538 saß er im inneren Rat, 1531 bis 1538 versah er das wichtige Ressort des Oberkämmerers[651]. Er starb am 16. Mai 1538; sein Grabmal zu St. Stephan war 1630 noch erhalten, heute ist es verschollen[652]. Es war mit einem gevierten Wappen geziert, das in Feld 1 und 4 den wachsenden Hirsch, die Figur des Schrantzischen Stammwappens, zeigte, in Feld 2 und 3 aber den Bären, die Wappenfigur der Familie Meingoz, der Sebastians erste Frau Margret entstammte[653]. Ein Siegel Sebastians an einer Urkunde vom 26. Jänner 1525 laßt dagegen noch das einfache Wappen mit dem Hirsch erkennen[654]; seine „Besserung" durch Einbeziehung des Meingoz-Wappens dürfte bald darauf, vielleicht nach dem Ableben der Margret (vor 1531), erfolgt sein.

Sebastian Schrantz hatte aus seiner ersten Ehe mit Margret geb. Meingoz die Kinder Sebastian d. J. und Dorothe, Gattin des Ulrich Messinger, aus zweiter Ehe mit Anna verw. Praun, die vor 1545 starb, die noch unmündigen Kinder Thoman, Anna und Margret hinterlassen[655]. Zunächst gehörte der Nachlaß den Kindern gemeinsam. Bald darauf starb Dorothe; ihr Witwer und Erbe Ulrich Messinger sowie die Vormünder von Thoman, Anna und Margret verzichteten auf ihre Anteile an dem Haus Ecke Lichtensteg/Kramergasse, zu dem der Metkeller und die drei Fleischbänke gehörten, und an dem anstoßenden Haus in der Kramergasse zugunsten Sebastian des Jüngeren, der das Haus in der Kramergasse 1540 dem Kramer Wolfgang Haslinger verkaufte, das andere Haus behielt[656]. Nach dem Ableben des minderjährigen Thomas und Verzicht Margrets sowie des Georg Hauser als Vormund von Anna wurde Sebastian 1545 auch alleiniger Besitzer des Hauses „Zum Elend" und des benachbarten halben Hauses Am Hof[657]. Er hatte nach 1536 in erster Ehe Margret, Tochter des Friedrich von Pieschen, geheiratet; diese besaß vom Nachlaß ihres Vaters einen Anteil an einem Haus in der Wollzeile, den sie 1539 an Agnes, Witwe nach

Seifrid von Pieschen und nach Vinzenz Rockner, veräußerte[658], und einen Anteil an einem Haus in der Münzerstraße, den sie vor 1544 ihrem Gatten Sebastian Schrantz vererbte; Sebastian verkaufte ihn 1544 an Margrets Bruder Hans von Pieschen[659], im selben Jahr ließ er die Hypothek von 493 t auf dem Mottlhamer'schen Haus am Kienmarkt, die seinem Vater verschrieben worden war, wegen Rückzahlung der Schuld löschen[660]. 1545 war er schon in zweiter Ehe mit Anna, Tochter des Nikolasch Pecker[661], vermählt, die aber kurz danach starb; von ihr erbte er die Badstube „Die Perliebin" im Radgässel, die er 1546 um die hohe Summe von 1500 t dem Bader Augustin Schur verkaufte[662], und ein Haus in der Münzerstraße, das er behielt[663]. 1546 wird seine dritte Frau Sophia, Tochter des Ladislaus von Edlasperg, erwähnt; sie verkaufte damals ihren Anteil an dem von Edlasperg hinterlassenen Regensburgerhof am Lugeck ihrer Schwester und deren Gatten Johann Baptist Pacheleb[664]. In den Jahren 1540 und 1541 war Sebastian Schrantz d. J. Stadtgerichtsbeisitzer gewesen, 1542 bis 1546 gehörte er dem inneren Rat an, 1546 fungierte er auch als Landtagsverordneter, 1547 und 1548 bekleidete er das Bürgermeisteramt[665]; damals, 1547, entstanden in städtischem Auftrag die Stadtpläne von Hirschvogel und Wolmuet, Wolfgang Schmälzl widmete seinen „Lobspruch" dem Rate Wiens[666]. 1549 bis 1551 finden wir Sebastian Schrantz wieder im inneren Rat[667], 1551 stirbt er[668]. Sein Haus in der Münzerstraße hatte er seiner Schwester Margret, Gattin des Korneuburger Bürgers Matthias Stämpfl, vermacht, die es 1555 an Valentin Plüml verkaufte[669]; sie ist vielleicht identisch mit jener Margret geborene Schrantz, die 1571 gemeinsam mit ihrem Gatten, dem kaiserlichen Diener Leonhard Tilherr, um 4400 fl ein Haus in der Ratstraße kaufte[670], am 4. März 1581 starb und zu St. Stephan bestattet wurde[671]. Das Haus am Eck Lichtensteg/Kramergasse kam an Sebastians Schwester Anna, Gattin des Georg Wech, die 1580 von ihrem Sohn Georg Ludwig Wech beerbt wurde[672]. Wie Sebastian über das Haus „Zum Elend" Am Hof samt dem Zubau verfügte, war aus dem städtischen Grundbuch nicht zu ermitteln. Wahrscheinlich vermachte er es seinem Vetter Dr. Wolfgang Schrantz; Literaturangaben besagen nämlich, daß es von einem Doktor Schrantz 1560 um 2600 fl an Kaiser Ferdinand I. zwecks Einrichtung eines Gymnasiums für Söhne des Adels verkauft wurde[673].

Hans Hauser

Über diesen Mann, der 1536 und 1537 als Diener und Faktor der Wiener Handelsgesellschaft auftritt[674], konnte nichts Näheres ermittelt werden. Er ist jedenfalls nicht identisch mit jenem Hans Hauser, der 1516 gemeinsam mit seiner Gattin Agnes, wohnhaft neben dem Waaghaus, der Gottsleichnamsbruderschaft zu St. Stephan beitritt[675], denn bereits 1519 sterben beide[676]. Ein anderer Hans Hauser begehrt am 16. Juli 1522 auf dem Gerichtstag in Wiener Neustadt gemeinsam mit Dr. Siebenbürger, Hans v. Zelking und Bartlmä Staudinger die nochmalige Verlesung einer Anklageschrift gegen das alte Regiment[677], er dürfte mit einem 1525 verstorbenen Hans Hauser identisch sein[678]. Selbstverständlich kommt auch der 1512 erwähnte, dem Ritterstand angehörende Hans Hauser zu Karlstein, Gatte der Katrei, Tochter des Andre Krabat von Lappitz[679], für eine Gleichsetzung mit dem Firmenfaktor nicht in Betracht. Den Namen finden wir auch in Villach; als Kinder eines dortigen, bereits verstorbenen Bürgers Paul Hauser werden 1524 Christoph (außer Landes), Hans (in Mailand verstorben), Kunigund, Gattin des Hans Zinngießer zu Drauburg, und die noch unmündige, vom Vormund Thoman Maler vertretene Margret erwähnt, 1551 ist von Ursula und Klement, Kindern des verstorbenen Villacher Bürgers Hans Hauser, die Rede[680]; da einige Mitglieder der Wiener Handelsgesellschaft Beziehungen zu Villach hatten[681], wäre die Herkunft des Faktors von 1536/37 aus dieser Stadt immerhin denkbar.

Zusammenfassung

Die Mitglieder der Wiener Handelsgesellschaft waren nicht nur geschäftlich miteinander verbunden, sondern auch in anderen Bereichen. Ihre Herkunft freilich war unterschiedlich: Lienhard Lackner und Hans Straub stammten aus Wiener Neustadt[682], Friedrich von Pieschen aus Schemnitz[683], Dr. Martin Siebenbürger aus Hermannstadt[684], Sebastian Schrantz d. Ä. aus Villach[685], Wolfgang Fatzi vielleicht aus Welschtirol[686], der Vater der Zauner-Kinder dürfte aus Ried im Innkreis zugewandert[687] sein, bloß die Kisling waren eine bodenständige Wiener Familie[688]; die Herkunft von Ruprecht Nelbeck und Hans Hauser ist unbekannt. Dieses Überwiegen von Einwanderern gegenüber Altansässigen ist kein Sonderfall, sondern typisch für die Wiener Bevölkerungsstruktur des Spätmittelalters[689].

Nicht weniger als drei Gesellschafter — Lackner, Siebenbürger und Straub — waren mit Töchtern des Wiener Kaufmanns Hans Kopp verheiratet[690], die Ehe zwischen einem Kopp-Sohn und einer Zauner-Tochter wurde durch deren Tod vereitelt[691], eine andere Zauner-Tochter heiratete den Wolfgang Fatzi[692], von den Töchtern des Ruprecht Nelbeck war eine mit Lackners Sohn Franz, die andere mit Georg Kirchhaimer vermählt[693], von Lackners Töchtern ist eine als Frau des Sebastian Eiseler nachweisbar, eine andere wurde die Mutter des Gregor Gastgeb[694]. Die Tochter des Jeronim Kisling heiratete Seifrid, den Bruder des Friedrich von Pieschen, eine der Töchter des Friedrich von Pieschen ehelichte des Sebastian Schrantz gleichnamigen Sohn[695]. Auch Geschäftsverbindungen zur Firma Fugger wurden familiär ergänzt; Jeronim Kislings Sohn Stefan folgte dem Vater in der Wiener Fugger-Faktorei, eine Tochter von Stefans Schwager Friedrich von Pieschen heiratete den Fuggerfaktor Ulrich Zaunusser[696]. Wir haben also einen richtigen „Clan" vor uns, der Geschäftsverbindungen und Verwandtschaftsbande in gleicher Weise für den Zusammenhalt von Kapital und gesellschaftlichem Einfluß einsetzte.

Der Clan trat auch politisch in Erscheinung. Im Rat (ab 1527 inneren Rat) finden wir Wolfgang Zauner zwischen 1497 und 1507 (als Bürgermeister 1503)[697], Jeronim Kisling zwischen 1497 und 1509[698], Lienhard Lackner zwischen 1498 und 1514 (als Bürgermeister 1502)[699], Friedrich von Pieschen zwischen 1511 und 1521 (als Bürgermeister 1514)[700], Dr. Martin Siebenbürger zwischen 1512 und 1522 (als Bürgermeister 1521)[701], Stefan Kisling zwischen 1522 und 1537[702], Thoman von Pieschen 1527 bis 1530[703], Sebastian Schrantz den Älteren 1529 bis 1538, seinen gleichnamigen Sohn 1542 bis 1551 (als Bürgermeister 1547—1548)[704], Thoman Siebenbürger 1548 bis 1571 (als Bürgermeister 1560—1561)[705], Franz Lackner 1550 bis 1571[706], Franz Straub 1556—1557[707], Raymund Straub 1564 bis 1571, Bartlmä Kisling zwischen 1568 und 1578, Hans Straub d. J. 1572—1573, Mathes Straub zwischen 1581 und 1590[708]. Zum 53köpfigen revolutionären Bürgerausschuß 1519—1520 gehörten Dr. Martin Siebenbürger, Friedrich von Pieschen, dessen Schwiegervater Kaspar Reutter, Thoman von Pieschen, Hans Straub, Wolfgang Fatzi, Stefan Kisling und Ulrich Schwaiger[709], der so wie Siebenbürger und Straub mit einer Kopp-Tochter vermählt war[710]; als Gesinnungsgenosse ist auch Dr. Viktor Gamp, Gatte von Schwaigers Stieftochter, zu werten, der Siebenbürger 1520 nach Augsburg begleitete[711]; Lienhard Lackner war schon 1517 gestorben[712]. Die 1519—1520 lebenden großjährigen Mitglieder der Wiener Handelsgesellschaft sind also geschlossen gegen das landesfürstliche Regiment aufgetreten; dazu mag die Empörung über den tragischen Tod des Brautpaares Kopp-Zauner[713] ebenso beigetragen haben wie Siebenbürgers Haß gegen einzelne Regimentsbeamte als Folge der Lauffner-Affäre[714]. Dem vorwiegend von den Aufständischen beschickten Rat von 1521 gehörten Siebenbürger als Bürgermeister, Friedrich von Pieschen, Kaspar Reutter und Ulrich Schwaiger (der im selben Jahr starb) als Ratsherren an; in Wiener Neustadt wurden 1522 Siebenbürger und Pieschen hingerichtet, Reutter kam mit einer hohen Geldbuße davon, Gamp, der damals Stadtschreiber war und die Angeklagten verteidigt hatte, wurde vorübergehend des Landes verwiesen[715]. Thoman von Pieschen, Straub, Fatzi und Kisling blieben ungestraft; sie waren auch, soweit feststellbar, im Rahmen des Ausschusses, dem sie sich wohl nur aus Solidarität anschlossen, nie hervorgetreten, vermutlich, um die Existenz der Wiener Handelsgesellschaft nicht zu gefährden. Zu deren Fortbestand mag auch beigetragen haben, daß einige Verwandte zur „konservativen" Gegenpartei gehörten; so Wolfgang Kirchhofer, der vorsichtige Bürgermeister von 1519—1520, der mit einer Kopp-Tochter vermählt und somit Schwager Siebenbürgers war (er hat auch die Vormundschaft über seine Kinder übernommen)[716]. Dr. Hans Spießhaimer, genannt Cuspinianus, der in der fraglichen Zeit als Stadtanwalt (Vertreter des Landesfürsten im Rat) auffallende Zurückhaltung bewies und durch seine Heirat mit Agnes, der Witwe des Jeronim Kisling, deren Stiefsohn Stefan Kisling nahestand[717]; auch der Landschreiber und frühere kaiserliche Sekretär Vinzenz Rockner, dessen Gattin Agnes, Stieftochter Cuspinians und Halbschwester Stefan Kislings, in erster Ehe mit Seifrid, dem Bruder des Friedrich von Pieschen, vermählt gewesen war, mag interveniert haben[718]. Möglich, daß sich auch die Augsburger Welthandelsfirma Fugger, auf deren Kredit das Haus Habsburg angewiesen war, zugunsten ihres Wiener Faktors Stefan Kisling und zugunsten der Kinder des Friedrich von Pieschen — von denen Elsbeth mit dem Fuggerfaktor Zaunusser vermählt war — eingeschaltet hat[719].

Die meisten Mitglieder der Wiener Handelsgesellschaft besaßen Häuser in der Münzerstraße, dem heutigen Bauernmarkt; so die Lackner (Bauernmarkt 6, Brandstätte 4, Kramergasse 1)[720], Pieschen (Bauernmarkt 3)[721], Zauner und Fatzi (Bauernmarkt 10/Kramergasse 5 und Bauernmarkt 11/Wildpretmarkt 8)[722], Straub (Bauernmarkt 8, Kramergasse 3)[723]; in nächster Nähe, am Petersfreithof, standen die Häuser der Familien Kopp (Petersplatz 10)[724] und Nelbeck (Petersplatz 2)[725], nicht weit entfernt auch Häuser der Siebenbürger (Hoher Markt 9, Judengasse 1, Berghof 1)[726] und Schrantz (Kramergasse 12, Lichtensteg 1, Rotenturmstraße 13, Ertlgasse 2)[727]; bloß das Stammhaus der Kisling (Singerstraße 8, Liliengasse 2, Weihburggasse 7)[728] befand sich in einem anderen Stadtteil. Wo die „Wiener Handelsgesellschaft ihren Sitz hatte, wissen wir nicht; vermutlich im Lackner-Haus (siehe oben), denn das Haus beim Stubentor, das der Gesellschaft von 1521 bis 1537 gehörte (Wollzeile 38)[729], dürfte bloß eine Vermögensanlage gewesen sein.

Als Mitglied der Gottsleichnamsbruderschaft zu St. Stephan sind Lienhard Lackner, Jeronim und Stefan Kisling, Friedrich von Pieschen, Wolfgang Fatzi, Ruprecht Nelbeck und — posthum — Dr. Martin Siebenbürger nachweisbar[730].

Als Kirchmeister zu St. Stephan wirkten Lienhard Lackner (1514—1517), Friedrich von Pieschen (1517—1519) und Hans Straub (1526—1533)[731]. Erhalten sind dort die Grabmäler der Familien Lackner und Straub, und zwar, so wie ihre Häuser, unmittelbar benachbart[732]; das Grabmal Sebastian Schrantz d. Ä. ist verschollen[733], von Jeronim Kisling, Friedrich von Pieschen, Dr. Martin Siebenbürger und Wolfgang Fatzi wissen wir wenigstens, daß sie zu St. Stephan bestattet wurden[734]. Man war also einander auch im Tode nahe! Daß man auf Repräsentation Wert legte, kann aus den Bildnissen der Ehepaare Lackner und Pieschen und des Franz Straub sowie aus der Porträtmedaille des Stefan Kisling geschlossen werden[735].

Akademische Bildung war im Kreis der Wiener Handelsgesellschaft eher selten. In der Wiener Universitätsmatrikel finden wir nur Wolfgang Zauner (1472), Jeronim Kisling (1482), Martin Siebenbürger (1491/92) und seinen gleichnamigen Enkel (1550), Lienhard Lackners Enkel Franz II. (1550), Veit (1560) und Lienhard II. (1548)[736]; Jeronim Kislings gleichnamiger Enkel studierte 1539/40 in Bourges, Raymund II. Straub 1568 in Padua[737]. Das Doktorat (nach heutigen Begriffen Professur) haben nur Martin Siebenbürger d. Ä. und Franz II. Lackner erlangt[738], die anderen nicht einmal das Magisterium. Damit erklärt sich zum Teil der Einfluß, den Siebenbürger auf seine Gesellschafter ausübte. Sein Verhältnis zu den übrigen Doktoren der juridischen Fakultät war, bedingt durch die Gruppierungen im Lauffner-Prozeß 1512—1518 und die politischen Ereignisse 1519—1522, unterschiedlich; Dr. Viktor Gamp und Doktor Peter Tanhauser standen ihm zweifellos nahe[739], dagegen zählten Dr. Hans Schneidpöck und Dr. Johann Stephan Reuß zu seinen erbitterten Gegnern[740].

Noch einige Worte zur allmählichen Auflösung der Gesellschaft, die 1511 gegründet wurde und noch 1543 bestand[741]. Die Lackner blieben, wie erwähnt, am längsten dabei, über sie fanden wahrscheinlich auch die Eiseler und Gastgeb Zugang[742]. Die Kisling sind vielleicht schon 1512 ausgeschieden und scheinen sich später nur mehr für die Fugger engagiert zu haben[743]. Bei den Pieschen dürfte nach der Hinrichtung des Friedrich 1522 die noch 1531 bestandene riesige Verschuldung bei den Fuggern zur Liquidierung ihrer Beteiligung geführt haben[744]. Von den Siebenbürger wissen wir, daß nach der Hinrichtung Martins 1522 sein Gesellschaftsanteil zunächst konfisziert, 1523 aber zugunsten seiner Kinder freigegeben wurde; die Verschuldung des Sohnes Thoman 1540—1550 könnte die Auflösung seiner Einlage bewirkt haben, sein adeliger Sohn Johann Baptist war sicher nicht mehr engagiert[745]. Der Anteil des noch 1537 geschäftlich tätigen Erhard Zauner fiel nach seinem Tode (1541) zweifellos seinen Erben, den Söhnen des Wolfgang Fatzi, zu, die schon 1529 ihren Vater beerbt hatten; der Tod des Leopold Fatzi (1557) markiert den Rückzug der Familie aus dem Unternehmen, denn sein Neffe und Erbe Wolfgang Fatzi d. J. hatte als adeliger Schloßherr und Ständemitglied am Handel offenbar kein Interesse mehr[746]. Bei den Straub haben noch die Söhne Hans' I., Franz I. (gest. um 1568—1571) und Raymund I. (gest. 1571) Handel getrieben, mit Raymunds gleichnamigem Sohn, der ebenfalls in den Landadel aufstieg, zieht sich wohl auch diese Familie aus der Firma zurück[747]. Das Vermögen und damit auch der Firmenanteil des um 1547—1551 verstorbenen Ruprecht Nelbeck fiel vermutlich anteilig an seine Schwiegersöhne Franz I. Lackner und Georg Kirchhaimer[748]. Von den Schrantz hat sich nur Sebastian d. Ä. (gest. 1538) kommerziell betätigt, sein gleichnamiger Sohn nicht mehr[749]. Ob der Gesellschaftsfaktor von 1536/37, Hans Hauser[750], an dem Unternehmen auch beteiligt war, wissen wir nicht.

Abkürzungen

BGbl.	Bruderschaftsbuch der Gottsleichnamsbruderschaft zu St. Stephan (Wiener Diözesanarchiv)
Bltt.	Blätter
BMAV	Berichte und Mittheilungen des Alterthums-Vereines zu Wien
CNr.	Conscriptions-Nummer (1822)
Cvp. (ser. nov.)	Österreichische Nationalbibliothek, Codex Vindobonensis Palatinus (series nova)
Gb.	Grundbuch
GWA	Geschichte der Stadt Wien, hg. v. Alterthums-Verein zu Wien, 6 in 8 Bänden, Wien 1897—1918
H.A.-Urk.	Hauptarchivs-Urkunde (Wiener Stadt- und Landesarchiv)
HKA	Österreichisches Staatsarchiv, Hofkammerarchiv
Hs.	Handschrift
IÖG	Institut für österreichische Geschichtsforschung
Jb.	Jahrbuch
Jb.VGStW	Jahrbuch des Vereines für Geschichte der Stadt Wien
KLA	Kärntner Landesarchiv, Klagenfurt
Lkde.	Landeskunde
MBl.AV	Monatsblatt des Alterthums-Vereines zu Wien
MIÖG	Mitteilungen des Instituts für österreichische Geschichtsforschung
Mitt.VGStW	Mitteilungen des Vereins für Geschichte der Stadt Wien
MUW	Matrikel der Universität Wien (Publikationen des Instituts für österreichische Geschichtsforschung, VI/1)
N.F.	Neue Folge
NÖLA	Niederösterreichisches Landesarchiv, Wien
OKAR	Oberkammeramtsrechnung (Wiener Stadt- und Landesarchiv)
ÖNB, HSS	Österreichische Nationalbibliothek, Handschriftensammlung
Quellen	Quellen zur Geschichte der Stadt Wien, I. bis III. Abt.
RGlb.	Raitbuch der Gottsleichnamsbruderschaft zu St. Stephan (Wiener Diözesanarchiv)
StAWN	Stadtarchiv Wiener Neustadt
StLA	Steiermärkisches Landesarchiv, Graz
WGBll.	Wiener Geschichtsblätter
WStLA	Wiener Stadt- und Landesarchiv
Zs.	Zeitschrift

Anmerkungen

[1] Zum Wiener Handel des Mittelalters und der frühen Neuzeit siehe u. a.: Arnold Luschin v. Ebengreuth, Münzwesen, Handel und Verkehr, in: GWA II/2, Wien 1905, 828 ff.; Theodor Mayer, Der auswärtige Handel des Herzogtums Österreich im Mittelalter (Forschungen zur inneren Geschichte Österreichs, 6), Innsbruck 1909; Karl Fajkmajer, Handel, Verkehr und Münzwesen, in: GWA IV, Wien 1911, 524 ff.; Friedrich Engel-Janosi, Zur Geschichte der Wiener Kaufmannschaft von der Mitte des 15. bis zur Mitte des 16. Jh.s, in: Mitt.VGStW VI (1926), 36 ff.; Otto Brunner, Eine handelspolitische Denkschrift der Stadt Wien an König Ferdinand I., in: MIÖG, Erg.Bd. 11, Wien 1929, 474 ff.; ders., Neuere Arbeiten zur älteren Handelsgeschichte Wiens, in: Jb.VGStW 8 (1949/50), 7 ff.; Ferdinand Tremel, Zur Geschichte des Wiener Italienhandels im 16. Jh., in: Nachrichtenblatt VGStW, III (1941), Nr. 4, 22 f.; Othmar Pickl, Der Handel Wiens und Wiener Neustadts mit Böhmen, Mähren, Schlesien und Ungarn in der ersten Hälfte des 16. Jh.s, in: Der Außenhandel Ostmitteleuropas 1450—1650,

hg. v. Ingomar Bog, Köln - Wien 1971, 320 ff.; Peter Csendes, Zur Wiener Handelsgeschichte des 16. Jh.s, in: WGBll. 29 (1974), 218 ff.; Richard Perger, Nürnberger im mittelalterlichen Wien, in: Mitt. d. Ver. f. Gesch. d. Stadt Nürnberg, 63 (1976), 1 ff.; ders., Judenburger im mittelalterlichen Wien, in: Ber. d. Museumsver. Judenburg, 13 (1980), 3 ff.

[2] Aus der Literatur über einzelne Handelsgesellschaften und -firmen seien genannt: Aloys Schulte, Geschichte der großen Ravensburger Handelsgesellschaft 1380—1530, 3 Bde., Stuttgart - Berlin 1923; Hektor Ammann, Die Diesbach-Watt-Gesellschaft, St. Gallen 1928; Götz Frh. v. Pölnitz, Jakob Fugger, 2 Bde., Tübingen 1949—1951; ders., Anton Fugger, 2 Bde., Tübingen 1958, 1963; Ferdinand Tremel, Das Handelsbuch des Judenburger Kaufmannes Clemens Körbler 1526—1548 (Beitr. z. Erforschung steir. Geschichtsquellen, N.F. 15), Graz 1960; Wolfgang Frh. v. Stromer, Die Nürnberger Handelsgesellschaft Gruber-Podmer-Stromer (Nürnberger Forschungen, 7), Nürnberg 1963; Othmar Pickl, Das älteste Geschäftsbuch Österreichs (Forschungen zur geschichtl. Lkde. d. Stmk., 23), Graz 1966; Christa Schaper, Die Hirschvogel von Nürnberg und ihr Handelshaus (Nürnberger Forschungen, 18), Nürnberg 1973. — Spezialarbeiten über einzelne Wiener Handelsgesellschaften des Mittelalters fehlen bisher; einschlägige Hinweise bei Engel-Janosi (Anm. 1) und Csendes (Anm. 1).

[3] Vgl. Anm. 5—52. Angaben über einzelne Gesellschafter bei Engel-Janosi (Anm. 1), 48, 56 f., 60—66, Tremel, Italienhandel (Anm. 1), 22, und Csendes (Anm. 1), 225, 227, sowie bei Maria Capra, Zur Datierung des Straub'schen Epitaphs an St. Stephan in Wien, in: Mitt. Ges. f. vergl. Kunstforschung, 2 (1950), Nr. 4, 60 ff.

[4] Die Identifizierung der einzelnen Häuser erfolgt in den Anmerkungen unter Angabe der entsprechenden Conscriptions-Nummer nach der Conscription von 1822 und der heutigen Anschrift. Benützt wurden hiebei: Albert Camesina R. v. San Vittore, Urkundliche Beiträge zur Geschichte Wien's im XVI Jh., Wien 1881; Paul Harrer-Lucienfeld, Wien — seine Häuser, Menschen und Kultur (8 Bde., WStLA, W 190), 1951—1957; Robert Messner, Wien vor dem Fall der Basteien, Wien 1958. — Der Haus- und Grundbesitz in den Vorstädten ist grundsätzlich nicht erfaßt, da dies eine — noch ausstehende — systematische Durcharbeitung aller einschlägigen Grundbücher voraussetzen würde.

[5] ÖNB, HHS, Cvp. 8134. Zu dieser wichtigen Quelle siehe zuletzt: Helmut Kretschmer, Studien zum Tagebuch Martin Siebenbürgers, Prüfungsarbeit zur Staatsprüfung am IÖG, Wien 1977.

[6] Cvp. 8134, fol. 138.

[7] WStLA, H.A.-Urk. 5986; Regest in: Quellen II/4, 5986; zit. bei Capra (Anm. 3), 62, Anm. 17.

[8] Cvp. 8134, fol. 137.

[9] Originalurkunde im Wiener Diözesanarchiv; Regest in: Quellen I/4, 3945, zit. bei Capra (Anm. 3), 62, Anm. 18.

[10] Pickl, Geschäftsbuch (Anm. 2), 153. Die Einfuhr und der Vertrieb fremder Weinsorten war den Wiener Kaufleuten seit 1481 gegen Entrichtung einer Lizenzgebühr gestattet; s. Otto Brunner, Die Finanzen der Stadt Wien von den Anfängen bis ins 16. Jh. (Studien aus dem Archiv der Stadt Wien, 1/2), Wien 1929, 120 f., 216—218.

[11] WStLA, Gb. 1/35, fol. 366, neu 362.

[12] Pickl, Geschäftsbuch (Anm. 2), 175.

[13] Quellen II/4, 6225; Gb. 1/35, fol. 383, 383v.

[14] Gb. 1/9, fol. 41v; Capra (Anm. 3), 62, Anm. 19. — CNr. 789 = Wollzeile 38. Zu Marb s. Anm. 552, 553.

[15] Gb. 1/35, fol. 397v, 398; Capra (Anm. 3), 62, Anm. 19.

[16] Vgl. Anm. 224, 383.

[17] WStLA, OKAR 1/63, fol. 6v, 7. Vgl. Anm. 10.

[18] OKAR 1/63, fol. 29v.

[19] HKA, Gedenkbuch 20, fol. 339, 339v; Capra (Anm. 3), 62, Anm. 20. Zit. auch bei: Viktor v. Kraus, Zur Geschichte Österreichs unter Ferdinand I. 1519—1522 (9. Jahresbericht des Leopoldstädter Obergymnasiums), Wien 1873, 81, Anm. 3.

[20] HKA, Gedenkbuch 20, fol. 345, 345v; Kraus (Anm. 19), 81 f., Anm. 3. Vollständige Abschrift bei: Hans Lahoda, Der Ständekampf in den niederösterreichischen Erblanden nach dem Tode Maximilians I. bis zu seiner Beendigung im Blutgericht von Wiener Neustadt, phil. Diss., Wien 1949, 249 f., zit. ebda., 213.

[21] HKA, Gedenkbuch 20, fol. 357v.

[22] Pickl, Geschäftsbuch (Anm. 2), 251.

[23] Gb. 1/36, fol. 13, 13v (Text und Nota).

[24] RGlb. 3, fol. 185v, 204.

[25] OKAR 1/65, fol. 14, 14v, 45. Vgl. Anm. 10, 17.

[26] Zu dieser Belagerung s. u. a.: Albert Camesina, Niclas Meldeman's Rundansicht der Stadt Wien im Jahre 1529, Wien 1863; Ferdinand Stöller, Soliman vor Wien, in: Mitt.VGStW 9/10 (1929/30), 11—76; Walter Hummelberger, Wiens erste Belagerung durch die Türken 1529 (Militärhistorische Schriftenreihe, 33), Wien 1976; Historisches Museum der Stadt Wien, 62. Sonderausstellung (Wien 1529 — die erste Türkenbelagerung), 1979/80 (Katalog und Textband).

[27] Jenö Házi, Sopron szabad királyi vâros története (Geschichte der königlichen Freistadt Ödenburg), I/7, Ödenburg (Sopron) 1929, 381 f., Nr. 307.

[28] Gb. 1/36, fol. 350 (Text und Nota).

[29] Gb. 1/35, fol. 383v (Nota).

[30] Gb. 1/35, fol. 366, neu 362 (Nota). — Im selben Jahr, am 2. Juni 1536, belastete der Wiener Ratsbürger Michel Winter seinen Anteil an einem Haus im Kammerhof mit einer Hypothek von 79 t zugunsten des Hans Straub, am 30. Juni 1536 räumte er Hans Straub und seinen Mitverwandten der Wienerischen Gesellschaft eine weitere Hypothek von 160 t ein, gleichzeitig dem Erhard Zauner und dem Wolfgang Fatzi eine Hypothek von 55 t. — Alle diese Belastungen löste der Nachfolger Winters im Besitz des Hausanteils, Michel Hilleprand, 1545 ab (Gb. 1/36, fol. 304v—305, 307—308; Gb. 1/10, fol. 261).

[31] Gb. 1/35, fol. 398 (Nota), Gb. 1/10, fol. 71. Vgl. Anm. 14, 15.

[32] KLA, Bestand Herrschaft Bamberg, Fasz. 56 (Nr. 233), fol. 304—305. Vgl. Anm. 457.

[33] Vgl. Anm. 652, 542, 465—467.

[34] HKA, Gedenkbuch 51, fol. 152.

[35] Nach dem Orig. im StLA, zit. bei: Engel-Janosi (Anm. 1), 56 f., 60—66; Tremel, Italienhandel (Anm. 1), 22; Csendes (Anm. 1), 62.

[36] Gb. 1/10, fol. 209v, 210. Vgl. Anm. 89.

[37] Zu Franz Lackner s. Anm. 40, 44, 45 und 89—97, zu Georg Kirchhaimer Anm. 51, 499, 612.

[38] Zu Eiseler s. Anm. 51, 87.

[39] StAWN, Ratsprotokolle 1542—1544, fol. 196, und 1545—1550, fol. 46.

[40] HKA, Gedenkbuch 57, fol. 250v—251.

[41] StAWN, Ratsprotokolle 1545—1550, fol. 76v.

[42] Franz Karl Wißgrill, Schauplatz des landsässigen nieder-österreichischen Adels etc., III, Wien 1797, 23—25.

[43] Vgl. Anm. 492.

[44] StAWN, Ratsprotokolle 1556—1564, fol. 317, 369, und 1569—1570, fol. 134v.

[45] Vgl. Anm. 98 und 97.

[46] StAWN, Ratsprotokolle 1571—1572, zum 4. November 1572.

[47] StAWN, Ratsprotokolle 1571—1572, fol. 35.

[48] StAWN, Ratsprotokolle 1565—1569, fol. 350.

[49] StAWN, Ratsprotokoll 1574, fol. 155.

[50] StAWN, Ratsprotokoll 1573, fol. 130v.

[51] Engel-Janosi (Anm. 1), 56, Anm. 104 (nach dem Orig. im StLA). Zu Wittiber siehe Anm. 50 und 573.

[52] Quellen I/8, 16860.

[53] MUW II/2 (1966), 419 f., und III/2 (1971), 334.

[54] Stadtarchiv Villach, Kalender des 14. Jahrhunderts mit späteren Eintragungen; publiziert bei: Walter Fresacher, Eine Belagerung Villachs im Jahre 1425, in: Jb. Villacher Realgymnasium 1912/13, III—XXVIII.

[55] Hans Pirchegger, Rottenmanns Entwicklung zur Stadt, in: Zs. hist. Ver. Stmk. 47 (1956), 52; StLA, Urk. Nr. 6082 b und 6442 a.

[56] Gerhard Michael Dienes, Die Bürger von Graz, Dissertationen der Universität Graz, Nr. 49 (1979), CXXXIV.

[57] StAWN, Gewerbuch I, fol. 178, 178v, 182, 194v, 204v, 215v, 220, 220v, 254v.

[58] StAWN, Ratsbuch II, fol. 28v—33, und Scrinium Z Nr. 39.

[59] StAWN, Ratsbuch II, fol. 258, 258v. In Wien werden Jörg Vest, Kramer, und seine Gattin Elsbeth 1424 und 1436, beider Söhne Jakob Vest, Chorherr in Klosterneuburg, und Kaspar Vest, Bürger in Wiener Neustadt und Gatte einer Agatha, 1468 erwähnt; s. Gb. 1/6, fol. 101v, 217v; Gb. 1/7, fol. 257, 298v, 529v, 91; Gb. 1/8, fol. 38; Gb. 1/34, fol. 426v. Vergleiche Anm. 74.

[60] OKAR 1/48, fol. 9. Vgl. Anm. 10, 17, 25.

[61] StAWN, Scrinium Z Nr. 39, und Satzbuch I, fol. 226v. Vgl. auch Ratsbuch II, fol. 310—311.

[62] Gb. 1/8, fol. 290v. — CNr. 587 = Bauernmarkt 6, Brandstätte 4, Kramergasse 1.

[63] Cvp. 8019 (Wiener Ratslisten 1401—1601), fol. 46—49; Quellen I/4, 3926; Gb. 1/8, fol. 522v, 447v, 624; Gb. 1/35, fol. 160, 178v, 292; RGlb. 2, fol. 245v. Auf seine Bürgermeisterfunktion beziehen sich Quellen II/4, 5726, 5734, 5744, 5754.

[64] OKAR 1/60, fol. 35.

[65] Gb. 1/35; fol. 292, 322; Gb. 1/8, fol. 676, 678; Quellen II/4, 6087. Die Kirchmeisterfunktion wird auch auf der Grabinschrift von 1517 erwähnt (Anm. 82).

[66] RGlb. 1, fol. 166v; RGlb. 2, fol. 34.

[67] OKAR 1/55, fol. 60v; 1/61, fol. 17, 45v, 46.

[68] OKAR 1/57, fol. 53v, 55; 1/58, fol. 6, 22v, 26v; 1/59, fol. 9, 41; 1/60, fol. 10v, 18, 47; 1/61, fol. 10v, 43; 1/62, fol. 10, 40v, 50v. Vgl. Anm. 10, 17, 25, 60. Im Jahre 1501 ist auch der Wiener Neustädter Christoph Pross (Anm. 61) am Handel mit fremden Weinsorten beteiligt (OKAR 1/58, fol. 6).

[69] Das Todesdatum auf dem gemeinsamen Grabmal (Anm. 82).

[70] Joseph Ogesser, Beschreibung der Metropolitankirche zu St. Stephan in Wien, Wien 1779, 75, erwähnt noch die später verschwundene Jahreszahl 1502, die sowohl im Wappen als auch am oberen Rand der steinernen Lampe zu sehen war. — Hans Tietze, Der St. Stephansdom in Wien (Österreichische Kunsttopographie, 23), Wien 1931, 359 f. und Abb. 398; Alois Kieslinger, Die Steine von St. Stephan, Wien 1949, 247 f., Nr. 5; Capra (Anm. 3), 62, Anm. 23.

[71] Gb. 1/8, fol. 420 (vgl. Anm. 62). 1504 wird Lienhard Lackner als Erbe Barbaras allein ins Grundbuch eingetragen (Gb. 1/8, fol. 447v).

[72] Gb. 1/8, fol. 422v. — CNr. 959 = Seilerstätte 22. Daß Magdalena eine Tochter des Hans Kopp war, ergibt sich aus Quellen II/4, 6254, und Gb. 1/9, fol. 49. Hans Kopp ist 1475—1481 als Hofmeister des Wiener Schottenstifts nachweisbar (Quellen I/1, 574, 578, 580, 581, 582), 1482—1485 finden wir ihn als Faktor des Wiener Kaufmanns Ulrich Perman d. J. in Venedig (Vinzenz Oskar Ludwig, Der Kanonisationsprozeß des Markgrafen Leopold III. des Heiligen, in: Jahrbuch des Stiftes Klosterneuburg, IX, Wien - Leipzig 1919, 48, 62 f., 70 f., 76, 154), 1486 wird er in Wien ansässig und heiratet eine Apollonia (Gb. 1/8, fol. 165), 1487, 1488, 1494 bis 1501 gehört er dem Rat an (Cvp. 8019, fol. 40v, 43, 44—46v; Quellen I/4, 3923), 1507 stirbt er (RGlb. 2, fol. 50v), 1517 stirbt seine Frau Apollonia (RGlb. 2, fol. 69v). Er hinterließ acht Kinder: Andre (gest. zwischen 1513 und 1517, s. Anm. 451, 452), Mathes (gest. 1540), Helena (gest. 1558, heiratet 1508 Dr. Martin Siebenbürger, gest. 1522, in zweiter Ehe Hans Hofmann, gest. 1540, s. Anm. 312, 387—395), Magdalena (gest. 1555, heiratet 1503 Lienhard Lackner, gest. 1517, s. oben und Anm. 82), Anna (gest. nach 1542, heiratet 1509 oder 1510 Hans Straub, gest. 1540, s. Anm. 527, 547), Barbara (verheiratet mit Christoph Turner, Quellen II/4, 6254), Margret (gest. nach 1516, heiratet in erster Ehe Bartlmä Schallautzer, gest. 1512, aus dieser Ehe stammt der berühmte Hermes Schallautzer, s. Felix Czeike, Hermes Schallautzer, in: Jb.VGStW 15/16, 1959/60, 70—81, in zweiter Ehe Wolfgang Kirchhofer, dem sie den Sohn Augustin schenkt, s. Anm. 329, 374, 494, 500) und Agnes (gest. 1521, heiratet in erster Ehe Bernhard Flander, gest. 1514, aus dieser Ehe stammt die Tochter Margret, die 1518 Dr. Viktor Gamp heiratet, s. Anm. 381, der zweite Mann der Agnes ist Ulrich Schwaiger, gest. 1521). — Eine Aufzählung aller einschlägigen Belege ist hier nicht möglich, wichtig u. a. Quellen II/4, 6254; Gb. 1/8, fol. 165, 657v; Gb. 1/9, fol. 49; Gb. 1/10, fol. 288v, 380v. Hans Kopp besaß ein Haus am St. Petersfreithof (CNr. 576 = Petersplatz 10). Von den Schwiegersöhnen Kopps gehörten Lienhard Lackner, Dr. Martin Siebenbürger und Hans Straub der Wiener Handelsgesellschaft an, Siebenbürger und Kirchhofer waren Gegner im Lauffner-Prozeß (s. Anm. 329—367) und (wie Dr. Gamp, Schwiegersohn von Kopps Tochter Agnes) in den Aufstand gegen das landesfürstliche Beamtenregime 1519/20 verwickelt (s. Anm. 373—383). Zum Wappen des Hans Kopp — im Schild ein Hahn — Quellen II/3, S. 507; zu den Bildnissen des Hans Kopp, seiner Tochter Margret und deren Gatten Bartlmä Schallautzer, und seiner Tochter Magdalena und deren Gatten Lienhard Lackner s. Anm. 73.

[73] Günther Heinz, Das Porträtbuch des Hieronymus Beck von Leopoldsdorf, in: Jb. kunsthist. Samml. in Wien, 71 (1975), 287 (Abb. 424, 425), 294 (Nr. 206, 207). Die Handschrift wurde vor einigen Jahren vom Kunsthistorischen Museum, Wien, erworben; Herrn Direktor Dr. Georg Kugler sei für die Beistellung von Aufnahmen herzlich gedankt. Ebendort auch Bildnis des Hans Kopp (Heinz, 285, Abb. 423, und 292, Nr. 205, vgl. Anm. 72), seiner Tochter Margret und ihres Gatten Bartlmä Schallautzer (Heinz, 287, Abb. 426, 427, und 294, Nr. 210, 211, die genealogischen Angaben sind zum Teil zu berichtigen). Zu den Bildnissen des Friedrich von Pieschen und seiner Frau Veronika s. Anm. 219.

[74] StAWN, Gewerbuch I, fol. 212; Scrinium CIX, Nr. 48/2, Scrinium XXIII, Nr. 6, 7. Den Geldtransfer von Memmingen nach Wiener Neustadt besorgte 1522 und 1523 Alexius Funck, vgl. Pickl, Geschäftsbuch (Anm. 2), 180, 182. Zur Vest'schen Stiftung vgl. Anm. 59. Sie

wurde in der Kapelle begangen, die man 1496/97 aus Vests Vermögen am Nordosteck des nördlichen Querschiffes der Wiener Neustädter Liebfrauenkirche (des heutigen Domes) erbaut hatte. Das gotische Netzgewölbe dieser Kapelle wurde im 19. Jahrhundert entfernt, Wappensteine davon verwahrt das Wiener Neustädter Stadtarchiv im Kreuzgang des ehemaligen Klosters St. Peter an der Sperr. Die Kapelle wurde 1957 zur Taufkapelle umgestaltet und erhielt eine Renaissance-Balkendecke (Georg Niemetz, Der Dom zu Wiener Neustadt, Schnell-Kunstführer Nr. 1196, München - Zürich 1979, 17).

75 BGlb., fol. 134v. Zu Nelbeck s. Anm. 606—613.

76 Quellen II/4, 5971.

77 Quellen II/4, 5986. Vgl. Anm. 7 und 142.

78 Gb. 1/8, fol. 624. Zu Schallautzer vgl. Anm. 72, 73, 323.

79 BGlb., fol. 149v.

80 RGlb. 2, fol. 28v.

81 Cvp. 8134, fol. 131. Vgl. Anm. 216, 319.

82 Zum Grabmal Cvp. ser. nov. 12781 (Codex Trautsonianus, Inschriftensammlung von 1630), 71; Ogesser (Anm. 70), 316, Nr. 42; Tietze (Anm. 70), 434, Nr. 55; Kieslinger (Anm. 70), 286, Nr. 55, 56. Zu Lackners Bestattung RGlb. 2, fol. 44v, 69v; zum Kopp-Wappen Anm. 72.

83 Vgl. Anm. 9.

84 Die Namen aller Kinder in Gb. 1/12, fol. 272v.

85 Gb. 1/11, fol. 17v—18.

86 Gb. 1/12, fol. 272v.

87 Gb. 1/11, fol. 11, 49; Gb. 1/12, fol. 124v—125, 272v; Gb. 3/1, fol. 234v; Gb. 3/2, fol. 120v, 148v. Zu Eiseler s. auch Anm. 35, 36, 51. Auf die weitverzweigte Familie der Eiseler und ihre Besitzverhältnisse können wir hier nicht näher eingehen; vermerkt sei bloß, daß Sebastian I. Eiseler — Dorotheas Gatte — 1531 Bürgermeister von Wien war (Quellen I/2, 1961). S. auch Pradel (Anm. 236), 247 ff.; vgl. auch Anm. 169.

88 Gb. 1/11, fol. 200v—201; 1/12, fol. 60v, 272v. Dr. Johann Gastgeb war im Wintersemester 1516/17 Dekan der medizinischen Fakultät der Wiener Universität; s. Joseph R. von Aschbach, Geschichte der Wiener Universität, II (Die Wiener Universität und ihre Humanisten), Wien 1877, 455. Vgl. auch Anm. 36. Zu seinem Sohn Gregor Gastgeb, der Kaufmann war, Anm. 51.

89 Gb. 1/10, fol. 209v, 210; vgl. Anm. 36, 62, 71, 74.

90 Gb. 1/12, fol. 272v; vgl. Anm. 72.

91 Gb. 1/11, fol. 62v, 63, 176—176v. — CNr. 592 = Goldschmiedgasse 8. Hans Puchlers erste Gattin Katrei war eine Schwester des Franz Lackner gewesen, vgl. Anm. 36.

92 WStLA, Hs. B 77/4 (= Personalstände ab 1533, Index); Cvp. 8019, fol. 66v—75v.

93 Nach der Inschrift auf dem Grabmal des Franz (Anm. 97).

94 Nach den Inschriften auf den Grabmälern des Franz (Anm. 97) und der Katrei (Anm. 95).

95 BMAW 33 (1898), 84, Notiz IV.; Dagobert Frey, Die Denkmale des politischen Bezirks Baden (Österreichische Kunsttopographie 18), Wien 1924, 26 f. („Melbeckin" statt „Nelbeckin") und Fig. 57.

96 Auf dem Grabmal des Franz (Anm. 97) wird nur Eva geb. Guglweit genannt. Daß sie die Tochter des Michel Guglweit war und nach dem Tode des Franz Lackner in zweiter Ehe Wolfgang Stubenvoll heiratete, ergibt sich aus Gb. 1/11, fol. 88v, und Gb. 1/13, fol. 122, 123v.

97 Cvp. ser. nov. 12781, 72; Ogesser (Anm. 70), 316, Nr. 41; Tietze (Anm. 70), 434, Nr. 57, und 432, Abb. 512; Kieslinger (Anm. 70), 286, Nr. 57; Rupert Feuchtmüller und Peter Kodera, Der Wiener Stephansdom, Wien 1978, 305.

98 Henry Simonsfeld, Der Fondaco dei Tedeschi zu Venedig und die deutsch-venezianischen Handelsbeziehungen, 2, Stuttgart 1887, 227, Nr. 32; Quellen I/8, 15920. — 1560 war Veit an der Wiener Universität immatrikuliert worden (MUW III/2, 334).

99 Gb. 1/12, fol. 521v—522. Vgl. Anm. 62, 71, 74, 89. Lienhard finden wir 1548 in MUW III/2, 334.

100 Gb. 1/12, fol. 272v. Vgl. Anm. 72, 90. Stänzl = Kurzform für Stanislaus.

101 MUW III/2, 334.

102 Arnold Luschin v. Ebengreuth, Österreicher an italienischen Universitäten zur Zeit der Reception des römischen Rechtes, in: Bltt. Lkde. NÖ, 15 (1881), 84 f., Nr. 350—354.

103 Johann Joseph Lochner, Speculum academicum Viennense etc., Wien 1773, 103, 176.

104 Gb. 1/12, fol. 336v, 521v—522. Wir finden Franz und Barbara unter den Erben des Josef Vetterl, die 1581 zugunsten des Simon Vetterl auf ihre Anteile am sogenannten Taschenhaus am Lichtensteg (CNr. 526 = Teil von Lichtensteg 4, Rotgasse 1) verzichteten.

[105] Gb. 1/11, fol. 140; 1/12, fol. 96. Elsbeth verkaufte 1578 ein von ihrer Mutter stammendes Haus gegenüber St. Stephan (CNr. 633 = Teil von Rotenturmstraße 1, 3, Brandstätte 2, Kramergasse 2) dem Handelsmann Kaspar Sammer.

[106] WStLA, Hs. B 77/4.

[107] Gb. 5/18, fol. 324 (CNr. 904 = Teil von Kärntner Straße 7).

[108] Gb. 3/2, fol. 304, 334 (Teil von CNr. 807 = An der Hülben 6, Seilerstätte 2).

[109] Gb. 5/18, fol. 344v (vgl. Anm. 107).

[110] Dies ergibt sich aus Gb. 1/13, fol. 77, und Gb. 1/14, fol. 327v, wonach Pauls I. Gattin Elsbeth verw. Stampa mit Testament vom 7. November 1633 ein von ihrem ersten Mann stammendes Haus in der hinteren Bäckerstraße (CNr. 754 = Sonnenfelsgasse 8) ihren Stiefkindern, das heißt den Kindern aus ihrer Ehe mit Paul Lackner (Paul und Regine und Helene verehel. Wolzogen), ferner ihrer Nichte Jakobine Stich und ihren in Nürnberg lebenden Verwandten Christoph und Daniel Stengl vermacht; diese verkaufen das Haus 1634 dem Tuchhändler Christoph Horváth und dessen Frau Katrei.

[111] Albert Starzer, Geschichte der landesfürstlichen Stadt Klosterneuburg, Klosterneuburg 1900, 560.

[112] WStLA, Testamentenbuch 3, fol. 82, 229, 277; Quellen I/4, 3762; Ludwig Brunner, Geschichte der Stadt Eggenburg, I, Eggenburg 1933, 153, 157, 160, 164, 310.

[113] Cvp. supplementum 3344, fol. 118; zit. in: Archiv für österreichische Geschichte, 86 (1899), 464.

[114] Házi (Anm. 27), I/5 (1926), 321 Nr. 367, 373 Nr. 340; Quellen II/4, 5901 a.

[115] MUW I/2 (1956), 369, II/2 (1966), 156. Einem Perchtold Kisling gehört 1403 und 1405 ein Haus in der Schmalzgasse zu München (Stadtarchiv München, Gerichtsbuch II, fol. 7, 49, 50).

[116] Quellen II/1, 1411, 1533; II/2, 2807.

[117] Gb. 29/36, fol. 91.

[118] Gb. 1/6, fol. 414v; Gb. 1/7, fol. 508v, 108v (CNr. 762 = Bäckerstraße 12).

[119] Gb. 1/7, fol. 20, 21v, 24v, 523, 529 (CNr. 898 = Singerstraße 8, Weihburggasse 7, Liliengasse 2). 1459 widmet Stefan Kisling eine Gült von 6 t jährlich auf diesem Haus zu einer Meßstiftung in St. Stephan; das Haus ist damals bereits mit einer Hypothek von 150 t zugunsten von Stefans Vetter Niklas Veit, Kürschner, belastet (Quellen II/3, 3848). 1461 widmet Stefan Kisling einen Weingarten in Niedersievering dem Domkapitel zu St. Stephan, das dafür ihn und seine Gattinnen Elsbeth und Anna in seine Gebetsverbrüderung aufnimmt (Quellen I/4, 3861).

[120] Gb. 1/7, fol. 311, 393 (CNr. 364 = Salvatorgasse 9, Passauer Platz 1, Stoß-im-Himmel 3).

[121] Anna starb 1516 (vgl. Anm. 159). Zu den Kindern s. Anm. 129.

[122] Die Genanntenlisten von 1459, 1467 und 1475 werden in WStLA verwahrt. Die Liste von 1459, hg. v. Walter Weinzettl, Die undatierte Genanntenliste der Wiener Ratstafel, in: Jb.VGStW 11 (1954), 6; zur Liste von 1467 maschinschriftl. Register von Felix Czeike im WStLA; die Liste von 1475 hg. von Joseph Frh. v. Hormayr, Wiens Geschichte und seine Denkwürdigkeiten, 5, Wien 1824, Urkundenbuch CCXX—CCXXIII.

[123] Cvp. 8019, fol. 30, 32—33v, 36; Quellen II/3, 4233, 4393; Gb. 1/6, fol. 414v; Gb. 1/35, fol. 29; OKAR 1/42, fol. 7, 31.

[124] Brunner, Finanzen (Anm. 10), 56.

[125] Quellen II/3, 4233.

[126] Brunner, Finanzen (Anm. 10), 56.

[127] Sein Sohn Jeronim war Wiener Faktor der Augsburger Firma Fugger (Anm. 133), sein Schwiegersohn Sigmund Ammann vertrat ebenfalls fremde Firmen in Wien (vgl. Anm. 149), der Schwiegersohn Mathes Heuperger war ebenfalls Kaufmann (Anm. 153).

[128] Zum Testament von 1481, Gb. 1/11, fol. 161—161v. Im selben Jahr wird sein Sohn Jeronim bereits als Besitzer des Hauses in der Singerstraße (Anm. 119) erwähnt (Gb. 1/8, fol. 122v).

[129] Gb. 1/11, fol. 161—161v; vgl. Anm. 119.

[130] MUW II/2, 156.

[131] Gb. 1/8, fol. 272 (CNr. 636 = Rotenturmstraße 9, Kramergasse 8). Vgl. Gb. 1/11, fol. 105.

[132] Rückgerechnet von der Eheschließung der jüngeren Agnes im Jahre 1510 (vgl. Anmerkung 173). Siehe im übrigen Hans Ankwicz-Kleehoven, Der Wiener Humanist Johannes Cuspinian, Graz - Köln 1959, 133—135, wo allerdings der Gatte der älteren Agnes geb. Stainer irrig Stephan (statt Jeronim) Kisling genannt wird.

[133] Pölnitz, Jakob Fugger (Anm. 2), II, 75, 160, 290, 462. Unter II/75 wird angegeben, daß dem Jeronim (= Hieronymus) Kisling schon 1503—1511 Stefan Kisling (d. J.) als Faktor nachgefolgt sei; vgl. dagegen unsere Anm. 141, 161, 162.

[134] OKAR 1/57, fol. 58.

[135] RGlb. 2, fol. 50v.

[136] Vgl. Anm. 7.

[137] Cvp. 8019, fol. 45v, 47—48v; Quellen II/4, 5745, 5759, 5777, 5780, 5846, 5924; OKAR 1/59, fol. 43; 1/61, fol. 45v, 46; 1/62, fol. 31.

[138] OKAR 1/59 ,fol. 43; 1/61, fol. 45v, 46; 1/62, fol. 31.

[139] Gb. 1/8, fol. 447 (CNr. 907 = Weihburggasse 5).

[140] BGlb., fol. 135.

[141] RGlb. 1, fol. 214v, 238.

[142] Vgl. Anm. 7.

[143] Vgl. Anm. 159.

[144] Ankwicz (Anm. 132), 133.

[145] Ankwicz (Anm. 132), 135.

[146] Ankwicz (Anm. 132), 133, und Abbildungen bei 201 und 256. Das Gemälde von Strigel befindet sich auf dem Wilczek'schen Schloß Seebarn bei Korneuburg; s. Getrud Otto, Bernhard Strigel, München - Berlin 1964, 104, Nr. 77 bzw. Abb. 144. Eine Schwester der Agnes (geb. Stainer, verw. Kisling, verehel. Cuspinian), Margret, war mit dem Wiener Neustädter Kaufmann Alexius Funck vermählt; Ankwicz (Anm. 132), 134, vgl. Pickl, Geschäftsbuch (Anm. 2), 18, 45, 47, 127, sowie unsere Anm. 10, 12, 22, 74.

[147] Sigmunds erste Frau Ursula, Witwe nach dem Riemer Gilg von Herzogenburg, starb 1478 (Gb. 1/8, fol. 57, 73), die zweite Frau Elsbeth 1487 (Cvp. ser. nov. 12781, 10); Martha wird erstmals 1489 als (dritte) Frau Sigmunds erwähnt (Gb. 1/35, fol. 85).

[148] Cvp. 14219, fol. 6; OKAR 1/27, fol. 26.

[149] Gb. 1/35, fol. 8, 105v, 381v (Nota), 456 (Nota). Zu den Firmen Schmidmair und Scheytl vgl. Perger, Nürnberger (Anm. 1), 28 f., 35.

[150] OKAR 1/41, fol. 21v.

[151] Cvp. 8019, fol. 39—43v; Quellen II/2, 5328.

[152] Cvp. ser. nov. 12781, 10 (Grabmal bei St. Stephan). Er ist zu unterscheiden von dem 1478—1505 erwähnten Fütterer Sigmund Ammann, der mit einer Margret (1496—1499) und einer Ursula (1501) vermählt war.

[153] Gb. 1/8, fol. 312v, 356v; Gb. 1/35, fol. 85, 137v. Martha erbte 1497 von Ammann die Hälfte des Hauses „Zum goldenen Hirschen" am Haarmarkt (CNr. 728 = Rotenturmstraße 20, Fleischmarkt 1, Steyrerhof 2), die andere Hälfte kaufte sie 1498 (Gb. 1/8, fol. 312v, 356v). 1500 ließ sie Matthäus Heuperger mit an die Gewer schreiben (Gb. 1/8, fol. 387v).

[154] Nikolaus Grass, Der Wiener Dom, die Herrschaft zu Österreich und das Land Tirol, Innsbruck 1968, 79—96.

[155] Gb. 1/8, fol. 453; danach vererbte sie das Haus „Zum goldenen Hirschen" (vgl. Anmerkung 153) an Heuperger. 1509 wurde sie posthum in die Gottsleichnamsbruderschaft zu St. Stephan eingekauft (BGlb., fol. 161v). Heuperger heiratete 1506 in zweiter Ehe Anna, Tochter des Münchener Bürgers Heinrich Bart (Part), die ihm vier Kinder gebar; 1515 starb er. Seine Witwe Anna heiratete in zweiter Ehe den aus Nürnberg stammenden Wiener Juristen Dr. Peter Tanhauser (gest. 1528), von dem wir noch hören werden (s. Anm. 351), und starb 1546 (Cvp. ser. nov. 12781, 204, Grabmal im Schottenstift). Von ihren Kindern aus der Ehe mit Heuperger heiratete Martha 1522 Dr. Marx Beck von Leopoldsdorf, den Vater jenes Hieronymus, in dessen Porträtsammlung Bildnisse von Lienhard Lackner, Hans Kopp, Bartlmä Schallautzer und Friedrich von Pieschen überliefert sind; s. Richard Perger, Blasius Lazarin (ca. 1450—1516), Bürger zu Agram, Villach und Wien, in: Neues aus Alt-Villach (Jb. des Villacher Stadtmuseums), 3 (1966), 30 f., und Heinz (Anm. 73), 168 f.

[156] Gb. 1/11, fol. 161, 161v (vgl. Anm. 119, 129). Das Schild „Zur goldenen Sonne" wird bereits 1513 erwähnt (BGlb., fol. 202v).

[157] Gb. 1/11, fol. 105; vgl. Anm. 131.

[158] Gb. 1/8, fol. 665; vgl. Anm. 139, 144—146.

[159] Gb. 1/11, fol. 161—161v; vgl. Anm. 119, 129, 156.

[160] Gb. 1/8, fol. 665v; Hans Dachs, Urkunden zur Geschichte des Hofes der Regensburger Bischöfe in Wien, in: Verhandlungen des hist. Vereins von Regensburg und Oberpfalz, 80 (1930), 146, Nr. VIII. — CNr. 888 = Singerstraße 17, 19, Grünangergasse 9, Kumpfgasse 10.

[161] Pölnitz, Jakob Fugger (Anm. 2), II, 269, Anm. 2; ders. Anton Fugger (Anm. 2), I, 369, Anm. 39.

[162] Pölnitz, Jakob Fugger (Anm. 2), II, 75, Anm. 1, gibt an, daß Stefan Kisling schon 1503—1511 seinem Vater Jeronim als Wiener Faktor nachgefolgt sei; ebenda, 462, nennt er im gleichen Zeitraum noch Jeronim als Faktor. Laut frdl. Mitteilung des Fürstl. und gräfl. Fugger'schen Familien- und Stiftungsarchivs, Dillingen, ist dort im Bestand „Ungarischer Handel" der Jahre 1495—1526 (Akten 36/1—36/3) öfter von „Kisling" ohne Vornamen die Rede, Jeronim wird ausdrücklich 1497 und 1500 genannt (Akt 36/1 II/a, 24, 26), in einer Rechnung für den Zeitraum 1513—1516 werden Stefan und sein schon verstorbener Vater erwähnt (Akt 36/2), 1520 scheint Stefan allein auf (Akt 36/3), wir können ihn auch 1531 als Fuggerfaktor in Wien belegen (Gb. 1/36, fol. 215, 215v, vgl. Anm. 233). Pölnitz, Anton Fugger (Anm. 2), II, 322, Anm. 146, kennt ihn in dieser Funktion noch aus einer Abrechnung für 1533—1536.

[163] Cvp. ser. nov. 12781, 77; Ogesser (Anm. 70), 315, Nr. 23; Tietze (Anm. 70), 437, Nr. 71 (irrig „Larentz Klaischer"); Kieslinger (Anm. 70), 287, Nr. 71. Dieses Grabmal vermerkt Fleischers Herkunft aus Nürnberg. Er ist als Wiener Faktor der Fugger 1531 und 1533 bis 1537 belegt, zuletzt wurde er finanzieller Unregelmäßigkeiten beschuldigt; s. Pölnitz, Anton Fugger (Anm. 2), I, 88 Anm. 160, 562 Anm. 57, 603 Anm. 89, 612 Anm. 135, 648 Anm. 101; II, 322 Anm. 146, 297 Anm. 112, 345 Anm. 52. Nennung zu 1535 auch in Gb. 1/36, fol. 215v, Nota.

[164] Fritz Dworschak, Wiener Porträtmedaillen des XVI. Jh.s, Mitt. VGStW 7 (1927), 100 f. und Tafel I, Abb. 2 (nach dieser die hier gebrachte Abbildung). Die Medaille hat der Nürnberger Mathes Gebel gefertigt.

[165] Historisches Museum der Stadt Wien, Inv. Nr. 7780; der Direktion des Museums sei für die Beistellung der Aufnahme und die Genehmigung der Reproduktion herzlich gedankt.

[166] BGlb., fol. 202v.

[167] Zu diesen Ereignissen zuletzt Richard Perger, Der Wiener Rat von 1519 bis 1526, in: Jb.VGStW 35 (1979), 135—168, bes. 146 f. (Liste der Ausschußmitglieder, Kisling unter Nr. 53). Die Liste ist überliefert im NÖLA, Schönkirchner-Handschriften Band 27 Y, handschriftlich übertragen bei: Rudolf Neck, Die Erinnerungen des Wiener Bürgermeisters Wolfgang Kirchhofer (1519—1522), Hausarbeit am Institut für Österreichische Geschichtsforschung, Wien 1948, 3 f. — Weitere Literatur Anm. 373.

[168] Cvp. 8019, fol. 53v—56; Quellen II/4, 6631; Gb. 1/9, fol. 120, 133, 197; Gb. 29/23, fol. 323; Brunner, Finanzen (Anm. 10), 54; RGlb. 3, fol. 67v.

[169] Camesina, Nicolaus Meldeman's Rundansicht (Anm. 26), 20; danach berichtet Peter Stern von Labach, daß vom damaligen inneren Rat (Liste in Cvp. 8019, fol. 56) nur der Bürgermeister Wolfgang Treu, der Stadtrichter Paul Pernfuß und die Ratsherren Sebastian Eiseler, Sebastian Schrantz und Wolfgang Mangold in der Stadt blieben; die Ratsherren Roman Staudinger, Sebastian Sulzpeck, Wolfgang Scheichenwalder, Andre Mispeck, Stefan Kisling, Dionys Keck, Dr. Johann Pilhamer, Wolfgang Dobler und Thoman Vorster waren also geflohen. Zu der in der Öffentlichkeit mißbilligten milden Behandlung durch Ferdinand I. s. Hummelberger (Anm. 26), 37 f.

[170] Cvp. 8019, fol. 57v—58v.

[171] Gb. 1/9, fol. 122. Ihre Mutter Katrei, Freislebens Frau, war eine Tochter des Wiener Ratsherrn Christoph Steger; zu ihren Gunsten verzichtete Leonore auf ihren Anteil an einem von Steger hinterlassenen Haus unter den Tuchlauben (CNr. 562 = Tuchlauben 8).

[172] Dorothe hatte von Strollin ein Haus in der Weihenburg (CNr. 910 = Teil von Weihburggasse 13/15) geerbt (Gb. 29/23, fol. 390, 428v), ebenso ein Haus in der Singerstraße (CNr. 893 = Singerstraße 18; Gb. 29/23, fol. 382, 289v, 390, 428), 1536 ist sie als Gattin des Stefan Kisling an der Gewer (Gb. 29/23, fol. 428, 428v), 1537 ist sie bereits mit dem Brünner Bürger Rochus Schöpperl vermählt und verkauft beide Häuser (Gb. 29/24, fol. 11, 11v).

[173] Gb. 1/8, fol. 567v; vgl. Anm. 199.

[174] Ankwicz (Anm. 132), 134 f. Zu Rockner vgl. Anm. 202, 239, 341.

[175] Richard Perger, Das Epitaph „Paulus" am Wiener Stephansdom, in: Festschrift Franz Loidl zum 65. Geburtstag, III, Wien 1971, 196—203. Zur politischen Rolle Rockners s. Anmerkung 341.

[176] Gb. 1/11, fol. 161—161v. Den Kindern aus ihrer Ehe mit Rockner fiel das Haus in der Weihenburg zu, das Stefan Kisling d. J. 1514 der Agnes abgetreten hatte (Gb. 1/11, fol. 206, vgl. Anm. 158), sowie das Haus in der Wollzeile, das Agnes teils von ihrem ersten Gatten Seifrid von Pieschen, teils von den Nachkommen von Seifrids Bruder Friedrich von Pieschen erworben hatte (Gb. 1/11, fol. 262, vgl. Anm. 239).

[177] Gb. 1/10, fol. 133, 134; Gb. 1/11, fol. 262, 263. Vgl. Anm. 119, 129, 156, 159.

[178] Gb. 1/10, fol. 67v. Vgl. Anm. 160.

[179] Gb. 1/11, fol. 105. Vgl. Anm. 131, 157.

[180] Gb. 1/11, fol. 161—161v. Vgl. Anm. 119, 129, 156, 159, 177.

[181] Pölnitz, Anton Fugger (Anm. 2), II, 453 Anm. 180, 464 Anm. 184, 465 Anm. 239, 488 Anm. 255, 492 Anm. 215.

[182] Dompfarre St. Stephan, Wien, Protocollum copulationum I, fol. 99v.

[183] Gb. 1/11, fol. 161—161v; vgl. Anm. 119, 129, 156, 159, 177, 180.

[184] Gb. 1/11, fol. 105. Vgl. Anm. 131, 157, 179.

[185] Gb. 1/11, fol. 161—161v. Vgl. Anm. 119, 129, 156, 159, 177, 180, 183

[186] WStLA, Hs. B 77/4; Cvp. 8019, fol. 74, 74v, 77v—79.

[187] Im Hofquartierbuch von 1587 wird das Haus „Zur goldenen Sonne" bereits mit dem Besitzvermerk „Bartlme Kislings Taborhauptmanns Erben" angeführt (Ernst Birk, Materialien zur Topographie der Stadt Wien, BMAW X/1865, 151, Nr. 965 von 1587).

[188] Gb. 1/12, fol. 512; Gb. 1/14, fol. 396v. Vgl. Anm. 119, 129, 156, 159, 177, 180, 183, 185, 187.

[189] Siegelbeschreibungen in Quellen II/3, S. 507, II/2, S. 419 („drei Kugeln"), II/4, 6631 („drei Seeblätter"). Die Farben überliefert das Wappenbuch der Wiener Ratsbürgerfamilie Hüttendorfer (WStLA, Hs. B 304), fol. 2; danach soll eine Elsbeth Kisling 1450 mit Laurenz Hüttendorfer verheiratet gewesen sein. Zumindest die Jahreszahl 1450 dürfte auf einem Irrtum beruhen, da der nachmalige Wiener Ratsbürger Laurenz (I.) Hüttendorfer erst 1475 das Wiener Bürgerrecht erwarb und bis 1521 lebte (OKAR 1/38, fol. 22; Cvp. ser. nov. 12781, 9; RGlb. 2, fol. 182, 204).

[190] Seifrid nennt sich stets „von Pieschen". Friedrich ist 1511 und 1514 als „Friedrich Pieschen" (Quellen II/4, 5947, 5954, 6031), 1521 und 1522 als „Friedrich von Pieschen" belegt (Gb. 1/9, fol. 41v; Gb. 1/35, fol. 397v, 398), sonst meist als Friedrich Piesch. Thoman nennt sich 1531 „von Piesch" (Gb. 1/36, fol. 215, 215v), 1535 „von Pieschen" (Gb. 1/36, fol. 280 bis 280v), sonst ebenfalls meist „Piesch"; dies dürfte die in Wien übliche Kurzform des Namens gewesen sein.

[191] MUW II/2, 65 f.; Karl Schrauf, Die Matrikel der ungarischen Nation an der Wiener Universität 1453—1630, Wien 1902, 60, 400.

[192] MUW II/2, 397; Schrauf (Anm. 191).

[193] So z. B. Quellen II/4, 5986.

[194] MUW II/2, 75.

[195] Házi (Anm. 27), II/1 (1930), 412 Nr. 154, 415 Nr. 155; I/7 (1929), 115 ff. Nr. 8; Pickl, Geschäftsbuch (Anm. 2), 339.

[196] Adalbert Baker, Die Kammergrafen zu Schemnitz anno 1365—1873, in: Karpathenland, Vierteljahresschrift für Geschichte, Volkskunde und Kultur der Deutschen in den nördlichen Karpathenländern, Jg. 5, Reichenberg 1932, 27 (Nr. 27) und 24 (Nr. 28).

[197] Baker (Anm. 196), 27 ff. (Nr. 23); Gb. 1/8, fol. 185, 657v. Zur Herkunft des Georg Krell aus Nürnberg s. Perger, Nürnberger (Anm. 1), 74.

[198] Siehe u. a.: András Kubinyi, Die Städte Ofen und Pest und der Fernhandel am Ende des 15. und am Anfang des 16. Jahrhunderts, in: Der Außenhandel Ostmitteleuropas etc., hg. v. Bog (Anm. 1), 342—433, bes. die Namen Junkherr alias Edlasperger (365, 375, 400 f.), 390 (Kirchhaimer, Pempflinger), 392 f. (Vorster), 404 (Meingoz), 416 (Eiseler); ders., Die Nürnberger Haller in Ofen, in: Mitteilungen des Vereins für Geschichte der Stadt Nürnberg 52 (1963/64), 80—127; ders., Die Pemfflinger in Wien und Buda, in: Jb.VGStW 34 (1978), 67—88.

[199] Gb. 1/8, fol. 567v (CNr. 774 = Wollzeile 9, Bäckerstraße 4).

[200] Gb. 1/8, fol. 624 (Teil von CNr. 775 = Wollzeile 11, Essiggasse 1).

[201] Cvp. ser. nov. 12781, 34. Bei Ogesser (Anm. 70) nicht mehr erwähnt.

[202] Gb. 1/10, fol. 133, 134 (vgl. Anm. 199). Zur Eheschließung der Agnes mit Rockner Ankwicz (Anm. 132), 134 f.; zu Rockner Anm. 239, 341.

[203] Gb. 1/9, fol. 214 (vgl. Anm. 200).

[204] Floridus Röhrig, Das kunstgeschichtliche Material aus den Klosterneuburger Rechnungsbüchern des 16. Jh.s, in: Jb. des Stiftes Klosterneuburg, N.F. 7 (1971), 154.

[205] Gb. 1/35, fol. 405.

[206] Das Geburtsjahr errechnet sich aus der Altersangabe auf Friedrichs Porträt (Anm. 220).

[207] OKAR 1/53, fol. 4.

[208] Gb. 1/8, fol. 335 (Teil von CNr. 384 = Wipplingerstraße 7, Jordangasse 2, Judenplatz 11).

[209] Gb. 1/8, fol. 341v (Lokalisierung wie Anm. 208).

[210] Gb. 1/10, fol. 105v.

[211] Gb. 1/8, fol. 481v; Gb. 1/9, fol. 82v, 91. Das Geburtsjahr der Veronika nach der Altersangabe auf ihrem Porträt (Anm. 220). Ihr Stiefvater Kaspar Reutter, vielleicht aus Mühldorf am Inn (MUW II/3, 544), war in Wien seit 1506 ansässig (Gb. 1/8, fol. 481v), seit 1509 Genannter (RGlb. 1, fol. 79v, 118v, 206; RGlb. 2, fol. 34, 210), 1511 Verweser von St. Hiero-

nymus (Quellen II/4, 5953), 1512 und 1521 Ratsherr (Cp. 8019 fol. 49, 53v; Gb. 1/35, fol. 260v); er starb 1523 (RGlb. 2, fol. 252, 273v). 1519/20 gehörte er dem reolutionären Bürgerausschuß an, 1522 wurde er in Wiener Neustadt verurteilt, kam aber mit Haft und Geldstrafe davon; s. Perger, Der Wiener Rat (Anm. 167), 146 (Nr. 4), 153. — Konrad Ottwein (urk. 1450—1488, gest. vor 1495) vertrat in Wien die Nürnberger Firma Halbwachs; Perger, Nürnberger (Anm. 1), 69.

212 BGlb., fol. 74v.

213 Gb. 1/8, fol. 597, 597v (vgl. Anm. 209).

214 Gb. 1/8, fol. 664v (CNr. 578 = Bauernmarkt 3). Noch 1535 wird es „des Friedrich von Pieschen Haus" genannt (Gb. 1/36, fol. 215, 215v).

215 Vgl. Anm. 9.

216 Cvp. 8134, fol. 127—128, 131. Vgl. Anm. 181, 319.

217 Gb. 1/36, fol. 215, 215v. Vgl. Anm. 233.

218 Archív mesta Bratislavy (Archiv der Stadt Preßburg), Urkunde Nr. 4740. — Zum Weinbau und Weinhandel in Ungarn s. Kubinyi, Ofen und Pest (Anm. 198), 412—415.

219 Heinz (Anm. 73), 291 Abb. 432, 433, 294 Nr. 208, 209.

220 Zu Veronika geb. Reutter s. Anm. 211.

221 Vgl. Anm. 224.

222 OKAR, 1/59, fol. 65v; 1/60, fol. 76; 1/61, fol. 70; Cvp. 8019, fol. 49—50v; Gb. 29/23, fol. 97v, 127, 132; Gb. 1/8, fol. 597; Quellen II/4, 5947, 6030, 6031; I/9, 17691.

223 Gb. 1/35, fol. 340v, 341, 368.

224 Siehe u. a. Perger, Der Wiener Rat (Anm. 167), 146 (Nr. 1 und 9), 147 f., 150 (Nr. 6), 153. Weitere Literatur zu den politischen Ereignissen 1519—1522 unter Anm. 373. Zu den Ausschußmitgliedern Stefan Kisling, Kaspar Reutter, Thoman von Pieschen, Dr. Martin Siebenbürger, Wolfgang Fatzi und Hans Straub vgl. Anm. 167, 211, 244, 373, 474, 537.

225 RGlb. 2, fol. 216.

226 Wie z. B. nachweislich beim Vermögen des hingerichteten Dr. Siebenbürger (Anm. 388 bis 390).

227 Gb. 1/9, fol. 82v, 91. Ob die 1532 verstorbene „Friedrich Pieschin" mit ihr oder mit der Frau des jüngeren Friedrich (1531 noch minderjährig, 1536 großjährig, 1539 als verstorben erwähnt; s. Anm. 233, 236, 239) identisch ist (RGlb. 3, fol. 283v, 307), steht dahin.

228 Gb. 1/10, fol. 105v (vgl. Anm. 208).

229 Gb. 1/10, fol. 53 (vgl. Anm. 214).

230 Gb. 1/9, fol. 214 (vgl. Anm. 200, 203).

231 Gb. 1/10, fol. 133 (vgl. Anm. 199, 202).

232 Ulrich Zaunusser (auch: Zanusser, Zaumesser, Zainesser, Zemesser) starb 1532 (RGlb. 3, fol. 284v, 308), sein Bruder Hans 1533 (RGlb. 3, fol. 321, 345v). Mitglieder der Wiener Fugger-Faktorei waren 1522 Michel Zaunusser und 1533—1536 Hans Zaunusser; s. Pölnitz, Jakob Fugger (Anm. 2), II, 75; ders., Anton Fugger (Anm. 2), II, 322, Anm. 146. Ulrich Zaunusser gewährte 1527 namens der Fugger der Stadt Wien ein Darlehen von 1000 t; Brunner, Finanzen (Anm. 10), 414, Anm. 3.

233 Gb. 1/36, fol. 215, 215v (Text und Nota). Vgl. Anm. 200, 203, 217, 230.

234 Gb. 1/10, fol. 20v (vgl. Anm. 200, 203, 217, 230, 233).

235 Gb. 1/36, fol. 215v (Nota); vgl. Anm. 214, 229. Zu Fleischer Anm. 163, 165.

236 Gb. 1/10, fol. 53, 247 (vgl. Anm. 214, 229, 235). Zu Schrantz Anm. 658, 660. Von Anton Part ist ebenfalls ein Bildnis in der Beck'schen Porträtsammlung überliefert; Heinz (Anm. 73), 461 Nr. 226 und Abb. 439, mit Beschriftung „Pan" (statt Part) und Bezeichnung als Tochtermann des Friedrich Piesch. Der genealogische Zusammenhang mit Hans Part aus München, der zweiten Frau des Matthäus Heuperger (Anm. 155) müßte noch klargestellt werden. — Sebastian Hutstocker ist seit 1537 in verschiedenen öffentlichen Ämtern nachweisbar, war 1549—1550 und 1553—1555 Bürgermeister von Wien und starb 1557; Johanne Pradel, Die Wiener Ratsbürger im ersten Drittel des 17. Jh.s, phil. Diss., Wien 1972, 301.

237 Gb. 1/11, fol. 354 (vgl. Anm. 214, 229, 235, 236).

238 Siehe die unter Anm. 232 und 236 angeführten Personaldaten.

239 Gb. 1/10, fol. 133 (vgl. Anm. 199, 202, 231). Vgl. Anm. 174—176, 202; zu Rockner im besonderen Anm. 341.

240 Gb. 1/10, fol. 106v (vgl. Anm. 208, 228).

241 Kubinyi, Die Nürnberger Haller (Anm. 198), 107, Anm. 164, 165.

242 Zu beiden WStLA, Hs. B 77/4.

243 Vgl. Anm. 216.

244 Perger, Der Wiener Rat (Anm. 167), 147, Nr. 39. — Vgl. Anm. 211, 224, 373, 474, 537.

[245] Gb. 1/9, fol. 108v.

[246] Cvp. 8019, fol. 54, 54v, 56v; Gb. 1/9, fol. 180.

[247] Gb. 1/36, fol. 215, 215v.

[248] RGlb. 3, fol. 235, 285.

[249] Gb. 1/8, fol. 644; 1/9, fol. 180; 1/11, fol. 195v; 1/36, fol. 280—281v. Barbara hatte von ihrer Mutter Anna 1528 einen Anteil an einem Haus am alten Fleischmarkt geerbt, den sie 1531 und 1533 verkaufte (Gb. 1/9, fol. 180, 181, 214, 249v; Teil von CNr. 688, 689, 691 = Fleischmarkt 20, 22), weiters ein Haus mit Gewandkeller unter den Tuchlauben, das 1560 von ihren Testamentsvollstreckern veräußert wurde (Gb. 1/9, fol. 180; 1/11, fol. 195v; CNr. 554 = Tuchlauben 18).

[250] Ernst Hartmann v. Franzenshuld, Geschlechterbuch der Wiener Erbbürger, Heraldisch-genealogische Gesellschaft „Adler", Hs. B 513, fol. 522.

[251] RGlb. 2, fol. 83v, 105.

[252] Quellen II/4, 5947, I/9, 17691; Wappenzeichnung in Cvp. ser. nov. 12781, 34 (Grabmal des Seifrid von Pieschen).

[253] Neubearbeitung von Johann Siebmachers großem und allgemeinen Wappenbuch (im folgenden zitiert als „Neuer Siebmacher"), Bd. Österreichisch-Schlesien, 6, Tafel 3.

[254] Thoman Gerhart, genannt Siebenbürger, Goldschmied, gehört 1445—1448, 1452—1453, 1455 und 1468—1469 dem Wiener Rat an und stirbt 1472, sein Sohn Stefan ist 1479—1504 nachweisbar, beide führen ein Wappen, das von jenem des Sigmund Siebenbürger und seines Neffen Dr. Martin Siebenbürger völlig verschieden ist (Cvp. 8019, fol. 20—22, 24, 24v, 25v, 32, 32v; Gb. 1/8, fol. 89v; Quellen II/4, 5779; Cvp. ser. nov. 12781, 21). Auch Kaspar Haunold, genannt Siebenbürger (urk. 1485—1497, gest. vor 1511, s. Gb. 1/8, fol. 321v, 576, 157v, 275), und der Maler Hans Siebenbürger (urk. 1479, 1480, gest. vor 1483; OKAR 1/43, fol. 33, Pfarrarchiv St. Michael, Wien, Abtlg. VII, Lade 67, Urk. Nr. 28, Quellen II/3, 4956) haben mit der Sippe von Sigmund und Martin Siebenbürger nichts zu tun.

[255] Siehe z. B. ein Schreiben der Stadt Hermannstadt an die Stadt Wien von 1453, betreffend Forderung des Wiener Bürgers und Wachsgießers Simon von Eslarn gegen Johannes Kotpauer von Klausenburg und Forderung des Wiener Bürgers Andre Hiltprant gegen Andre, Sohn des Johann Loketas (Quellen II/2, 3519); ferner Otto Folberth, Gotik in Siebenbürgen — der Meister des Mediascher Altars und seine Zeit, Wien 1973.

[256] OKAR 1/29, fol. 25v.

[257] Quellen II/2, Anhang LIII.

[258] Siehe Genanntenliste von 1475 (Anm. 122).

[259] Gb. 1/7, fol. 139v; Quellen II/3, 5096; Gb. 1/8, fol. 402 (CNr. 777 = Wollzeile 15).

[260] Quellen II/3, 4983, 4989, 5032, 5033, 5051; Karl Schober, Die Eroberung Niederösterreichs durch Mathias Corvinus in den Jahren 1482—1490, in: Bltt. Lkde. NÖ. XIII (1879), 51 f., 164, und XIV (1880), 145 f., Beilage 23, 434, Beilage 47, 48, 439, Beilage 54.

[261] Max Vancsa, Politische Geschichte der Stadt Wien 1283—1522, in: GWA II/2 (1905), 565—572.

[262] Quellen II/3, 5219.

[263] Quellen II/3, 5338 a.

[264] Schober (Anm. 260), XIII, 406—409; Vancsa (Anm. 261), 573 f.

[265] Gb. 1/8, fol. 225 (Teil von CNr. 512 = Hoher Markt 9, Judengasse 1, Berghof 1).

[266] Ennser hatte ihn 1488 erworben (Gb. 1/8, fol. 191v, 192).

[267] Neuer Siebmacher, Niederösterreichs Adel II, 144.

[268] Gb. 1/8, fol. 225. Taschendorfer ist zuletzt am 12. Juli 1490 als Stadtrichter nachweisbar (Quellen II/3, 5357).

[269] Cvp. 8019, fol. 42—44, 46v; Quellen II/4, 5407, 5418, 5469, 5516; zu 1501 Gb. 1/8, fol. 402.

[270] Quellen II/4, 5640; OKAR 1/57, fol. 60v; Brunner, Finanzen (Anm. 10), 280.

[271] 1483 ist Hedwig noch Jungfrau (Quellen II/3, 5000), sie heiratete Sigmund, als er noch Stadtrichter war, also spätestens 1493, und lebte noch 1494 (Quellen II/4, 5516), 1496 heiratet Sigmund bereits Barbara geb. Gabelkofer (Anm. 276).

[272] Gb. 1/8, fol. 324v (CNr. 734 = Rotenturmstraße 10).

[273] Gb. 1/8, fol. 326v (CNr. 824 = Teil von Schulerstraße 18/20, Kumpfgasse 1). Der Name „Wurssa Jeronimi" belegt 1500, 1508 (Gb. 29/22, fol. 425; 29/23, fol. 78).

[274] Quellen II/3, Nachtrag 4040 a, II/4, 5516. Vgl. Anm. 272.

[275] Quellen II/4, 5736. Vgl. Anm. 273.

[276] Quellen II/4, 5604, 5624; Neuer Siebmacher, Niederösterreichs Adel II, 144. Zur Familie Gabelkofer siehe Jakob Wichner und Adolf Schmelzer, in: Beiträge zur Geschichte der Stadt Leoben, Graz - Wien 1912, 38, 44 f., 46, 131 f.; Maja Loehr, Die Radmeister am stei-

rischen Erzberg bis 1625 (Mitt. d. Museums für Bergbau am Landesmuseum Joanneum in Graz, Heft 5), Graz 1941, 55—59. Joachim Schöttl, Abkömmling einer Salzburger Familie, war 1492 und noch 1505 Forstmeister des Wienerwaldes (Quellen II/3, 5462, 5691, 5702; Gb. 1/8, fol. 464v; Quellen I/3, 2650).

[277] BGlb., fol. 198v.

[278] Gb. 1/8, fol. 418 (CNr. 735 = Rotenturmstraße 8, Lugeck 1).

[279] Gb. 1/8, fol. 485, 485v (vgl. Anm. 259).

[280] Cvp. ser. nov. 12781, 23; Leopold Fischer, Brevis notitia urbis Vindobonae etc., IV, Wien 1770, 106; Ogesser (Anm. 70), 137; Tietze (Anm. 70), 214. — Das Begräbnis Sigmunds in RGlb. 1, fol. 39 A.

[281] Vgl. Anm. 324, 383, 413.

[282] Vgl. Anm. 307, 308.

[283] Gb. 1/8, fol. 501v, 577v, 603v 716.

[284] Quellen II/3, S. 513; II/4, 5577; Wappenzeichnung in Cvp. ser. nov. 12781, 23; Neuer Siebmacher, Niederösterreichs Adel II, 144 und Tafel 58. Vgl. auch Anm. 386, 412, 424.

[285] Gewöhnlich wird über ihn nur im Zusammenhang mit seiner politischen Tätigkeit berichtet (Anm. 373). Biographisches bringen Aschbach (Anm. 88), 185—188, und Alexander Novotny, Ein Ringen um ständische Autonomie zur Zeit des erstarkenden Absolutismus (1519 bis 1522), in: MIÖG 71 (1963), 354—369.

[286] So z. B. Gb. 1/9, fol. 36, und RGlb. 2, fol. 39 (vgl. Anm. 310).

[287] So bei Vancsa (Anm. 261), 578, Anm. 1; Kretschmer (Anm. 5), 3.

[288] Zu Sigmund Anm. 256, 257, 280, zu Matin Anm. 290, 383.

[289] Vgl. Anm. 256.

[290] MUW II/2, 126.

[291] Schrauf (Anm. 191), 141.

[292] Diese können wir erstmals für 1512 feststellen; vgl. Aschbach (Anm. 88), 185, Anm. 2, ferner Cvp. 8019, fol. 49. Vgl. auch Anm. 301.

[293] MUW II/2, 126.

[294] Schrauf (Anm. 191), 47, 255 f.

[295] Schrauf (Anm. 191), 258.

[296] Schrauf (Anm. 191), 26, 61, 82, 155.

[297] Vgl. Anm. 312—314.

[298] Locher (Anm. 103), 98; Aschbach (Anm. 88), 454.

[299] Aschbach (Anm. 88), 215 Anm. 2, 445.

[300] Locher (Anm. 103), 98; Aschbach (Anm. 88), 454.

[301] Aschbach (Anm. 88), 186 (Anm. 2), 415—418; Conradin Bonorand, Aus Vadians Freundes- und Schülerkreis in Wien (Vadian-Studien 8), St. Gallen 1965, 39, 61.

[302] Locher (Anm. 103), 98; Aschbach (Anm. 88), 455.

[303] Und zwar beim Brand der Juristenschule (CNr. 850 = Schulerstraße 14, Grünangergasse 2, Domgasse 9) im Jahre 1627; Franz Gall, Die Sankt-Ivo-Kapelle in Wien, in: Jb. Lkde. NÖ., N.F. 36 (1964), I, 492.

[304] Nach der anonymen „Narratio ... de dissensione provincialium Austriae post obitum Maximiliani I." (vgl. Anm. 373), hgg. von Hieronymus Pez, Scriptores rerum Austriacarum, II, Leipzig 1725, Spalte 990, zitiert bei Aschbach (Anm. 88), 186, Anm. 4: „Ostendabat enim is quandam litterati hominis gravitatem, et ejus domus veluti oraculum ab plerisque adiri solebat" (er trat nämlich mit der Würde eines Gelehrten auf, und sein Haus pflegte von vielen wie ein Orakel aufgesucht zu werden).

[305] Vgl. Anm. 295, 296, 309.

[306] Die Geweranschrift erfolgte erst 1521, als Martin Siebenbürger Bürgermeister war: Gb. 1/9, fol. 36 (vgl. Anm. 265).

[307] Geweranschrift erst 1521: Gb. 1/9, fol. 36 (vgl. Anm. 272, 274, 282).

[308] Gewer erst posthum vermerkt in Gb. 1/10, fol. 221v (vgl. Anm. 273, 275, 282).

[309] Cvp. 8134 (vgl. Anm. 5). Soweit feststellbar, reichen die Eintragungen nicht über 1506 zurück.

[310] RGlb. 2, fol. 39.

[311] Cvp. 8134, fol. 39v—41v, 57v.

[312] Cvp. 8134, fol. 154v; vgl. Quellen II/4, 6254, und Anm. 72.

[313] Cvp. 8134, fol. 155 („die lune post Katharinam").

[314] Cvp. 8134, fol. 55.

[315] Gb. 1/10, fol. 221v (vgl. Anm. 273, 275, 308).

[316] Vgl. Anm. 265, 306 bzw. 272, 274, 307.

[317] Gb. 1/9, fol. 49, Quellen II/4, 6254 (CNr. 576 = Petersplatz 10). Vgl. Anm. 72.

[318] Cvp. 8134, fol. 21, 22, 25, 45—69, 121—129, 132—136, 151. Vgl. die Inhaltsübersicht bei Kretschmer (Anm. 5), 20—31.

[319] Cvp. 8134, fol. 127—128; vgl. Anm. 216.

[320] Vgl. Anm. 6, 72.

[321] Heimatbuch Mariahilf, Wien 1963, 130. Es handelt sich um die nachmalige Mollardmühle.

[322] Quellen II/4, 6062. Zu Gabelkofer und Schöttl vgl. Anm. 276.

[323] Gb. 1/8, fol. 624; Czeike, Schallautzer (Anm. 72), 78.

[324] Gb. 1/35, fol. 302v; Gb. 29/23, fol. 168v; Gb. 29/25, fol. 98, 403v (Teil von CNr. 964 = Himmelpfortgasse 8). Zur Kapelle vgl. Anm. 280, 281, 383, 414.

[325] Hauptquellen für den Verlauf dieses Prozesses: Cvp. 8134, fol. 98—121, davon 98—107v (Siebenbürgers Darstellung bis 1514 ediert bei Kretschmer, s. Anm. 5, 38—59); Cvp. 8549 (Stellungnahme des Georg von Rottal von 1514, unvollständig, vgl. Anm. 358); Cvp. 8420 (Eingabe Siebenbürgers an Ferdinand I. von 1522, vgl. Anm. 382). Die folgenden Ausführungen stützen sich, soweit nicht besondere Belege zitiert werden, auf diese Quellen sowie auf die Darstellungen von Kraus (Anm. 19), 89—101, und Vancsa (Anm. 261), 578—580. Wichtige Ergänzungen bieten verschiedene, meist im Haus-, Hof- und Staatsarchiv, Wien, verwahrte, größtenteils unveröffentlichte Aktenstücke, die Herr Univ.-Prof. Dr. Hermann Wiesflecker, Graz, in seinen maschinschriftlichen Regesten zur Geschichte Maximilians I. erfaßt hat; für die Erlaubnis zu deren Durchsicht anläßlich meines Aufenthalts in Graz 1979 bin ich ihm zu größtem Dank verpflichtet.

[326] Lienhard Lauffner wurde 1501 zum Wassermautner beim Roten Turm zu Wien bestellt (HKA, Gedenkbuch 1, fol. 92, 93). Er heiratete Ursula, Tochter des Hans Rockner und Schwester des Vinzenz Rockner (Gb. 1/10, fol. 92v—93, vgl. Anm. 341). 1511 kaufte er die Badstube unter den Hafnern (Gb. 1/8, fol. 590v; CNr. 720 = Teil von Hafnersteig 1—5). Im Zuge des Prozesses 1512—1516, den wir hier besprechen, verlor er sein Amt, während der Aufstandsbewegung 1519—1521, in der sein erbittertster Gegner Dr. Martin Siebenbürger eine führende Rolle spielte, dürfte er Wien verlassen haben, der Neuerwerb des Wiener Bürgerrechts 1522 um die hohe Taxe von 2 t markiert die Zeit seiner Rückkehr (OKAR 1/63, fol. 17v), im selben Jahr ist er wieder als Wassermautner belegt (Gb. 1/9, fol. 52v). Er besaß 1516—1533 ein Haus in der Singerstraße (Gb. 29/23, fol. 187v, 382, 389v; CNr. 893 = Singerstraße 18), 1522—1532 ein Haus beim Roten Turm (Gb. 1/9, fol. 52v, 239; CNr. 722 = Hafnersteig 2, Griechengasse 5) und 1527—1533 ein Haus in der Weihenburg (Gb. 29/23, fol. 331, 389; CNr. 910 = Teil von Weihburggasse 13/15). Im Kloster St. Laurenz ließ er für sich, seine 1526 verstorbene Frau Ursula geb. Rockner und seine zweite Frau Katrei geb. Mundelhaimer ein Grabmal setzen (Cvp. ser. nov. 12781, 186). Bald nach 1533 dürfte er gestorben sein; aus erster Ehe hinterließ er die Söhne Christoph Lauffner, kaiserl. Diener (gest. 1558, begraben zu St. Laurenz, Cvp. ser. nov. 12781, 186) und Dr. jur. Leopold Lauffner, kaiserl. Rat; ihnen sowie den Kindern seiner verstorbenen Tochter Katrei mit dem Münzmeister Hans Watzelmann, Wolfgang und Katrei fiel die Badstube unter den Hafnern zu, die sie 1554 verkauften (Gb. 1/11, fol. 70).

[327] Bartlmä Staudinger aus Seewalchen erwarb 1496 um 1 t das Wiener Bürgerrecht (OKAR 1/53, fol. 7). Er wohnte in der Vorstadt vor dem Werdertor. Seine Gattin Katrei starb 1516 (RGlb. 2, fol. 7, 27v). Vor dem Gericht in Wiener Neustadt erwirkten er und andere am 16. Juli 1522 die nochmalige Verlesung einer Beschwerde gegen das alte Regiment; s. Lahoda (Anm. 20), 205. 1531 starb „Bertlme Staudinger im Werd" (RGlb. 3, fol. 249v, 273). Keine Verwandtschaft bestand offenbar mit Roman Staudinger, 1499 kaiserlicher Sekretär (Tiroler Landesarchiv, Innsbruck, Maximiliana XIV/1499, fol. 81; Wiesflecker, Maximilian-Regesten [Anm. 325]), 1526 Bürgermeister und 1527—1529 Mitglied des inneren Rates zu Wien (Cvp. 8019, fol. 54—56; Perger, Der Wiener Rat [Anm. 167], 158).

[328] Hans Öder war von 1504 (HKA, Urkunde vom 12. Oktober 1504) bis zu seinem Tod Salzamtmann zu Wien, außerdem diente er Maximilian I. als Kanzleischreiber (Gb. 1/9, fol. 22). Beim Prozeß in Wiener Neustadt 1522 war er einer der Protokollführer; Kraus (Anm. 19), 78, und Lahoda (Anm. 20), 201, Anm. 5. 1523 wurde er Taxator in der Kanzlei des niederösterreichischen Regiments; s. Franz Stundner, Die Kanzlei des Regiments der nö. Lande zur Zeit Ferdinands I., Jb.Lkde. NÖ., N.F. 31 (1953/54), 111. Er starb am 6. März 1524 und wurde zu St. Michael bestattet (Cvp. ser. nov. 12781, 157, dort Todesjahr irrig „1520"). Zwei Häuser am alten Kohlmarkt, die er 1518 gekauft hatte, vermachte er Marx Treitzsauerwein, der am 12. März 1524 an die Gewer geschrieben wurde (Gb. 1/9, fol. 11, 11v, 73; Teile von CNr. 281 und 282 = Graben 19, 20). Ein Haus in der Preidenstraße, das er und seine Frau Margret 1519 um 400 t gekauft hatten, vererbte er teils an seine zweite Frau und Witwe Anna, nachmals Gattin des Niklas Vischl, die mit den Gläubigern, darunter Laurenz Fleischer (ver-

gleiche Anm. 163) prozessierte, teils an seine Kinder aus erster Ehe Margret, Gattin des Doktor med. Jakob Walch von Tessingen, Hans und Oswald Öder und Anna verehelichte Hohenperger; durch Ablösen kam 1543 das Ehepaar Walch in den alleinigen Besitz (Gb. 1/9, fol. 22 bis 22v; 1/10, fol. 226—226v; CNr. 1142 = Habsburgergasse 6). In der Krypta der Wiener Peterskirche befindet sich der Rest eines von Hans Öder 1510 gestifteten Barbaraaltars; Karl Oettinger, Anton Pilgram und die Bildhauer zu St. Stephan, Wien 1951, 110 Nr. 19, Abb. 119.

[329] Wolfgang Kirchhofer ist 1506 als Ungelter (eine Art Steuereinnehmer), 1507 als Schreiber im Hubhaus (der obersten Finanzbehörde Österreichs unter der Enns) belegt (RGlb. 2, fol. 36v; BGlb., fol. 226v). 1518 war er Ratsherr, 1519 und 1520 Bürgermeister von Wien, 1521 wieder Ratsherr (Cvp. 8019, fol. 51v—53), 1521—1525 ist er als Kirchmeister zu St. Stephan nachweisbar (Quellen II/4, 6239, 6243; Gb. 1/35, fol. 393, 1/36, fol. 12; RGlb. 3, fol. 17v; Karl Uhlirz, Die Rechnungen des Kirchmeisteramtes von St. Stephan, II, Wien 1902, XIII). Er starb 1525 (RGlb. 3, fol. 35v, 56). Seine erste Frau Margret, Tochter des Hans Kopp und Witwe nach dem 1512 verstorbenen Bartlmä Schallautzer, lebte noch 1516 (vgl. Anm. 72), die zweite Frau Rosina, Witwe nach Stefan Rauchenperger (gest. 1501, Cvp. ser. nov. 12781, 27) und nach Jeronim Turner (gest. 1515; WStLA, Hauptarchivsakt Nr. 12, 16. Jhdt., fol. 1, 4v), starb 1519 (RGlb. 2, fol. 117v, 137), die dritte Frau Anna, urk. 1521 (Gb. 29/23, fol. 251v), heiratete nachmals Leopold Ofner (urk. 1528, 1547; Gb. 29/23, fol 335v; Gb. 29/24, fol. 121—121v; vgl. auch BGlb., fol. 226v, wo alle drei Gattinnen erwähnt werden). Aus der ersten Ehe entstammte der Sohn Augustin (1522 noch minderjährig, gestorben 1545; Quellen II/4, 6254; Gb. 1/12, fol. 277—277v), aus der dritten Ehe die nachgeborene Tochter Margret, die in erster Ehe mit Georg Fatzi (urk. 1547, gestorben zwischen 1550 und 1557, vgl. Anm. 494—496), in zweiter Ehe mit Dr. jur. Johann Hutstocker vermählt war (Gb. 1/12, fol. 277—277v). Letzterem verdanken wir die schriftliche Überlieferung von Wolfgang Kirchhofers Aufzeichnungen über die politischen Ereignisse 1519—1522 (NÖLA, Schönkirchner-Handschriften Band 27 Y, vgl. Anm. 167); im Titel der Handschrift heißt es nämlich: „... descripta per socerum meum Johannis Huetstockeri d(ominum) Wolfgangum Kirchhofer tunc temporis consulem Viennae“ (beschrieben durch meinen, Johann Hutstockers, Schwiegervater, Herrn Wolfgang Kirchhofer, zu jener Zeit Mitglied des Wiener Rates). Vermutlich hat Hutstocker die Reinschrift nach dem heute verschollenen eigenhändigen Manuskript des bereits 1525 verstorbenen Kirchhofer besorgt.

[330] Laurenz Saurer stammte aus Salzburg; s. Bonorand (Anm. 301), 13 f. 1503 ist er Burggraf zu Wien und Gegenschreiber des Kellermeisteramtes (HKA, Gedenkbuch 1, fol. 41, 121v, 122), 1508 bis 1523 Vizedom in Österreich unter der Enns, seit 1510 auch Rat des Regiments der niederösterreichischen Lande; s. Albert Starzer, Beiträge zur Geschichte der niederösterreichischen Statthalterei, Wien 1897, 415; vgl. auch Anm. 19. Er starb 1523 (HKA, Gedenkbuch 21, fol. 56, 61, 195). Sein Schwager war Hans Pelchinger (Cvp. 8134, fol. 101, vgl. Anm. 331). Laurenz' Sohn Georg Saurer heiratete Barbara, Tochter des Dr. Peter Tanhauser und der Anna geb. Part (Heuperger'sches Wappenbuch im Tiroler Landesmuseum Ferdinandeum, Innsbruck, Bibl. Nr. 15577; vgl. Anm. 155, 351). 1538 erwarb Georg den nach ihm benannten Sau(r)erhof in Baden bei Wien; Felix Halmer, Burgen und Schlösser zwischen Baden—Gutenstein und Wr. Neustadt (Niederösterreichs Burgen und Schlösser I/2), Wien 1968, 22. Die Familie Saurer, deren Gruft sich zu St. Michael in Wien befand (Cvp. ser. nov. 12781, 145 f.), starb 1609 aus (Neuer Siebmacher, Niederösterreichs Adel II, 28).

[331] Hans Pelchinger wird 1503 Wiener Bürger (OKAR 1/59, fol. 13v), 1510 ist er Mautner im städtischen Mauthaus und mit einer Margret vermählt (BGlb., fol. 105v), 1511 Stadtrichter, 1512 Ratsherr, 1513 Stadtrichter, 1514—1517 Ratsherr (Cvp. 8019, fol. 49—51; Quellen II/4, 5962 a; Gb. 1/35, fol. 275v; RGlb. 2, fol. 33v). Zu seiner Verschwägerung mit Laurenz Saurer (Anm. 330) s. Cvp. 8134, fol. 101. Seine Witwe Margret heiratete Michel Rayninger, von den Töchtern war Anna mit Wolfgang Lantzhart und Veronika mit Hans Praun von Ofen vermählt; hiezu und zum Hausbesitz Pelchingers s. Peter Csendes, Die Wiener Salzhändler im 15. und 16. Jh., in: Jb.VGStW 27 (1971), 16.

[332] Hans Süß, Kramer, wird 1485 Bürger zu Wien (OKAR 1/46, fol. 4), neuerlich 1496 erwähnt (Quellen II/4, 5571), 1503—1505, 1507—1508 ist er Ratsherr, 1511—1512 Bürgermeister, 1513—1515 Ratsherr, 1516 Bürgermeister, 1517—1518 Ratsherr, 1524—1526 nochmals Bürgermeister (Cvp. 8019, fol. 47—51v; Quellen II/4, 5845, 5857, 5866, 5946, 5954, 6299, 6317, 6342, 6347; RGlb. 1, fol. 166; RGlb. 2, fol. 34v, 74; RGlb. 3, fol. 30v, 67v; Quellen I/5, 5213). Er stirbt 1526 (RGlb. 3, fol. 73, 95v). 1507 hatte er Dorothe, Witwe nach dem Landschreiber Hans Hueber, geheiratet (Quellen II/4, 5857), beider Tochter Barbara ehelichte 1519 Hans von Buchau (Quellen II/4, 6190), eine andere Tochter, Katrei, Gattin des Hans Heyner, starb vor 1533 (WStLA, Hauptarchivsakt 7/1533). Auf seinen Hausbesitz gehen wir nicht ein.

[333] Zur Bestechlichkeit von Maximilians I. Regierungsbeamten wegen ihrer unzulänglichen Bezahlung im Rahmen der heillosen Schuldenwirtschaft des Kaisers s. Gerald Gänser, Die rechtliche, wirtschaftliche, soziale und kulturelle Stellung der österreichischen Beamten unter Maximilian I., phil. Diss., Graz 1976, 43—84, 106—118. Erst Ferdinand I. sollte ab 1522 hier Abhilfe schaffen.

[334] Starzer (Anm. 330), 3—16, und Stundner (Anm. 328), 97—99.

[335] Die Schneidpöck (auch: Schneidpeck, Snaitpeck), nachmals Schönkirchen, waren ein Rittergeschlecht in Österreich unter der Enns (Neuer Siebmacher, Niederösterreichs Adel, II, 65 f.). Sigmund Schneidpöck war 1498—1501 Vizedom im Lande (HKA Gedenkbuch 1, fol. 86v, 87, 112, 112v; Gedenkbuch 5, fol. 175). Sein Sohn Johann (Hans) wird 1490 an der Wiener Universität immatrikuliert (MUW II/3, 604), als Dr. jur. gehört er dem nö. Regiment 1506—1509 als Rat und 1510—1521 als Kanzler an, 1522 wird er mit dem Titel „von Schönkirchen" (nach seiner gleichnamigen Herrschaft, polit. Bez. Gänserndorf) in den Herrenstand erhoben, 1524 stirbt er; Starzer (Anm. 330), 414 f. Zu seiner Verwandtschaft mit den Pempflinger s. András Kubinyi, Die Pemfflinger in Wien und Buda, in: Jb.VGStW 34 (1978), 67—88. Johann war in erster Ehe (1510) mit Agnes, Tochter des Balthasar v. Puchheim, in zweiter Ehe (1522) mit Hedwig, Tochter des Christoph von Zinzendorf, verheiratet. Das ihm von seinem Vater hinterlassene Haus zu Wien hinter dem Neuen Markt blieb bis 1619 im Besitz seiner Nachkommen (Gb. 29/22, fol. 309, 431; Gb. 29/27, fol. 327; CNr. 1096 = Spiegelgasse 15, Seilergasse 16). Zu seiner Verwandtschaft mit den Pempflinger s. András Kubinyi, Die Pemfflinger in Wien und Buda, in: Jb.VGStW 34 (1978), 79—81. Die als „Schönkirchner-Handschriften" bekannte vielbändige Sammlung von Urkunden- und Aktenabschriften (NÖLA) — darunter die Erinnerungen des Wolfgang Kirchhofer (vgl. Anm. 167, 329) — wurde 1653 von den Söhnen des Hans Wilhelm v. Schönkirchen um 2000 fl an die Stände Österreichs unter der Enns verkauft; Sigmund Adler, Über die Schönkirchner-Handschrift des österr. Landesrechts, Sitz.Ber. Akad. d. Wiss., Wien, phil.-hist. Kl., Bd. 126, III, Wien 1892, 2. Die Schönkirchen starben 1734 aus.

[336] Zur Abstammung Georgs aus der geadelten Grazer Bürgerfamilie Rottaler s. Dienes (Anm. 56), CCXLII—CCXLIV. Georg wird 1491 Pfleger zu Mödling, 1497 erwirbt er die Herrschaft Thalberg bei Hartberg (Steiermark), 1502 wird er Verordneter des Herrenstandes Österreichs ob der Enns. 1493—1498 und wieder ab 1510 ist er Rat des Regiments der nö. Lande, 1497—1504 auch Rat der Raitkammer, 1513—1521 leitet er das Regiment mit dem Titel „Landhofmeister", dann steht er bis zu seinem Tode der Raitkammer vor. 1513 hatte er Margarete v. Rappach, einst Mätresse Maximilians I. und aus dieser Liaison Mutter der Barbara, die 1515 des Kaisers Günstling Sigmund v. Dietrichstein ehelichte, geheiratet; Starzer (Anm. 330), 133—137, und Gänser (Anm. 333), 188—190. Er starb am 31. März 1525 und wurde — ebenso wie seine Frau Margarete — im Wiener Minoritenkloster bestattet; Karl Lind, Ein mittelalterliches Gräberverzeichnis des Wiener Minoritenklosters, BMAW XII (1872), 104, Fig. 186. Die Rottal wurden 1593 noch im Ritterstand, 1601 schon im Herrenstand Österreichs unter der Enns geführt, 1641 in den Grafenstand erhoben, 1763 starben sie aus (Neuer Siebmacher, Niederösterreichs Adel I, 382).

[337] Wolfgang Fueger, Jägermeister Maximilians I., wird 1502 Pfleger der landesfürstlichen Burg auf dem Kahlenberg (heute Leopoldsberg), fortan nennt er sich Kahlenberger, 1505 wird er Forstmeister in Österreich unter der Enns (HKA, Gedenkbuch 1, fol. 154 f., 168v), er stirbt gegen 1532; Vinzenz Oskar Ludwig, Der Leopoldsberg, Klosterneuburg 1939, 28 f. 1506 ist er als Mieter eines Zimmers im Haus der Kaschauerin am Kohlmarkt zu Wien belegt (Quellen II/4, 5829, Nr. 5 b; CNr. 1148 = Kohlmarkt 5). Sein Gut Hadersfeld im Wienerwald (politischer Bezirk Tulln) wird 1517 vom Kaiser zu einem Edelsitz erhoben; s. Rudolf Büttner, Burgen und Schlösser zwischen Greifenstein und St. Pölten (Niederösterreichs Burgen und Schlösser, II/1), Wien 1969, 30.

[338] Saurer gehörte zwar seit 1510 auch dem Regiment an (vgl. Anm. 330), war aber dort stark angefeindet; Kraus (Anm. 19), 5.

[339] HKA, Gedenkbuch Jg. 1510 ff., fol. 92, 92v; zit. nach Theodor G. v. Karajan, handschriftl. Notizen über Martin Siebenbürger, WStLA, Hs. B 263 (neu B 47). Vgl. Anm. 340.

[340] HHStA, Maximiliana 27/1512 April (alt 20/April), fol. 19 f.; zit. nach Wiesflecker, Maximilian-Regesten (Anm. 325).

[341] Zur Familie Rockner s. Richard Perger, Das Epitaph „Paulus" am Wiener Stephansdom, in: Festschrift Franz Loidl zum 65. Geburtstag, III, Wien 1971, 196—203; dort auch die Belege, soweit im folgenden nicht besonders zitiert. — Hans Rockner (urk. 1479—1513), Bürger zu Wien, Kirchschreiber und Laiguster (= Küster) zu St. Stephan, mehrmals verheiratet, hinterließ aus seiner ersten Ehe mit einer Magdalen die Kinder Paul, Ursula und Vinzenz. Paul Rockner, geb. 1471, an der Wiener Universität 1484 immatrikuliert, wurde Geistlicher,

1500 Mitglied und 1512 Dechant des Kapitels von St. Stephan, er starb im Pestjahr 1521, sein Grabmal hat sich erhalten. Ursula heiratete Lienhard Lauffner und starb 1516 (vgl. Anm. 326). Vinzenz Rockner scheint 1484 in der Wiener Universitätsmatrikel auf, 1501 ist er bereits Schreiber in der österreichischen Kanzlei in Wien (HKA, Gedenkbuch 9, fol. 154), seit 1504 ist er unter den Sekretären Maximilians I. zu finden (HKA, Gedenkbuch 13, fol. 257v; Wiesflecker, Maximilian-Regesten), 1515 wird er zum Sekretär des niederösterreichischen Regiments und Landschreiber des österr. Landrechts bestellt, s. Stundner (Anm. 328), 99. Er zeichnet auch für den Entwurf der Drucktypen für des Kaisers Autobiographie „Theuerdank" verantwortlich (ÖNB, Katalog der Ausstellung „Maximilian I.", Wien 1959, 23, vor Kat. Nr. 70). Er starb am 10. Juni 1536 und wurde zu St. Stephan bestattet. Seine ihm 1514 angetraute Gattin Anna, Tochter des Jeronim Kisling und Witwe nach dem 1513 verstorbenen Seifrid von Pieschen, lebte bis 1539 (vgl. Anm. 173—176, 199, 202, 239; in meiner eingangs zitierten Arbeit über das Epitaph „Paulus", 200, Anm. 39, hatte ich noch die irrige Angabe von Ankwicz übernommen, daß Annas Vater Stefan Kisling gewesen sei, vgl. Anm. 132). Vinzenz hatte von seinen Eltern, nach Verzicht seiner Schwester Ursula, zwei Häuser am Neuen Markt geerbt; eines (CNr. 1049 = Neuer Markt 1, Kärntner Straße 14) verkaufte er 1527 (Gb. 28/3, fol. 20v, 48), das andere hinterließ er seinen sieben minderjährigen Kindern Hans, Jeronim Karl, Georg, Franz, Elsbeth, Barbara und Anna, in deren Namen es die Vormünder 1538 verkauften (Gb. 1/8, fol. 275v, 370, 444v; Gb. 1/10, fol. 92v, 93; Teil von CNr. 1051 = Neuer Markt 2, Kärntner Straße 16). Von ihrer 1539 verstorbenen Mutter Anna erbten die Kinder — die bereits verstorbene jüngere Anna ausgenommen — ein Haus in der Wollzeile; nach dem erbenlosen Tode des Franz und der Gefangennahme und Verschleppung Georgs durch die Türken wurden Hans und Jeronim, beide kaiserliche Diener, Elsbeth, Witwe nach Erasmus von Paumkirchen, Rates der niederösterr. Kammer, und Barbara, Gattin des Andre Hasenperger, Sekretärs dieser Kammer, alleine an die Gewer geschrieben, nach Verzicht der Schwestern scheinen 1564 Hans und Jeronim Karl Rockner allein als Besitzer auf (Gb. 1/11, fol. 262v—263v; CNr. 774 = Wollzeile 9, Bäckerstraße 4; vgl. Anm. 199, 202, 231, 239). Von ihrer 1525 verstorbenen Großmutter Agnes, Gattin des Jeronim Kisling, dann des Cuspinian, erbten die Rockner-Kinder ein Haus in der Weihenburg, das schließlich, nach Verzicht der Miterben, 1561 in den Alleinbesitz der Elsbeth verw. Paumkirchen kam (Gb. 1/11, fol. 206v; CNr. 907 = Weihburggasse 5, vgl. Anm. 139, 145, 158).

[342] Wolfgang von Polheim, aus einer alten Familie des Herrenstandes Österreichs ob der Enns, geb. 1458, begleitete Maximilian I. 1477 nach Burgund und diente ihm dort in verschiedenen Ämtern und Missionen bis 1500. 1501 wurde er Landeshauptmann Österreichs ob der Enns und oberster Hauptmann des Regiments der niederösterreichischen Lande, am 11. Novenber 1512 starb er; s. Starzer (Anm. 330), 128—132. Vgl. auch Helene Salzmann, Maximilian I. und die Herren von Polheim, phil. Diss., Graz 1967.

[343] Zu Reutter s. Anm. 211. Hans Rinner, ein Lederer, wurde 1501 Bürger zu Wien (OKAR 1/58, fol. 8v), seit 1512 ist er unter den Genannten zu finden (RGlb. 1, fol. 206), 1514—1516 war er Stadtrichter, 1517 Bürgermeister, 1518 und 1521 Ratsherr (Cvp. 8019, fol. 49v—51v, 53). Als Mitglied des revolutionären Ausschusses 1519/20 spielte er eine wichtige Rolle, 1519—1521 war er auch Hansgraf. Am 11. August 1522 wurde er, so wie auch Martin Siebenbürger und Friedrich von Pieschen, in Wiener Neustadt enthauptet; s. Perger, Der Wiener Rat (Anm. 167), 146 (Nr. 2), 147—150, 152. Vgl. auch Anm. 224, 383. Kinder hinterließ er nicht; seine Witwe Barbara heiratete in zweiter Ehe den aus Ofen stammenden Ulrich Kronacher; s. Richard Perger, Neue Hypothesen zur Frühzeit des Malers Lukas Cranach des Älteren, WGBll. 21 (1966), Nr. 3, 70—77.

[344] Hans Witl war 1501—1536 Sekretär des Regiments der nö. Lande (das 1521—1527 „Hofrat" genannt wurde), anschließend bis zu seinem Tode 1539 Rat des Regiments; s. Starzer (Anm. 330), 420; Stundner (Anm. 328), 98, 111. Seine 1511 verstorbene Gattin Barbara war eine geborene Maroltinger (Quellen II/4, 5942).

[345] Markgraf Ernst übte diese Funktion nur provisorisch aus und wurde im Herbst 1513 von Georg v. Rottal abgelöst; s. Starzer (Anm. 330), 16, 134. Er war Siebenbürger wohlgesinnt und nahm ihn wohl deshalb als „Diener" (hier soviel wie Agent) auf, um ihm Rückhalt gegen seine Feinde im Regiment zu geben (vgl. Anm. 353). Auch anläßlich der Erhebung gegen das niederösterreichische Regiment 1519 hat Ernst zugunsten der von Siebenbürger geführten Neuerer bei Erzherzogin Margarethe interveniert (Cvp. 8134, fol. 96, 97). Er starb 1553, sein Sohn Karl (gest. 1577) begründete die Linie Baden-Durlach (s. Ottokar Lorenz, Genealogisches Handbuch der europäischen Staatengeschichte, Berlin 1895, Tafel 38).

[346] Quellen I/2, 1952; Stadtrichter für 1513 wurde Hans Pelchinger (Quellen II/4, 6112 und S. 386, Anm. 1; Cvp. 8134, fol. 104, 105, 105v). Das Dekret vom 5. Juli 1513 über die Verleihung des Richterbannes an Siebenbürger (HKA, Gedenkbuch Jg. 1510 ff., zit. nach Kara-

jan, vgl. Anm. 339) wurde offenbar nie ausgefertigt. 1514—1516 ist Hans Rinner, 1517 und 1518 Jobst Nagel als Stadtrichter belegt (Cvp. 8019, fol. 49v—51v, zu Rinner vgl. Anm. 343). Die Behauptung Aschbachs (Anm. 88), 186, daß Siebenbürger auch 1513 bis 1517 Stadtrichter gewesen sei — was Novotny (Anm. 285), 364, und Kretschmer (Anm. 5), 3, übernehmen — trifft also nicht zu.

[347] Wolfgangs Vater Niklas Treu war in Wien 1465—1466 Ungelter (Ernst Birk, Urkundenauszüge zur Geschichte Kaiser Friedrich des III. in den Jahren 1452—1467, Wien 1853, Nr. 832, 881, 886, 898), 1469 wurde ihm auf kaiserliche Intervention taxfrei das Wiener Bürgerrecht verliehen (OKAR 1/28, fol. 11v), 1475 ist er Genannter des Widmerviertels (Anmerkung 122), 1476—1486 Ratsherr (Cvp. 8019, fol. 36—40), 1487 stirbt er (Cvp. ser. nov. 12781, 17). Durch seine Heirat mit Juliane, Tochter des Apothekers Vinzenz Hackenperger, hatte er 1469—1481 ein Haus am Graben 1120 = Graben 11, Dorotheergasse 2) erworben (Gb. 29/22, fol. 90, 153, 239), er vererbte es senien Kindern Wolfgang, Laurenz (früh verstorben), Barbara (1496 Gattin des Dr. med. Bartlmä Steber) und Walpurg (1495 Gattin des Goldschmieds Wernhart Pöltinger, 1500 Gattin des Klosterneuburger Bürgers Leopold Tenk), durch Ablöse 1500 und 1504 wurde Dr. Steber Alleinbesitzer, er hinterließ es seiner Gattin Barbara, sie vermachte es ihrem zweiten Gatten Georg von Meggau, der es 1519 an Dr. jur. Ulrich Gebhart verkaufte (Gb. 29/22, fol. 345, 378, 386, 391, 394, 425; Gb. 29/23, fol. 31v, 33, 221v). Wolfgang Treu, Niklas' Sohn, heiratete 1505 Barbara, Tochter des Ritters Mert Egenburger zu Krems (Quellen II/4, 5808), die 1532 starb (Cvp. ser. nov. 12781, 66, dort „1523“ statt „1532“, vgl. jedoch RGlb. 3, fol. 284, 307), seine zweite Frau war Cäcilie, Tochter des Wiener Stadtschreibers Hans Hofmann, die 1532 als Witwe Jörg Eberspergers belegt ist und Wolfgang Treu überlebte (Gb. 1/9, fol. 242; 1/11, fol. 150v; 29/24, fol. 361v). Wolfgang war 1511—1520 Ratsherr (Cvp. 8019, fol. 50—52; RGlb. 1, fol. 166, 245v; Gb. 1/8, fol. 650; Gb. 29/23, fol. 107), 1512 auch Laiguster (Küster) zu St. Stephan (Quellen II/4, 5981, 6004), 1515—1519 Grundbuchsverweser (Quellen II/4, 6077, 6187). Als Anhänger des alten Regiments wurde er am 13. Juli 1520 aus dem Rat gestoßen und aus Wien ausgewiesen, die neue ständische Regierung entzog ihm auch die Salzhandelsbefugnis, eine Intervention Wolfgangs bei Karl V. in den Niederlanden blieb erfolglos, er hielt sich nun in Wiener Neustadt auf, beim dortigen Gerichtstag 1522 gab er eine Loyalitätserklärung ab; Perger, Der Wiener Rat (Anm. 167), 145, 148, 152; Quellen I/2, 1350; vgl. auch Anm. 534 und Csendes, Die Wiener Salzhändler (Anm. 331), 17, 20 f. Ab 1523 ist er wieder in Wien, 1523—1524 als Mitglied der Gemain Grundbuchsverweser (RGlb. 2, fol. 247; Quellen II/4, 6275, 6276, 6300), 1525 Ratsherr (RGlb. 3, fol. 30v). Als Bürgermeister 1528—1530 (Cvp. 8019, fol. 54v—56v) harrt er während der Türkenbelagerung 1529 auf seinem Posten aus (vgl. Anm. 169 und Quellen I/2, 1372). 1532—1533 ist er wieder Bürgermeister, 1534 im inneren Rat, 1536—1537 zum drittenmal Bürgermeister, 1538 nochmals im inneren Rat, 1539—1540 Stadtanwalt (Cvp. 8019, fol. 57—60v). Er stirbt 1540; s. Wolfgang Lazius, Vienna Austriae, Basel 1546, 140). Wolfgang Treu besaß, von vorübergehenden Erwerbungen abgesehen, 1501—1513 ein Haus gegenüber den langen Tuchlauben (Gb. 1/8, fol. 398, 632v; CNr. 443 = Tuchlauben 23), 1505—1522 gemeinsam mit seiner ersten Frau Barbara ein Haus in der Dorotheergasse (Gb. 29/23, fol. 40, 112; CNr. 1117/1118 = Dorotheergasse 6, 8). 1512 erwarb er ein Haus am Neuen Markt (Gb. 29/23, fol. 107v; CNr. 1055 = Gluckgasse 2, Tegetthoffstraße 4), in dem er 1530 eine den Fünf Wunden Christi und St. Paul geweihte Kapelle errichten ließ (GWA IV, 307; Richard Perger und Walther Brauneis, Die mittelalterlichen Kirchen und Klöster Wiens, Wiener Geschichtsbücher 19/20, Wien 1977, 228); er vererbte es seiner Frau Cäcilie, die es ihrem dritten Gatten Anton Gienger, ihrer Schwester Margret, Gattin des Wiener Stadtschreibers Franz Igelshofer, und ihrem Vetter Hans Heyner vermachte, 1559 kam Gienger allein an die Gewer (Gb. 29/24, fol. 361v); schon 1557 war er Besitzer eines Hauses bei den Predigern geworden, das vom ersten Mann Cäcilies, Ebersperger, stammte (Gb. 1/9, fol. 242, 1/11, fol. 150v; Teil von CNr. 757 = Bäckerstraße 20). Ein 1534, also noch vor Wolfgang, verstorbener Paul Treu war offenbar sein Sohn aus erster Ehe (Cvp. ser. nov. 12781, 66). Ein anderer Sohn, Wolfgang Treu d. J., hatte 1524 das Haus „Zur goldenen Krone“ beim Roten Turm erworben, 1537 seine Frau Barbara mit an die Gewer schreiben lassen, 1541 verkauften es beide um 1300 t (Gb. 1/9, fol. 85; 1/10, fol. 84, 156; CNr. 725 = Teil von Rotenturmstraße 24, Griechengasse 1). Zu unbekannter Zeit, jedenfalls nach 1518, hatte Wolfgang d. J. um 350 t ein Haus bei den Predigern gekauft, mit Testament von 1541 vermachte er es seiner Frau Barbara, die 1543 ihren zweiten Gatten Jakob Zimmerpeyl zum Mitbesitzer machte (Gb. 1/9, fol. 5; 1/10, fol. 204v—205; Teil von CNr. 666 bzw. Postgasse 8—10). So starben also die Treu 1541 aus.

[348] Tiroler Landesarchiv, Innsbruck, Maximiliana XIII/256, IX, fol. 62 f. (zit. nach Wiesflecker, Maximilian-Regesten; vgl. Anm. 359, 360).

[349] Vgl. Anm. 336.

[350] Ob dieser Christoph der Wiener Ratsbürgerfamilie Hutstocker angehörte, ist ungewiß; vgl. Pradel (Anm. 329), 301—303.

[351] Mag. Peter Tanhauser aus Nürnberg erscheint 1497 in der Wiener Universitätsmatrikel (MUW II/2, 196). 1500 kam er aus Nürnberg wieder an die Wiener Hohe Schule (Ankwicz [Anm. 132], 143, Anm. 33), 1510 wird er als Lizenziat der Rechte von Maximilian I. wegen der Organisation der niederösterreichischen Regimentskanzlei konsultiert (HHStA, Maximiliana 15 a/2, fol. 111v; Wiesflecker, Maximilian-Regesten), 1512 ist er Doctor iuris, 1513 Dekan der juridischen Fakultät, 1515 Prokurator der rheinischen Nation. Seit 1505 ist er in Wien begütert, 1508 wird seine erste Frau Barbara, Tochter des Jakob Rechwein, 1520 seine zweite Frau Anna, Tochter des Müncheners Heinrich Part, Witwe nach Matthäus Heuperger, erwähnt; s. Perger, Nürnberger (Anm. 1), 89. Er starb am 5. Mai 1528 und wurde im Wiener Schottenstift bestattet, Anna lebte noch bis 1546 (Cvp. ser. nov. 12781, 204). Beider Tochter Barbara war die Frau des Georg Saurer (vgl. Anm. 155, 350). Der Grund der peinlichen Befragung Hutstockers über Tanhauser bleibt dunkel.

[352] Der Stadtanwalt war Vertreter des Landesfürsten im Wiener Rat, der Untermarschall Funktionär der Stände, Besserer Universitätsmitglied.

[353] HHStA, Maximiliana 30 (alt 23 b), 1513/Oktober, fol. 60 (zit. nach Wiesflecker, Maximilian-Regesten).

[354] HHStA, Maximiliana 30 (alt 23 b), 1513/November-Dezember, fol. 181 f. (zit. nach Wiesflecker, Maximilian-Regesten).

[355] Dr. Johann Stephan Reuß aus Konstanz erscheint 1499 in der rheinischen Nationsmatrikel der Wiener Universität, ist in den Sommersemestern 1500 und 1504, im Wintersemester 1509/10 Juristendekan, im Sommersemester 1504 auch Rektor; s. Aschbach (Anm. 88), 104 (2), 449, 453. Am 18. Jänner 1511 wird er nö. Kammerprokurator (HHStA, Maximiliana 17/1, fol. 51; Wiesflecker, Maximilian-Regesten), am 9. Jänner 1512 ist er an der Neuordnung der Regiments- und Raitkammerarchive beteiligt (HHStA, Urkundenreihe; Wiesflecker, Maximilian-Regesten). Er stirbt zwischen 31. Juli und 15. September 1514 (vgl. Anm. 362, 363). Ein Porträt im Germanischen Nationalmuseum, Nürnberg, mit der Schrift „1503 Vixi An. 41", das dem Maler Lukas Cranach zugeschrieben wird, zeigt einen Gelehrten, der nach einer Bleistiftnotiz des 19. Jahrhunderts auf der Rückseite des Bildes mit Dr. Reuß identisch sein soll; das zugehörige Gegenstück — Porträt der Gattin des Gelehrten — wird in der Gemäldegalerie Berlin-Dahlem (Staatliche Museen Preußischer Kulturbesitz, Katalog 1975, Nr. 1907) verwahrt. Nach Dieter Koepplin, Cranachs Ehebildnis des Johannes Cuspinian von 1502 — seine christlich-humanistische Bedeutung, phil. Diss., Basel 1973, 266—272, ist jedoch die Gleichsetzung des porträtierten Mannes mit Reuß abzulehnen, da dieser erst 1504 Rektor war und damals nur Unverheiratete dieses Amt bekleiden durften.

[356] Instruktion der Stadt Wien für die beiden Gesandten vom 21. Dezember 1513, betreffend verschiedene Beschwerden der Stadt (HHStA, Urkundenreihe; Joseph Chmel, Urkunden, Briefe und Aktenstücke zur Geschichte Maximilians I. und seiner Zeit, Stuttgart 1845, 349—354, Nr. CCXLV; HHStA Maximiliana 30 (alt 23 b), 1513 November-Dezember, fol. 214.

[357] Cvp. 8134, fol. 162, 162v; Kretschmer (Anm. 5), 32. Dort auch der Hinweis auf Lauffners Versuch, Siebenbürger zu bestechen.

[358] Cvp. 8549. Anfang und Ende des Schriftstücks fehlen, aus dem Inhalt sind Georg von Rottal als Verfasser, die Entstehung Anfang 1514 und die Gesamtheit des Regiments als Adressat zu erschließen. Vgl. Anm. 325.

[359] HHStA Maximiliana 31 (alt 24 a), 1514 März, fol. 87, 89 (zit. nach Wiesflecker, Maximilian-Regesten). Vgl. Anm. 348, 360.

[360] HHStA Maximiliana 31 (alt 24 a), 1514 März, fol. 88 (zit. nach Wiesflecker, Maximilian-Regesten). Zu Serntein vgl. Anm. 348, 359. — Als Wiener Urteilschreiber (Leiter der Kanzlei des Stadtgerichts) ist von 1503 bis 1516 Hans Aicher nachweisbar (Quellen II/4, 5764 a, 5898, 5964, 6000, 6018, 6043, 6089, 6109).

[361] Cvp. 8134, fol. 51, 51v, 53; Kretschmer (Anm. 5), 88 f.

[362] HHStA, Maximiliana 32 (alt 25 a), 1514 Juli, fol. 125 (zit. nach Wiesflecker, Maximilian-Regesten).

[362a] Cvp. 8134, fol. 106v, 107.

[363] HKA, Gedenkbuch 18, Vorsatzblatt.

[364] Cvp. 8134, fol. 98—107v; Kretschmer (Anm. 5), 38—59. Vgl. Anm. 325.

[365] So z. B. Cvp. 8134, fol. 51, 51v.

[366] Das Schriftstück trägt die Datierung „Samstag vor Laetare, Anno xv." und wurde im HHStA ins Jahr 1500 (zum 28. März) datiert und in den Faszikel Maximiliana 10 (alt 5 a, 5 b), 1500 Jänner—Juli eingereiht. Nach den sonstigen Belegen über den Lauffner-Prozeß muß „xv." hier das Jahr 1515 bedeuten, die Tagesangabe entspricht dann dem 17. März.

[367] Auf das Freiburger Universitätsgutachten bezieht sich Siebenbürger in seinen Aufzeichnungen (Cvp. 8134, fol. 114v) und in seinem Bericht an Ferdinand I. 1522 (Cvp. 8420, fol. 21v, 22v, 23v; vgl. Anm. 382). Kraus (Anm. 19), 99, zitiert hiezu keine Belege.

[368] HHStA, Reichsregisterbuch Z, fol. 212 (Wiesflecker, Maximilian-Regesten).

[369] Cvp. 8134, fol. 115—117v; Kraus (Anm. 19, 99 (ohne Belege).

[370] Lahoda (Anm. 20), 30 f.; Novotny (Anm. 285), 355.

[371] Cvp. 8134, fol. 108—114; Kraus (Anm. 19), 99—101 (ohne Belege).

[372] Starzer (Anm. 330), 135.

[373] Die wichtigsten einschlägigen Quellen sind die Aufzeichnungen Siebenbürgers (Cvp. 8134, teilweise ediert von Kretschmer, s. Anm. 5) und Kirchhofers (NÖLA-Ständisches Archiv, Schönkirchner-Handschriften Bd. 27 Y, ed. v. Neck, s. Anm. 167, 329, 335), das Tagebuch des Sigmund von Herberstein (HHStA, ediert von Theodor v. Karajan in Fontes rerum austriacarum, I/1, Wien 1845, 67—396) und die anonyme „Narratio . . de dissensione provincialium Austriae post obitum Maximiliani I. . . (StAWN, Lit. B, Nr. 78, ed. v. Pez, vgl. Anmerkung 304, Spalten 987—1004). Weitere Quellen bei Lahoda (Anm. 20), 251—255. Kraus (Anm. 19), Vancsa (Anm. 261), 577—591, Lahoda (Anm. 20), Novotny (Anm. 85), Perger, Der Wiener Rat (Anm. 167).

[374] Vgl. Anm. 20, 329, 494, 500.

[375] Cvp. 8134, fol. 63.

[376] Cvp. 8134, fol. 200—219; Auszug bei F. B. v. Bucholtz, Geschichte der Regierung Ferdinands des Ersten, I, Wien 1831, 482—487; Teiledition von Kretschmer (Anm. 5), 102—108. Vgl. auch Anm. 451, 452. Eine mit 18. Juni 1520 datierte Darstellung der Lauffner-Affäre durch Siebenbürger ist an Karl V. adressiert (Cvp. 8134, fol. 117v—121).

[377] Cvp. 8134, fol. 83v; zit. bei Vancsa (Anm. 261), 586, und Lahoda (Anm. 20), 172, Anm. 3.

[378] Cvp. 8134, fol. 150v; zit. bei Kraus (Anm. 19), 89, Anm. 1.

[379] Quellen II/4, 6254; Gb. 1/9, fol. 49. Vgl. Anm. 72, 317, 532.

[380] Zu ihm vgl. Anm. 335.

[381] Ein Anton Gamp aus Schaffhausen wird 1466 an der Wiener Universität immatrikuliert (MUW II/2, 305). Peter Gamp, urk. 1459—1494, ist Sekretär der kaiserlichen Kanzlei in Wien (Quellen I/8, 15742; II/3, 4937 a, 4945 a; II/4, 5514, 5902). Sein Vetter Hans Gamp der Ältere (urk. 1483—1491) wird 1485 Wiener Bürger, heiratet Magdalena, Witwe nach Ludwig Bloss, 1509 ist er schon tot (OKAR 1/46, fol. 5; Quellen II/3, 4945a, 5412, 5415, 5902; Gb. 1/8, fol. 184). Er hinterläßt die Söhne Hans d. J. und Viktor (Quellen II/4, 5901 b; Gb. 1/10, fol. 327v—328). Hans d. J. 1514 (Gb. 1/10, fol. 327v—328). Viktor, geb. 1489, scheint 1502 in der Wiener Universitätsmatrikel auf (MUW II/2, 305), 1509 ist er Magister (Quellen II/4, 5897 a), 1512 wird er als Lehrer der sieben freien Künste bezeichnet (Quellen II/4, 6008), 1514 als Doctor (juris?; BGlb., fol. 218v), im Sommersemester 1516 ist er als Doctor iuris Rektor der Wiener Universität, als Dekan der juridischen Fakultät fungiert er in den Sommersemestern 1519, 1521, 1525, 1528, im Wintersemester 1528/29 und im Sommersemester 1531; s. Locher (Anm. 103), 21. 1518 heiratet er Magdalen, Tochter des Bernhard Flander und der Agnes geb. Kopp (Cvp. 8134, fol. 154v, vgl. Anm. 72). Als maßvoller Anhänger der ständischen Bewegung 1519/20 weilte er 1520 gemeinsam mit Dr. Siebenbürger in Augsburg, 1522 fungierte er als Stadtschreiber von Wien, im selben Jahr verteidigte er in Wiener Neustadt die Gegner des alten Regiments, am 16. August wurde er auf drei Jahre des Landes verwiesen, 1525 kehrte er zurück; vgl. Perger, Der Wiener Rat (Anm. 167), 149, 152 f. Noch vor seinem Tode wurde er Rat Ferdinands I. und Kammerprokurator der niederösterreichischen Lande; er starb am 29. Juli 1535 als 46jähriger und wurde zu St. Stephan bestattet (Cvp. ser. nov. 12781, 64). Er hinterließ die Söhne Mathes und Thoman, von denen ersterer die Familie fortsetzte (Gb. 1/10, fol. 327v—328; Gb. 1/13, fol. 2). Auf seinen Wiener Hausbesitz wollen wir hier nicht eingehen.

[382] Cvp. 8420. Aus dem Text können die Datierung auf 1522 und Ferdinand I. als Adressat erschlossen werden. Vgl. Anm. 325, 367.

[383] Vgl. Anm. 280, 281, 324. Martins Sohn Thoman ordnet 1575 letztwillig seine Bestattung zu St. Stephan bei seinen Eltern an (Anm. 413). Zur Überführung und Bestattung des Friedrich von Pieschen vgl. Anm. 324.

[384] Sie wurde 1934 entfernt und 1954 wieder angebracht; s. Novotny (Anm. 285), 359 f.

[385] Schrauf (Anm. 191), 26; vgl. Anm. 296.

[386] WStLA, H.A.-Urk. 6062 (Quellen II/4, 6062); Abb. in GWA IV (1911), 17, Fig. 10. Damit sind die Zweifel Novotnys (Anm. 285), 364, an der Identität des Heltauer Pfarrers mit dem Juristen, Stadtrichter und Bürgermeister Martin Siebenbürger hinfällig. Zu den Wap-

pen seines Oheims Sigmund, seines Sohnes Thoman und seines Enkels Johann Baptist s. Anmerkung 284, 412, 424.

387 Cvp. 8136, 2. Teil, fol. 23, 23v (des ganzen Bandes fol. 73, 73v); zitiert bei Lahoda (Anm. 20), 213, Anm. 2.

388 Vgl. Anm. 19.

389 HKA, Gedenkbuch 20, fol. 345, 345v; voller Wortlaut bei Lahoda (Anm. 20), 249 f., Anhang V. Zu den Häusern siehe Anm. 392, 399.

390 Lahoda (Anm. 20), 213, Anm. 2.

391 BGlb., fol. 122v, 173v.

392 Gb. 1/9, fol. 59v; Gb. 1/10, fol. 278v; vgl. Anm. 272, 274, 307, 316, 389.

393 Wie Anm. 392. Zu Hofmanns Amtszeit als Stadtschreiber 1527—1540 s. Cvp. 8019, fol. 54—60v; RGlb. 3, fol. 104. 1541 ist bereits Franz Iglshofer Stadtschreiber (Cvp. 8019, fol. 61). Zu Hofmanns Tochter Elsbeth, zweite Gattin des Wolfgang Treu, s. Anm. 347.

394 Gb. 1/10, fol. 278v; 1/11, fol. 157—157v. Vgl. Anm. 272, 274, 307, 316, 389, 392.

395 Ihre Bestattung zu St. Stephan wird im Testament ihres Sohnes Thoman erwähnt; Gb. 1/11, fol. 157—157v, vgl. Anm. 413.

396 Cvp. 8134, fol. 150v, 154v, 155.

397 Vgl. Anm. 20, 389.

398 Vgl. Anm. 265, 306, 316, 389, 392.

399 Gb. 1/10, fol. 98v—99; vgl. Anm. 265, 306, 316, 389, 392, 398.

400 WStLA, H.A.-Akten, Serie B, Nr. 201, 253. Vgl. Anm. 265, 306, 316, 389, 392, 398, 399.

401 Dompfarre St. Stephan, Wien, Protocollum copulationum I, fol. 162.

402 Gb. 1/10, fol. 148v. Vgl. Anm. 265, 306, 316, 389, 392, 398, 399, 400, 488.

403 Gb. 1/11, fol. 157—157v. Vgl. Anm. 265, 306, 316, 389, 392, 394.

404 Ihren zwei früheren Männern setzte Barbara ein Grabmal zu St. Stephan (Cvp. ser. nov. 12781, 60).

405 Gb. 1/11, fol. 195; 1/12, fol. 150—150v (CNr. 1058 = Neuer Markt 10).

406 Gb. 1/11, fol. 217—217v, 229—229v (CNr. 455 = Bereich von Marc-Aurel-Straße 7, 8, 9, 10, Salzgries 1).

407 Gb. 1/10, fol. 335v—336; 1/12, fol. 139—139v (CNr. 262 = Teil von Kohlmarkt 8, 10).

408 Gb. 1/11, fol. 302v (CNr. 699 = Grashofgasse 4).

409 WStLA, Hs. B 77/4; Cvp. 8019, fol. 64v—75v.

410 Alois Veltzé, Die Wiener Stadtguardia, in: BMAW 36/37 (1902), 15.

411 Ludwig Eberle, Wien als Festung, in: GWA IV (1911), 279; Gb. 29/25, fol. 310.

412 Neuer Siebmacher, Niederösterreichs Adel II, 144. Vgl. Anm. 284, 386, 424.

413 WStLA, Test. Nr. 412/1578; Alexander Hajdecki, Wiener Künstlertestamente des XVI. Jh.s, in: MBl.AV XI (1914—1916), 158, Nr. III. Zum Haus am Hohen Markt vgl. Anmerkung 265, 306, 316, 389, 392, 398, 399, 400, 402, zum Haus am Haarmarkt Anm. 272, 274, 307, 316, 389, 392, 398, 403, zum Haus am Kienmarkt Anm. 406, 407, zur Begräbnisstätte in St. Stephan Anm. 280, 281, 324, 383.

414 Wie Anm. 413. Es wurde durch die Testamentszeugen in Gegenwart des Bürgermeisters Hans von Thau geöffnet.

415 Ihr Testament wurde am 30. November 1578 verfaßt und am 23. Dezember d. J. eröffnet; WStLA, Test. Nr. 413/1578, Hajdecki (Anm. 413), 159 f., Nr. IV.

416 Gb. 1/12, fol. 139—139v; vgl. Anm. 407 bzw. 406, 413.

417 Gb. 1/12, fol. 159.

418 Gb. 1/12, fol. 159 (CNr. 459 = Judengasse 11, Salzgasse 2). Vgl. Anm. 562.

419 Gb. 1/12, fol. 422—422v. Vgl. Anm. 265, 306, 316, 389, 392, 398, 399, 400, 402, 413.

420 WStLA, H.A.-Akt 7/1584.

421 Oberseebarn, polit. Bezirk Tulln, Gerichtsbezirk Kirchberg am Wagram. Vgl. Anmerkungen 423, 597.

422 Neuer Siebmacher, Niederösterreichs Adel II, 144.

423 NÖLA, Gültbuch 10 (Viertel unterm Manhartsberg), fol. 100, Nr. 70. Vgl. Anm. 421, 597.

424 NÖLA, Hs. 59 (Friedesheim'sches Wappenbuch von 1599), III, Nr. 47. Vgl. Anm. 284, 386, 412.

425 Starzer (Anm. 330), 440; Neuer Siebmacher, Niederösterreichs Adel II, 144.

426 Gb. 1/12, fol. 451v, 452; vgl. Anm. 272, 274, 307, 316, 389, 392, 394, 403. Ungarisch-Altenburg = Teil von Moson-Magyaróvár. Dreißiger — Vorsteher des Dreißigstelamtes, der ungarischen staatlichen Grenzzollstätte.

[427] Gb. 1/11, fol. 157, 157v. — Vgl. Anm. 272, 274, 307, 316, 389, 392, 394, 403. Andre war noch 1538 unmündig (Gb. 1/10, fol. 98v, 99).
[428] Gb. 1/11, fol. 296, 296v, 339v (CNr. 513 = Teil von Hoher Markt 10/11).
[429] MUW III/2 (1971), 426.
[430] WStLA, Hs. B 77/4.
[431] Gb. 1/14, fol. 392. Vgl. Anm. 428.
[432] Lazius (Anm. 347), 149. Danach soll es schon 1400 einen Wiener Bürger Peter Zauner gegeben haben.
[433] Valentin Preuenhuber, Annales Styrenses, Nürnberg 1740, 66.
[434] MUW II/3, 726.
[435] Gb. 1/8, fol. 233 (CNr. 585 = Bauernmarkt 10, Kramergasse 5). Zur Abkunft der Katrei s. NÖLA, Regesten aus dem Stadtarchiv Korneuburg (maschinschriftlich, von Rudolf Steuer 1954), Nr. 242.
[436] Gb. 1/8, fol. 381v; vgl. Anm. 435.
[437] Gb. 1/8, fol. 399v (Teil von CNr. 972 = Johannesgasse 7).
[438] Gb. 1/8, fol. 472 (CNr. 581 = Bauernmarkt 11, Wildpretmarkt 8).
[439] WStLA, OKAR 1/57, fol. 10, 53v; 1/58, fol. 6, 26v; 1/59, fol. 9, 41; 1/60, fol. 37v; 1/61, fol. 35.
[440] Brunner, Finanzen (Anm. 10), 56.
[441] Cvp. 8019, fol. 45v—46v; Quellen II/4, 5725; Brunner, Finanzen (Anm. 10), 57.
[442] Cvp. 8019, fol. 47; Quellen II/4, 5765, 5772.
[443] Cvp. 8019, fol. 47v, 48; NÖLA, Korneuburger Regesten (Anm. 435), Nr. 345.
[444] NÖLA, Korneuburger Regesten (Anm. 435), Nr. 345.
[445] Lazius (Anm. 347), 149.
[446] Als Zauners Diener in BGlb., fol. 227v, als Diener von Zauners Erben OKAR 1/62, fol. 9, 9v, 40.
[447] WStLA, H.A.-Urk. 5725 (20. Dezember 1501).
[448] OKAR 1/62, fol. 9, 9v, 40.
[449] Vgl. Anm. 6.
[450] NÖLA, Korneuburger Regesten (Anm. 435), Nr. 356. Vgl. Anm. 444.
[451] Punkt 5 der „Gravamina magistratus Viennensis contra regimen", Cvp. 8134, fol. 202v, 203; ediert von Kretschmer (Anm. 5), 105 f.; vgl. auch Bucholtz (Anm. 376), 483 f.
[452] Zu Hans Kopp s. Anm. 72. Andre Kopp ist 1513 noch Vormund der Kinder seiner Schwester Margret mit dem 1512 verstorbenen Bartlmä Schallautzer (Gb. 1/8, fol. 622), bei der Erbteilung 1522 wird er nicht mehr erwähnt (Quellen II/4, 6254; Gb. 1/9, fol. 49; WStLA, H.A.-Urk. 7227). Anna, Tochter des Wolfgang Zauner, wird letztmals 1507 erwähnt (vgl. Anmerkung 444), 1517 ist sie nicht mehr am Leben (vgl. Anm. 454).
[453] Vgl. Anm. 333—372.
[454] Gb. 1/8, fol. 720; 1/9, fol. 25—25v (CNr. 548 = Teil von Bauernmarkt 13, Landskrongasse 1/3).
[455] RGlb. 2, fol. 117.
[456] OKAR 1/63, fol. 17v.
[457] RGlb. 2, fol. 253, 254v. Zur Handelstätigkeit Erhards s. Anm. 32.
[458] Gb. 1/9, fol. 132v (CNr. 1134 = Teil von Graben 14/15). Ein von Köppl 1521 geerbtes Gewandgewölbe unter den Tuchlauben (CNr. 553, Teil von Tuchlauben 20) verkaufte sie 1527 dem Laubenherrn Konrad Freudenreich (Gb. 1/9, fol. 140, 140v).
[459] RGlb. 3, fol. 185v, 204.
[460] RGlb. 3, fol. 215v, 237.
[461] Gb. 1/9, fol. 271. Vgl. Anm. 438.
[462] Gb. 1/11, fol. 313v—314v. Vgl. Anm. 435, 436.
[463] Gb. 1/10, fol. 341. Vgl. Anm. 437.
[464] Gb. 1/10, fol. 56v. Vgl. Anm. 458.
[465] Gb. 1/10, fol. 341. Vgl. Anm. 437, 463.
[466] Gb. 1/11, fol. 313v—314v. Vgl. Anm. 435, 436, 462.
[467] Gb. 1/12, fol. 163v—164. Vgl. Anm. 458, 464.
[468] Neuer Siebmacher, Niederösterreichs Adel I, 90.
[469] KLA, Herrschaft Bamberg, Faszikel 52 (Nr. 217) vom 7. Dezember 1469; Fasz. 56 (Nr. 233) vom 20. Mai 1475. — Herrschaft Khünegg, Pack 160, vom 11. Oktober 1486. — Allgemeine Urkundenreihe, vom 5. Juni 1495. — S. a. Quellen II/3, 4513.
[470] Vgl. Anm. 448, 449.
[471] Vgl. Anm. 476.
[472] Vgl. Anm. 450.

[473] Vgl. Anm. 454.
[474] Perger, Der Wiener Rat (Anm. 167), 147, Nr. 16. — Vgl. Anm. 224, 244, 373, 537.
[475] RGlb. 2, fol. 140, 172, 247; RGlb. 3, fol. 30v. Zur Abschaffung der Genannten s. Perger, Der Wiener Rat (Anm. 167), 142, 153.
[476] Gb. 1/9, fol. 62v. Vgl. Anm. 438, 461.
[477] RGlb. 3, fol. 185v, 204.
[478] RGlb. 3, fol. 215v, 237.
[479] RGlb. 3, fol. 249, 272v.
[480] Vgl. Anm. 461—463.
[481] Sie leben noch 1534 (Gb. 1/9, fol. 271), 1541 nicht mehr (Gb. 1/11, fol. 313v—314v; 1/12, fol. 163v—164). Vgl. Anm. 435, 436, 462, 466 (für das Haus Münzerstraße/Lichtensteg), Anm. 438, 461, 476 (für das Haus Münzerstraße/Kammerhof bzw. Heringsmarkt), Anm. 458, 464, 467, 480 (für das Eckhaus am Graben).
[482] Gb. 1/11, fol. 313v—314v. Vgl. Anm. 435, 436, 462, 466, 481.
[483] Gb. 1/10, fol. 316, 378v. Vgl. Anm. 438, 461, 476, 481.
[484] Gb. 1/12, fol. 163v—164. Vgl. Anm. 458, 464, 467, 481.
[485] Vgl. Anm. 42.
[486] WStLA, Hs. B 77/4.
[487] Gb. 1/10, fol. 243, 243v (Teil von CNr. 512 = Hoher Markt 9).
[488] Vgl. Anm. 402.
[489] Gb. 1/10, fol. 282v, 283 (CNr. 206 = Fischerstiege 9).
[490] Gb. 1/10, fol. 333v, 334 (CNr. 754 = Sonnenfelsgasse 8, Bäckerstraße 7). Katrei erbte es später wieder von Felix und verkaufte es 1531 (Gb. 1/11, fol. 210v, 211).
[491] Gb. 1/11, fol. 207. Vgl. Anm. 438, 461, 476, 481, 483.
[492] Gb. 1/11, fol. 207; 1/12, fol. 55v. Vgl. Anm. 438, 461, 476, 481, 483, 491.
[493] Gb. 1/11, fol. 314, 314v. Vgl. Anm. 435, 436, 462, 466, 481, 482.
[494] Gb. 29/24, fol. 121—122 (CNr. 1123 = Teil von Bräunerstraße 1). Zu Wolfgang Kirchhofer s. Anm. 329, 374.
[495] Siehe die damalige Erbteilung mit seinem Bruder 1548 bzw. 1550 (Gb. 1/10, fol. 316, 378v; vgl. Anm. 483).
[496] Gb. 1/11, fol. 207. Vgl. Anm. 491, 492.
[497] WStLA, H.A.-Urk. 7282.
[498] Gb. 1/12, fol. 163v, 164. Vgl. Anm. 458, 464, 467, 484.
[499] Gb. 1/11, fol. 314—315. Vgl. Anm. 435, 436, 462, 466, 481, 482, 493. Zu Kirchhaimer vgl. Anm. 51 und 612.
[500] Gb. 29/25, fol. 119v, 120 (Teil von CNr. 1122 = Graben 13, Bräunerstraße 1). Vgl. Anm. 494.
[501] NÖLA Gültbuch 10, fol. 98, Nr. 68 („Wolfgang Fatzi zu Niederabsdorf, Mautner zu Ybbs"). Niederabsdorf, polit. Bezirk Gänserndorf, Gerichtsbezirk Zistersdorf. S. a. Anm. 502.
[502] Neuer Siebmacher, Niederösterreichs Adel I, 90.
[503] Gb. 1/12, fol. 163v, 164. Vgl. Anm. 458, 464, 467, 484, 498.
[504] Neuer Siebmacher, Niederösterreichs Adel I, 90.
[505] Neuer Siebmacher, Niederösterreichs Adel I, 90; Cvp. ser. nov. 12781, 8.
[506] NÖLA, Gültbuch 10, fol. 98, Nr. 68. Niederabsdorf kam 1602 an Jakob Fatzi, 1616 an Ferdinand Fatzi, 1632 ist es schon in fremder Hand.
[507] Luschin, Österreicher (Anm. 102), 248, Nr. 112.
[508] Starzer (Anm. 330), 432; Wißgrill (Anm. 42), 23—25; NÖLA, Hs. 59 (Friedesheim'sches Wappenbuch von 1599), III, Nr. 35.
[509] Gb. 1/13, fol. 61 (CNr. 901 = Singerstraße 2, Kärntner Straße 1/3).
[510] Gb. 29/26, fol. 247v; 29/28, fol. 90v (CNr. 821 = Riemergasse 6).
[511] Herbert Mitscha-Märheim, Eine kleine Geschichte von Ebendorf bei Mistelbach/N.Ö., Horn 1971, 15—19. Ebendorf, polit. Bezirk und Gerichtsbezirk Mistelbach.
[512] Neuer Siebmacher, Niederösterreichs Adel I, 90. — Therasburg, polit. Bezirk Horn, Gerichtsbezirk Eggenburg.
[513] Gb. 29/28, fol. 90v, 213v. Vgl. Anm. 510.
[514] Neuer Siebmacher, Niederösterreichs Adel I, 90.
[515] Wißgrill (Anm. 42), 23—25; Neuer Siebmacher, Niederösterreichs Adel I, 90; NÖLA, Hs. 59 (Friedesheim'sches Wappenbuch von 1599), III, Nr. 35.
[516] Helmut Frh. Haller v. Hallerstein, Größe und Quellen des Vermögens von hundert Nürnberger Bürgern um 1500, in: Beiträge zur Wirtschaftsgeschichte Nürnbergs, I, Nürnberg 1967, 143 f. (mit Bernhards Porträt). Das Wappen im Neuen Siebmacher, Bürgerliche Wappen I, 67. Zum Wappen der Wiener Straub s. Anm. 545.

[517] MUW III/2, 420; Gb. 1/11, fol. 234v, 250, 258, 1/12, fol. 299; WStLA, H.A.-Urkunde 7316.

[518] MUW II/2, 420. Diese Straub aus Melk gehören vermutlich derselben Familie an wie Christoph Straub, Hauptmann zu Melk, der in Matzleinsdorf bei Melk begütert war, und wie Balthasar Straub, Mautner zu Melk, die beide 1542 genannt werden (NÖLA, Gültbuch 1, fol. 33v, Nr. 88; Gültbuch 1 a, fol. 14v). Der Name Christoph kommt allerdings auch bei den Wiener Straub vor (vgl. Anm. 550).

[519] MUW I/2, 662; II/3, 641; III/2, 420.

[520] Zu Ambros Prelager, urk. 1498—1499, s. Quellen II/4, 5645 a, 5656. Die Zugehörigkeit Barbaras zur Familie Pfleger in Quellen II/4, 5888 a.

[521] Hermann Göhler, Das Wiener Kollegiat-, nachmals Domkapitel zum hl. Stephan in seiner persönlichen Zusammensetzung in den ersten zwei Jahrhunderten seines Bestandes 1365 bis 1554, phil. Diss., Wien 1932, 87—89, Nr. IX.

[522] StAWN, Ratsbuch II, fol. 205v—206v.

[523] StAWN, Ratsbuch II, fol. 313—314; Quellen II/4, 5888 a. Unter den Zeugen Alexius Funck; vgl. Pickl, Geschäftsbuch (Anm. 2), sowie Anm. 10, 12, 22.

[524] Quellen II/4, 5892 a.

[525] Quellen II/4, 5900 a.

[526] OKAR 1/62, fol. 9.

[527] Siehe die Altersbezeichnung auf dem Porträt des Franz (Anm. 564). Zur Herkunft der Anna Quellen II/4, 6254; vgl. Anm. 72 und 532.

[528] Quellen II/4, 5934, 5940, 5941, 5969. Vgl. auch Quellen II/4, 5914.

[529] Gb. 1/8, fol. 544 (CNr. 586 = Bauernmarkt 8, Kramergasse 3).

[530] Vgl. Anm. 62, 71, 72.

[531] Gb. 1/9, fol. 39v—40 (CNr. 986 = Annagasse 9).

[532] Quellen II/4, 6254; Gb. 1/9, fol. 49 (CNr. 576 = Petersplatz 10). Vgl. Anm. 72, 379.

[533] Gb. 1/9, fol. 63. Vgl. Anm. 529.

[534] StAWN, Ratsbuch II, fol. 597—599. Zum Haus vgl. Anm. 523, zu Wolfgang Treu Anm. 347.

[535] Gb. 1/36, fol. 213v.

[536] Gb. 1/10, fol. 3v, 4 (CNr. 807 = An der Hülben 6).

[537] Perger, Der Wiener Rat (Anm. 167), 146, Nr. 15. Vgl. Anm. 224, 244, 373, 474.

[538] WStLA, Bürgerspitalsurkunden 833, 835.

[539] Gb. 1/9, fol. 117; Gb. 1/36, fol. 221v; Karl Uhlirz, Die Rechnungen des Kirchmeisteramtes zu St. Stephan, 2, Wien 1902, XIII.

[540] Gb. 1/36, fol. 213v.

[541] WStLA, H.A.-Urk. 7147.

[542] Das Todesdatum auf dem Grabmal (Anm. 543).

[543] Cvp. ser. nov. 12781, 72; Ogesser (Anm. 70), 316, Nr. 39; Tietze (Anm. 70), 434, Nr. 58; Kieslinger (Anm. 70), 286, Nr. 58.

[544] Neuer Siebmacher, Niederösterreichs Adel II, 256 f.; NÖLA, Hs. 59 (Friedesheim'sches Wappenbuch von 1599), III, Nr. 48 (vgl. Abb. 18).

[545] Zum Kopp'schen Wappen: Quellen II/3, S. 507. Vgl. Anm. 72, 82.

[546] Tietze (Anm. 70), 357—359, Nr. 4, und 434, Nr. 57 a; Capra (Anm. 3); Kieslinger (Anm. 70), 246 f., 286, Nr. 57 a; Oettinger (Anm. 328), 109 f., Nr. 17; Johannes A. Emminghaus, Das Epitaph des Hans Straub zu St. Stephan in Wien, in: Festschrift Franz Loidl zum 65. Geburtstag, I, Wien 1970, 29—41; Feuchtmüller-Kodera (Anm. 97), 281 f., Abb. 292.

[547] Vgl. Anm. 35.

[548] Gb. 1/11, fol. 113v. Vgl. 529, 533.

[549] StAWN, Ratsprotokolle 1545—1550, fol. 46 (vgl. Anm. 39).

[550] Gb. 1/10, fol. 203v, 261v (CNr. 1057 = Neuer Markt 19). Anderen Stammes ist wohl Christoph Straub, Hauptmann zu Melk (vgl. Anm. 518).

[551] Herwig Hornung und Herbert Tatzreiter, Die Inschriften der Stadt Villach, 1 (Die Inschriften der Pfarrkirche St. Jakob), in: Neues aus Alt-Villach (Jb. d. Stadtmuseums Villach), 4 (1967), 35 (Nr. 38), 44 f. (Nr. 48).

[552] Annegrit Schmitt, Hanns Lautensack (Nürnberger Forschungen, 4), Nürnberg 1957, 101 f., Nr. 92.

[553] Perger, Nürnberger (Anm. 1), 29, Anm. 328.

[554] Vgl. Anm. 14.

[555] Vgl. die Beschriftung seines Porträts (Anm. 564).

[556] Dompfarre St. Stephan, Wien, Protocollum copulationum I, fol. 27v.

[557] Tiroler Landesmuseum Ferdinandeum, Innsbruck, Inv.-Nr. 103, 104. Vgl. Ausstellungskatalog „Renaissance in Österreich", Schallaburg 1974, Katalog-Nr. 210, 211.
[558] Gb. 1/12, fol. 28v, 29 (Teil von CNr. 618 = Graben 29, 29 A).
[559] Gb. 1/12, fol. 28, 28v (CNr. 437 = Teil von Tuchlauben 11, Kleeblattgasse 2).
[560] Gb. 1/11, fol. 113v; vgl. Anm. 529, 533, 548.
[561] Gb. 1/11, fol. 132v, 133 (CNr. 1009 = Krugerstraße 13).
[562] Gb. 1/11, fol. 177 (CNr. 459 = Judengasse 11, Salzgasse 2). Vgl. Anm. 418.
[563] WStLA, Hs. B 77/4.
[564] Schmitt (Anm. 552), 76 (Nr. 26) u. Abb. 18. Der Staatlichen graphischen Sammlung, München, danke ich für die Beistellung einer Aufnahme.
[565] Vgl. Anm. 48.
[566] Gb. 1/11, fol. 408; vgl. Anm. 570.
[567] Gb. 1/12, fol. 28—29.
[568] Gb. 1/12, fol. 97. Vgl. Anm. 529, 533, 548, 560.
[569] Gb. 1/11, fol. 408 (Haus am Kienmarkt); Gb. 1/11, fol. 408—408v (Haus in der Krugerstraße). Vgl. Anm. 561, 562.
[570] Gb. 1/12, fol. 28v, 29 (vgl. Anm. 558).
[571] Gb. 1/12, fol. 28, 28v (CNr. 437 = Teil von Tuchlauben 11, Kleeblattgasse 2). Katrei war in erster Ehe mit Hans Übermann vermählt gewesen (Gb. 1/12, fol. 206v).
[572] WStLA, Hs. B 77/4.
[573] Gb. 1/12, fol. 42v. Vgl. Anm. 561, 569. Zu Wittiber s. 50, 51.
[574] Gb. 1/12, fol. 159. Vgl. Anm. 418, 562, 569.
[575] Das Haus wird 1587 an Elias Payr und seine Gattin Barbara verkauft; Gb. 1/12, fol. 206v (CNr. 562 = Tuchlauben 8, Kühfußgasse 1, Milchgasse 2).
[576] Gb. 1/12, fol. 98—99 (CNr. 818 = Riemergasse 12).
[577] Gb. 1/10, fol. 325, 325v, Gb. 1/14, fol. 82v, 84 (CNr. 315 = Bognergasse 7).
[578] Vgl. Anm. 571.
[579] WStLA, Hs. B 77/4.
[580] Gb. 1/12, fol. 28; 1/13, fol. 25. Vgl. Anm. 571, 578.
[581] Vgl. Anm. 39.
[582] Dompfarre St. Stephan, Wien, Protocollum copulationum I, fol. 178v.
[583] Gb. 1/11, fol. 113v. Vgl. Anm. 529, 533, 548, 560, 568.
[584] WStLA, Hs. B 77/4.
[585] Ogesser (Anm. 70), 316, Nr. 40; Tietze (Anm. 70), 434, Nr. 60; Kieslinger (Anm. 70), 286, Nr. 60.
[586] Cvp. ser. nov. 12781, 73.
[587] Vgl. Anm. 545, 582.
[588] Gb. 1/12, fol. 97. Vgl. Anm. 529, 533, 548, 560, 568, 583.
[589] Gb. 1/11, fol. 201v; 1/12, fol. 162, 162v (CNr. 246 = Teil von Strauchgasse 2, 4, Wallnerstraße 9, 11).
[590] Gb. 1/12, fol. 289. Vgl. Anm. 529, 533, 548, 560, 568, 583, 588.
[591] Neuer Siebmacher, Niederösterreichs Adel II, 256 f.
[592] Luschin (Anm. 102), 251, Nr. 624, 625.
[593] NÖLA, Gültbuch 10, fol. 100, Nr. 70; ebda., Additiones zu Wißgrills „Schauplatz" (vgl. Anm. 42), S—Z und Mixta. — Thürnthal, Teil der Gemeinde Kirchberg am Wagram, polit. Bezirk Tulln, Gerichtsbezirk Kirchberg am Wagram.
[594] Neuer Siebmacher, Niederösterreichs Adel II, 256 f. Sein Wappen Abb. 18 (vgl. Anmerkung 544).
[595] Gb. 1/12, fol. 289. Vgl. Anm. 529, 533, 548, 568, 583, 588, 590.
[596] Gb. 29/26, fol. 69, 69v (Teil von CNr. 1083 = Seilergasse 3).
[597] NÖLA, Gültbuch 10, fol. 100 Nr. 70. Vgl. Anm. 421, 423.
[598] Gb. 1/12, fol. 289. Vgl. Anm. 529, 533, 548, 560, 568, 583, 588, 590, 595.
[599] NÖLA, Gültbuch 10, fol. 100 Nr. 70, fol. 35 Nr. 59. Vgl. Anm. 421, 423, 597.
[600] Gb. 29/26, fol. 335, 335v. Vgl. Anm. 596.
[601] Vgl. Anm. 603.
[602] Vgl. 591.
[603] NÖLA, Gültbuch 10, fol. 100 Nr. 70, fol. 43v Nr. 82. Vgl. Anm. 593.
[604] Neuer Siebmacher, Niederösterreichs Adel II, 256 f.
[605] Vgl. Anm. 51.
[606] BGlb., fol. 134v; vgl. Anm. 75.
[607] Quellen I/4, 3945; vgl. Anm. 9.

[608] RGlb. 2, fol. 181, 202v. Barbaras Eintritt ist als Nachtrag zum 1509 verzeichneten Eintritt ihres Gatten vermerkt (BGlb., fol. 134v).

[609] RGlb. 2, fol. 181, 202.

[610] BGlb., fol. 134v (Nachtrag); vgl. Anm. 608.

[611] Vgl. Anm. 12, 27, 28, 35.

[612] Gb. 29/23, fol. 412v; Gb. 1/11, fol. 55v; Gb. 1/12, fol. 97v, 250v (CNr. 610 = Petersplatz 2). Zu Kirchhaimer s. Anm. 37, 51. Hermes Schallautzer ist mit dem Amt eines Superintendenten der landesfürstlichen Bauten in Wien erwähnt, das er erst 1547 antrat; s. Czeike, Schallautzer (Anm. 72), 75.

[613] Vgl. Anm. 94, 95.

[614] Auszuscheiden aus der Genealogie sind wohl: Stefan Schrantz, Bürger zu Enns 1391 (Urkundenbuch des Landes ob der Enns, 11/1956, Nr. 57), und der Führer (= Fuhrmann) Sigmund Schrantz, der 1504 das Wiener Bürgerrecht erwirbt (OKAR 1/60, fol. 15v).

[615] Gustav Adolf v. Metnitz, Geadelte Bürger in Kärnten, in: Carinthia I, 155 (1965), 672.

[616] MUW II/3, 610.

[617] TLA, Lienzer Mautbuch Hs. 779 (Mauteinnahmen 1490, 2. Heft), Hs. 2654.

[618] KLA, Ständearchiv, Hs. 1022, 80, 81 f.

[619] KLA, Allgemeine Urkunden 5 Nr. 1945—1947; Herrschaft Bamberg Faszikel 52 (Nr. 217) vom 6. Jänner 1532, und Faszikel 56 (Nr. 233), fol. 51v, 201—202, 304—305; Genealogische Sammlung Zenegg, Schachtel 45/47; Herrschaft Porcia, Pack 14/57.

[620] MUW III/2, 408.

[621] Pickl, Geschäftsbuch (Anm. 2), 252.

[622] KLA, Allgemeine Urkunden A, Nr. 1945—1947.

[623] KLA, Allgemeine Urkunden A, Nr. 2017.

[624] KLA, Allgemeine Urkunden C, Nr. 3614, und Schloßarchiv Himmelberg, Nr. 117. Vgl. Anm. 654.

[625] KLA, Herrschaft Bamberg, Faszikel 56 Nr. 233, fol. 304—305. Vgl. Anm. 32.

[626] KLA, Herrschaft Porcia, Pack 14/57.

[627] Ivo Pfaff, Zur Lebensgeschichte des Hofvizekanzlers Dr. Wolfgang Schranz (1530 bis 1594), in: Zs. d. Hist. Ver. f. Stmk., 18 (1923), 108. Zum Grabmal des Dr. Troyer s. Cvp. ser. nov. 12781, 65.

[628] Geburtsjahr bei Pfaff (Anm. 627); MUW III/2, 408.

[629] Rudolf Steuer, Ein Blick in das Leben und Wirken eines Finanzmannes des 16. Jahrhunderts, Jb. Lkde. NÖ., N.F. 31 (1953/54), 268.

[630] Gb. 1/11, fol. 88, 88v; Gb. 1/12, fol. 134v, 135 (Teil von CNr. 913 = Singerstraße 26, Franziskanerkloster). Das Heiratsdatum bei Pfaff (Anm. 627), 108.

[631] Ernst Hartmann v. Franzenshuld, Geschlechterbuch der Wiener Erbbürger. Heraldisch-genealogische Gesellschaft „Adler“, Hs. B 513, fol. 666—667; s. auch die Beschreibung des Grabmals bei Petschnigg (Anm. 633). Vgl. Anm. 624, 653.

[632] Pfaff (Anm. 627), 95—108; J. Loserth, Eine Fälschung des Vicekanzlers Wolfgang Schranz, kritische Untersuchung über die Entstehung der Brucker Pazifikation von 1578, in: MIÖG 18 (1897), 341—361; Johann Andritsch, Landesfürstliche Berater am Grazer Hof (1564—1619), in: Innerösterreich 1564—1619 (Publikationen des Steiermärkischen Landesmuseums und der Steiermärkischen Landesbibliothek, III), Graz 1967, 83.

[633] Hans Petschnigg, Die Fresken an der Außenseite des Grätzer Domes, Mitteilungen der k. k. Central-Commission zur Erforschung und Erhaltung der kunst- und historischen Denkmale, N.F. XII (1886), CLX—CLXIII. Dort wird der Familienname der ersten Gattin mit „Wunderer“, jener der zweiten mit „Walther v. Walthersweil“ angegeben.

[634] Pfaff (Anm. 627), 95 f., Anm. 3; Richard Allesch, Arsenik — seine Geschichte in Österreich (Archiv für vaterländische Geschichte und Topographie, 54), Klagenfurt 1959, 151 f.; Herwig Ebner, Burgen und Schlösser im Ennstal und Murboden (Steiermarks Burgen und Schlösser, 1), Wien 1963, 68 (Katsch), 90 (Penkhof), 84 (Neumarkt-Forchtenstein).

[635] Vgl. Anm. 624, 631, 653, 654.

[636] Vgl. Anm. 618, 619.

[637] Gb. 1/35, fol. 188 (Nota).

[638] Gb. 1/8, fol. 640—641; Cvp. ser. nov. 12781, 35 (Todesjahr des Thoman Meingoz), 64 (Todesjahr des Jakob Kienberger).

[639] Gb. 1/8, fol. 652—653 (Teli von CNr. 638 = Rotenturmstraße 13, Lichtensteg 1, Ertlgasse 2, Kramergasse 12).

[640] Gb. 1/8, fol. 579, 640, 641 (CNr. 495 = Judengasse 14, Seitenstettengasse 2; das Preßhaus CNr. 463 = Seitenstettengasse 3, Ruprechtsplatz 4).

[641] Gb. 1/9, fol. 38v; vgl. Anm. 640.
[642] Gb. 1/9, fol. 38v (Teil von CNr. 420 = Am Hof 13).
[643] Gb. 1/9, fol. 75, 75v (CNr. 529 = Areal wie bei Anm. 639).
[644] Gb. 1/9, fol. 120v, 121 (CNr. 335 = Ledererhof 4, Färbergasse 6).
[645] Gb. 1/36, fol. 40v.
[646] Gb. 1/36, fol. 68.
[647] A: Gb. 1/9, fol. 234, 234v (CNr. 373 = Fischerstiege 10, Salzgries 7); B: Gb. 29/23, fol. 312, 360; Gb. 29/24, fol. 90v (CNr. 371 = Teil von Fischerstiege 7).
[648] Gb. 1/10, fol. 73v, 74, 86, 86v (CNr. 419 = Am Hof 12).
[649] OKAR 1/64 ,fol. 9v, 33; Cvp. 8019, fol. 56.
[650] Camesina, Niclas Meldeman (Anm. 26), 20; Hummelberger (Anm. 26), 20, 37 f. Vgl. Anm. 169 und 347.
[651] Cvp. 8019, fol. 56v—59v; Brunner, Finanzen (Anm. 10), 56; WStLA, Hs. B 77/4.
[652] Cvp. ser. nov. 12781, 64. Wird bei Ogesser (Anm. 70) nicht mehr erwähnt.
[653] Wappenzeichnung bei der Grabinschrift (Anm. 652). Das Meingoz-Wappen in GWA II/2 (1905), 820, Taf. XXXV, vgl. Anm. 631.
[654] WStLA, Bürgerspitalsurkunde 833; vgl. Anm. 624.
[655] Gb. 1/10, fol. 131, 131v (Erwähnung der Kinder); Gb. 1/10, fol. 141v.
[656] Gb. 1/10, fol. 141v, 142 (vgl. Anm. 643).
[657] Gb. 1/10, fol. 269, 269v; vgl. Anm. 642.
[658] Gb. 1/10, fol. 133—134 (CNr. 774 = Wollzeile 9, Bäckerstraße 4). Vgl. Anm. 239.
[659] Gb. 1/10, fol. 53, 247 (CNr. 578 = Bauernmarkt 3). Vgl. Anm. 236.
[660] Gb. 1/36, fol. 40v (Nota). Vgl. Anm. 645.
[661] Gb. 1/10, fol. 269, 269v (vgl. Anm. 657); Gb. 1/37, fol. 13v.
[662] Gb. 1/10, fol. 210v, 211, 285 (CNr. 645 = Rabensteig 1).
[663] Gb. 1/9, fol. 108v; 1/11, fol. 89 (CNr. 580 = Bauernmarkt 9, Wildpretmarkt 6).
[664] Gb. 1/10, fol. 296, 296v (CNr. 751 = Lugeck 4, Bäckerstraße 1, Sonnenfelsgasse 2).
[665] Cvp. 8019, fol. 61v—64v; WStLA, Hs. B 77/4.
[666] Czeike, Wien und seine Bürgermeister (Anm. 347), 156.
[667] WStLA, Hs. B 77/4.
[668] Genaues Datum unbekannt. Das Sterbejahr ergibt sich aus Gb. 1/11, fol. 89 (Testament 1551). und aus seiner letztmaligen öffentlichen Tätigkeit in diesem Jahr (vgl. Anm. 667).
[669] Gb. 1/11, fol. 89. Vgl. Anm. 663.
[670] Gb. 29/25, fol. 219v, 220 (Teil von CNr. 1122/1123 = Graben 13, Bräunerstraße 1). Es kam später an Tillherrs Sohn aus seiner zweiten Ehe mit Elsbeth geb. Unterholz (Gb. 29/28, fol. 286v—287v).
[671] Inschrift auf ihrem Grabmal zu St. Stephan: Cvp. ser. nov. 12781, 87; Ogesser (Anmerkung 70), 308 Nr. 55; Tietze (Anm. 70), 497 f., Nr. 106; Kieslinger (Anm. 70), 298, Nr. 106. Es befindet sich in der Vorhalle des Singertores.
[672] Gb. 1/12, fol. 138, 138v; vgl. Anm. 643, 656.
[673] Albert Hübl, Die Schulen, in GWA V (1914), 371, Anm. 6. Man beachte, daß Doktor Wolfgang Schrantz auch das verbesserte Wappen der Wiener Schrantz übernahm (vgl. Anmerkung 642, 657).
[674] Vgl. Anm. 30, 31.
[675] BGlb., fol. 114v.
[676] RGlb. 2, fol. 135v.
[677] Lahoda (Anm. 20), 205. Vielleicht ist er mit dem 1517 belegten Genannten Hans Hauser identisch (RGlb. 2, fol. 34, 34v).
[678] RGlb. 3, fol. 57v.
[679] BGlb., fol. 110v.
[680] KLA, Herrschaft Wasserleonburg Zl. 149, 325.
[681] Vgl. Anm. 32, 617, 618, 624, 625.
[682] Vgl. Anm. 57, 520.
[683] Vgl. Anm. 196, 216, 218, 241.
[684] Vgl. Anm. 290—292.
[685] Vgl. Anm. 617—619, 624.
[686] Vgl. Anm. 468.
[687] Vgl. Anm. 434, 435.
[688] Vgl. Anm. 117, 118, 130, 147.
[689] Vgl. Perger, Der Wiener Rat (Anm. 161), 159—165.
[690] Vgl. Anm. 72, 312, 313, 527.

[691] Vgl. Anm. 451—453.
[692] Vgl. Anm. 450, 472.
[693] Vgl. Anm. 94, 95, 612, 613.
[694] Vgl. Anm. 87, 88.
[695] Vgl. Anm. 173, 199, 236, 658.
[696] Vgl. Anm. 133, 162, 232.
[697] Vgl. Anm. 441—443.
[698] Vgl. Anm. 137.
[699] Vgl. Anm. 63.
[700] Vgl. Anm. 222, 224.
[701] Vgl. Anm. 339, 346, 377, 378.
[702] Vgl. Anm. 168—170.
[703] Vgl. Anm. 246.
[704] Vgl. Anm. 649—651, 665—667.
[705] Vgl. Anm. 409.
[706] Vgl. Anm. 92.
[707] Vgl. Anm. 563.
[708] Vgl. Anm. 186, 572, 579, 584.
[709] Vgl. Anm. 167, 224, 373, 474, 537.
[710] Vgl. Anm. 72.
[711] Vgl. Anm. 72 und Perger, Der Wiener Rat (Anm. 167), 149.
[712] Vgl. Anm. 82.
[713] Vgl. Anm. 451—453.
[714] Vgl. Anm. 326—372.
[715] Vgl. Perger, Der Wiener Rat (Anm. 167), 149 f., 152 f.
[716] Vgl. Anm. 72, 329, 374, 397.
[717] Vgl. Anm. 144, 145.
[718] Vgl. Anm. 174—176, 202.
[719] Vgl. Anm. 133, 162, 232.
[720] Vgl. Anm. 62, 71, 74, 89, 99.
[721] Vgl. Anm. 214, 229, 235—237.
[722] Zu ersterem vgl. Anm. 435, 436, 462, 466, 481, 482, 493, 499, zum anderen Anm. 438, 461, 476, 481, 483, 491.
[723] Vgl. Anm. 529, 533, 548, 560, 568, 583, 588, 590, 595, 598.
[724] Vgl. Anm. 72.
[725] Vgl. Anm. 612.
[726] Vgl. Anm. 265, 306, 316, 389, 392, 398, 399, 400, 402, 413, 419.
[727] Vgl. Anm. 643, 656, 672.
[728] Vgl. Anm. 119, 129, 156, 159, 177, 180, 183, 185, 187, 188.
[729] Vgl. Anm. 14, 15, 31.
[730] Vgl. Anm. 79, 140, 166, 212, 391, 446, 606.
[731] Vgl. Anm. 65, 223, 539.
[732] Vgl. Anm. 70, 82, 97, 543, 546, 585.
[733] Vgl. Anm. 652, 653.
[734] Vgl. Anm. 141, 225, 383, 477.
[735] Vgl. Anm. 73, 164, 220, 564.
[736] Vgl. Anm. 98, 99, 101, 130, 290, 434.
[737] Vgl. Anm. 181, 592.
[738] Vgl. Anm. 103, 298—302.
[739] Vgl. Anm. 72, 351; Perger, Der Wiener Rat (Anm. 167), 149.
[740] Zu Schneidpöck vgl. Anm. 335, 373, 380, zu Reuß Anm. 355—362 a.
[741] Vgl. Anm. 6, 36.
[742] Vgl. Anm. 51, 52, 87, 88.
[743] Vgl. Anm. 133, 142, 161, 162.
[744] Vgl. Anm. 233, 235.
[745] Vgl. Anm. 400, 421.
[746] Vgl. Anm. 461, 466, 467, 493, 501, 502.
[747] Vgl. Anm. 49, 50, 591—594.
[748] Vgl. Anm. 612.
[749] Vgl. Anm. 18, 22, 23.
[750] Vgl. Anm. 674.

Dr. Hans Kaufmann aus Sterzing, Bürgermeister von Wien im Jahre 1515

Von Richard Perger, Wien

Vorbemerkung

Unter den Tirolern, die um 1500 in Wien lebten, finden wir einige bemerkenswerte Persönlichkeiten, so z. B. Dr. Hans Fuchsmagen aus Hall (gestorben 1510), Diplomat Maximilians I. und Förderer der Wiener Humanisten[1], Matthäus Heuperger, ebenfalls aus Hall (gest. 1515), Neugründer der Gottsleichnamsbruderschaft zu St. Stephan und Herausgeber des bekannten Heiltumbuches[2], und Marx Treitz-Sauerwein aus Innsbruck-Mühlau (gest. 1527), Mitarbeiter an den autobiographischen Werken Maximilians I. und später Kanzler der niederösterreichischen Regierung[3]. Viel weniger bekannt, jedoch nicht minder interessant, ist Dr. Hans Kaufmann aus Sterzing (gest. 1537), Wiens Bürgermeister von 1515, mit dessen Lebensgang und Familienverhältnissen wir uns im folgenden befassen wollen.

Wir nehmen vorweg, daß zwei Träger des Namens Kaufmann, die im mittelalterlichen Wien eine gewisse Rolle spielten, anderen Familien angehörten[4]. Hans Kaufmann war in den Jahren 1394, 1397, 1401, 1404, 1410 und 1414 Mitglied des inneren Rates, 1402 und 1405 im äußeren Rat, 1409 bis 1415 Kirchmeister von St. Stephan und 1414 Verweser des Bußhauses St. Hieronymus[5]. Woher er stammte, wissen wir nicht; vielleicht aus Weitra (Niederösterreich), dessen Pfarre er 1416 letztwillig bedachte[6]. Er war mit einer Lucei verheiratet und hatte vier Töchter, von denen Anna mit dem Wiener Ratsbürger Wilhelm Hansgraf, Dorothe mit dem Hainburger Bürger Hans Rot und die zwei anderen, deren Vornamen wir nicht kennen, mit dem Hainburger Laurenz Swab bzw. mit Christoph Prem verheiratet waren[7]. Im Wappen führte dieser Hans Kaufmann einen Angelhaken[8].

Aus Kempten im Allgäu, wo seine Vorfahren schon im 14. Jahrhundert ansäßig waren, stammte Ulrich Kaufmann, den wir von 1493 bis 1526 belegen können. Er wurde im Wintersemester 1493/94 an der Wiener Universität immatrikuliert, später zum Doktor der Rechte promoviert und trat in den geistlichen Stand ein. Nicht weniger als zehnmal — im Wintersemester 1508/09, im Sommersemester 1511, im Wintersemester 1512/13, in den Sommersemestern 1517 und 1518, in den Wintersemestern 1518/19, 1519/20, 1520/21 und 1521/22 und im Sommersemester 1524 — war er Dekan der juridischen Fakultät, dreimal — in den Sommersemestern 1510, 1518 und 1520 — stand er der Wiener Universität als Rektor vor. 1511 trat er der Gottsleichnamsbruderschaft zu Sankt Stephan bei. Seit 1520 war er Mitglied des Kollegiatkapitels zu St. Stephan, seit 1522 Domkustos, in den Jahren 1523 und 1524 ist er als Offizial des Wiener Bistums nachweisbar. Er starb 1526[9]. Die Familie, der er angehörte, führte im Wappen einen Frosch[10].

Die Familie Kaufmann in Sterzing und Schwaz

Die Familie, der der Wiener Bürgermeister von 1515, Dr. Hans Kaufmann, entstammte, zählte zu den angesehensten Bürgergeschlechtern der Südtiroler Handels- und Bergwerksstadt Sterzing[11]. Als Ahnherr ist Eberhard I. Kaufmann (genannt 1428) überliefert, als dessen Kinder werden Oswald (1444, 1450), verheiratet mit Barbara Walch, und Dorothe (1450), Gattin des Egyd von Hungerhausen, angeführt; als Oswalds Kinder gelten Hans I., Eberhard II. und Anna, Gattin des Jakob Fragner von Hirschberg[12]. Hans I. lebte in Schwaz, wo er der Pfarrkirche 1465 ein Haus für einen Frühmesser widmete[13]; von 1468 bis 1474 war er Pfleger des landesfürstlichen Schlosses Tratzberg bei Schwaz[14]. Er beteiligte sich auch als Gewerke an der Ausbeutung des Silberbergwerks am Schwazer Falkenstein; zwischen 1475 und 1479 gewann er insgesamt 1600 kg Silber, von 1480 bis zu seinem Tode — er wird 1486 als verstorben bezeichnet — 1400 kg[15]. Aus seiner Ehe mit Anna geb. Grueber aus Brixen entstammten die Töchter Barbara, Gattin des Peter Flamm zu Sterzing, und Anna, die mit Hans Heyrling aus Matrei am Brenner, Zöllner am Lueg, vermählt war[16].

Oswald Kaufmanns anderer Sohn, Eberhard II., blieb in Sterzing. 1454 und 1481 wird er dort als Hausbesitzer erwähnt[17], 1461 und 1474 als Bürgermeister, in den Jahren 1481, 1482, 1483, 1485 und 1486 erwarb er Anteile an den Silberbergwerken in Sterzing und Gossensaß, 1488 und 1490 finden wir ihn unter den Statthaltern des Sterzinger Berggerichts[18]. 1482 ist er als Spitalsmeister bezeugt[19], 1490 gewährte er König Maximilian I. ein Darlehen von 200 Gulden[20], 1492 starb er[21]. Seiner ersten Ehe mit Margret Krakoflin entstammten die Kinder Hans II. (der nachmalige Wiener Bürgermeister), Christoph (auch: Kristan), Wolfgang, Margret und Dorothe, seine zweite Frau Dorothe Gebhartin, nachmals Gattin des Thomas Kurz, gebar ihm den Sohn Eberhard III.[22].

Mit Hans II. (urk. 1472—1537) werden wir uns noch ausführlich befassen. Christoph (Kristan) erwarb 1486 und 1488 Bergwerksanteile in Sterzing, 1497 und 1498 war er Bürgermeister dieser Stadt[23]. Vom Schwazer Gewerken Lamprecht Erlacher (gest. 1497), dem Vater seiner ersten Frau Regine, erbte er ein Viertel einer Hypothek von insgesamt 10.000 fl., die Maximilian I. dem Erlacher auf Schloß Tatzberg verschrieben hatte. Zugunsten Maximilians verzichtete Christoph 1498 auf seinen Anteil und wurde mit einer Verschreibung auf den Straßenzoll zu Ried unter Straßberg bei Sterzing, subsidiär auf das Pfannhaus zu Hall, entschädigt[24]. 1504 verschrieb er seiner zweiten Frau Agnes, Tochter des Christoph Grueber zu Brixen, als Sicherstellung für ihr Heiratsgut eine Hypothek auf seinem Haus in Sterzing, zu dem ein Garten und eine Badstube gehörten[25]. 1505 beteiligte er sich an der Finanzierung des Neubaues der Sterzinger Pfarrkirche; in deren Innerem, am zweiten Pfeiler rechts, ist noch sein Wappen zu sehen[26]. Am 5. März 1505 starb er, anscheinend kinderlos[27]. Seine Stiftung für das Sterzinger Spital wurde am 10. Juni 1509 von seinen Geschwistern vermehrt[28]. Sein Bruder Wolfgang Kaufmann erwarb 1501 einen Bergwerksanteil in Sterzing[29], 1509 wirkte er an der schon erwähnten Spitalsstiftung für Christoph mit[30], 1512 war er Bürgermeister von Sterzing[31], angeblich lebte er noch 1520[32]. Als seine Gattin ist Felizitas Wohlgschaffen überliefert[33]. Am 30. Juli 1523, als er schon tot war, wurde im Namen seiner unmündigen Kinder Margret, Katrei (Katharina) und Crescentia von deren Vormündern, Hans Jöchl und Heinrich Wohlgschaffen, eine Gült an die Stadt Sterzing verkauft[34]. Eberhards II. Tochter Margret war mit dem Schwazer Gewerken Lamprecht

Erlacher (gest. 1497) vermählt, als dessen Witwe erscheint sie noch 1509 und 1511; vermutlich war sie Erlachers zweite Frau, der ersten Ehe dürfte Regine, Gattin des Christoph Kaufmann — eines Bruders der eben erwähnten Margret — entsprossen sein[35]. Margrets Schwester Dorothe begegnet uns 1509 als Gattin des Hans von Balaus[36]. Eberhard III. schließlich, Sohn Eberhards II. aus zweiter Ehe, erwarb 1501 einen Bergwerksanteil in Sterzing[37], 1506 war er Brudermeister der dortigen Sebastiansbruderschaft, 1506 und 1508 kaufte er Gülten in Obertelfs, 1509 beteiligte er sich an der Spitalsstiftung seines verstorbenen Bruders Christoph[38], 1511 war er nicht mehr am Leben[39]. Gesicherte Nachrichten über seine Frau — möglicherweise Cordula von Franking[40] — und seine Kinder fehlen[41].

Bei einigen anderen Trägern des Namens Kaufmann, die teils wegen der Wappenidentität[42], teils nach besitzgeschichtlichen Anhaltspunkten[43] als Mitglieder der hier behandelten Familie anzusehen sind, ist die genealogische Einordnung unklar. Dies gilt für Hans III. (urk. 1494—1509, gest. vor 1531), der in Melk (Niederösterreich) ansässig war[44], und seinen vermutlichen Sohn Balthasar I. (urk. 1539—1543 in Melk, später in Sterzing, gest. vor 1585)[45] sowie für Balthasar II. (um 1601 in Sterzing)[46]; weiters für Kaspar Kaufmann (urk. 1513—1557 in Sterzing)[47] und Eberhard IV. (urk. 1526—1537 in Melk, gest. vor 1542)[48], der die nach Jeutendorf benannte Linie des Geschlechts begründete[49]. Mit ihnen werden wir uns in einem gesonderten Kapitel befassen.

Der Aufstieg des Hans (II.) Kaufmann

Hans Kaufmann, in der Genealogie seiner Familie der zweite, der diesen Vornamen führte[50] — er zog übrigens dieser Kurzform häufig die Variante „Johannes" vor —, hat anscheinend das Milieu eines Sterzinger Ratsbürgers und Bergbauunternehmers, in dem seine Vorfahren und seine Geschwister lebten, als zu beengt empfunden; seine Begabung und sein Interesse drängten in eine andere Laufbahn. Im Wintersemester 1472/73 wurde „Johannes Kawfman de Stertzing" gegen Entrichtung einer Gebühr von vier Groschen in die Matrikel der Wiener Universität eingetragen[51]. Dort hat er wohl auch das übliche Grundstudium an der Artistenfakultät absolviert. Später übersiedelte er an die Universität Bologna, die als Hochburg der juristischen Ausbildung galt; in der dortigen Matrikel scheint im Juli 1480 Johannes Kaufmann aus der Diözese Brixen (zu der Sterzing gehörte) mit einer Gebühr von 6 Groschen auf[52]. In Bologna wurde er wohl auch zum Doktor der Rechte promoviert; als solcher begegnet er uns erstmals im Mai 1488, jedoch auf einem ganz anderen Schauplatz, nämlich in Köln am Rhein in der Umgebung Kaiser Friedrichs III., der damals an der Spitze eines Reichsheeres zur Befreiung seines Sohnes Maximilian I. aus dessen Gefangenschaft durch die aufständischen Niederländer unterwegs war. Die Rebellen hatten Maximilian die Vormundschaft über seinen 1478 geborenen Sohn Philipp, der 1482 von seiner Mutter Maria von Burgund die Herrschaft über die Niederlande geerbt hatte, aberkannt und ihn am 5. Februar in Brügge eingesperrt, nun aber, unter dem Eindruck der militärischen Intervention, Abgeordnete zu Verhandlungen nach Köln entsandt. Kaiser Friedrich allerdings wollte diese „Räte Herzog Philipps" nicht selbst anhören, sondern übertrug die Gesprächsführung am 12. Mai 1488 „doctor Kaufmann vnd doctor Fugsmagen", womit unser Dr. Hans Kaufmann und sein Tiroler Landsmann Dr. Hans Fuchsmagen gemeint sind[53]; letzterer hat am 1. Juni 1488 an Herzog Sigmund von Tirol über den Ablauf der Verhandlungen, die zur Freilassung Maximilians am 16. Mai geführt hatten, berichtet[54]. Wann und wo Dr. Hans Kaufmann in die Dienste Friedrichs III. getreten war, entzieht sich unserer Kenntnis; von Fuchsmagen wissen wir, daß ihn der Kaiser 1485 aus dem Kreis der Räte Herzog Sigmunds übernommen hatte[55].

Die nächsten Jahre im Lebensweg Kaufmanns liegen im Dunklen. Erst 1491 finden wir ihn wieder, und zwar im Lehrkörper der juridischen Fakultät der bayerischen Landesuniversität Ingolstadt; am 18. März 1491 scheint er in der dortigen Martrikel als „dominus Iohannes Kaufmann de Stertzing legum doctor in iure civili lector meridianus" auf, im Wintersemester 1491/92 amtierte er als Rektor[56]. Mit dem berühmten Humanisten Konrad Celtes, der Ende 1491 an der Ingolstädter Hohen Schule eingetroffen war, verband ihn ein besonderes Vertrauensverhältnis; er gab Celtes am 6. Jänner 1492 Ratschläge für die Gestaltung seiner Antrittsrede, im Sommer 1492 widmete ihm Celtes ein Epigramm. Aus unbekannten Gründen hat Kaufmann im Laufe des Jahres 1493, noch vor Beginn des Wintersemesters, die Universität Ingolstadt verlassen[57]. Neuerlich verliert sich seine Spur für einige Jahre; 1498 taucht er wieder auf, diesmal in Wien, wo er vor einem Vierteljahrhundert sein Studium begonnen hatte.

Einbürgerung und Heirat in Wien, Vermögensbildung und Erhebung in den Adelsstand

Im Jahre 1498 erwarb „Johannes Kaufmann legum doctor" das Wiener Bürgerrecht; die sehr hohe Taxe von 12 t, die er hiefür zu entrichten hatte, erweist ihn als vermögenden Mann[58]. Um diese Zeit erfolgte auch seine Verehelichung mit Anna, Tochter des Wiener Ratsbürgers Wolfgang Leubenpeck (gestorben 1488) und der Anna geb. Salzer (gest. 1477)[59]. Letztere war vorher mit dem Wiener Bürger Jakob Track vermählt gewesen, der 1473 starb[60]; ihre Tochter aus der zweiten, mit Leubenpeck geschlossenen Ehe, Anna verehel. Kaufmann, muß daher zwischen 1473 und 1477 geboren worden sein, in die Zeit um 1500 ist die Geburt ihrer Söhne Hans und Leopold Kaufmann zu datieren, da diese 1514 an der Wiener Universität immatrikuliert wurden[61] und ein Lebensalter von 13 bis 14 Jahren damals dem Durchschnittsalter angehender Studenten entsprach; aus diesen Zeitansätzen kann geschlossen werden, daß Dr. Kaufmanns Einbürgerung und Heirat zeitlich annähernd zusammenfielen.

Einblick in die Familienverhältnisse und das Vermögen von Kaufmanns Frau gewinnen wir aus der Besitzgeschichte der Häuser in Wien, die sie erbte. Da wäre zunächst ein Haus in der Schulstraße, genannt „Unter dem Nußbaum", zu nennen. Mathes Salzer hatte es 1447 um 129 t gekauft, 1463 erbten es seine Töchter Anna, Gattin des Jakob Track, und Agnes, Gattin des Hans Ingelsteter, ihr Bruder Wolfgang Salzer und dessen Tochter Veronika waren schon vorher gestorben. Anna und Agnes teilten das Haus[62]. Anna verlor zwischen 1469 und 1473 ihren Gatten Jakob Track[63], in zweiter Ehe heiratete sie Wolfgang Leubenpeck, der nach ihrem Tode (1477) ihre Haushälfte 1478 übernahm, eine neue Ehe mit Anna, Witwe nach dem Korneuburger Bürger Stefan Weiß, einging und 1488 starb[64]. Die Haushälfte fiel nun an seine Witwe und seine zwei Töchter aus erster Ehe, Barbara, die bald darauf unvermählt starb, und Anna, nachmals Gattin des Dr. Kaufmann. Leubenpecks Witwe Anna lebte noch 1502; sie vermachte ihr Anrecht ihrer Stieftochter Anna Kaufmann, die damit in den alleinigen Besitz des Hausanteils kam[65]. Die andere Hälfte des Hauses war nach dem Tode von Mathes Salzers Tochter Agnes (nach 1469) an ihren Witwer Hans Ingelsteter und ihr Kind Agnes gekommen, Ingelsteter vermachte sie 1478 dieser Agnes sowie seiner zweiten Frau Corona und seiner Tochter aus dieser zweiten Ehe, Hedwig[66]. Letztere wurde durch Erbgang schließlich Alleinbesitzerin und vererbte die Haushälfte 1497 ihrem Gatten Sigmund Siebenbürger, der 1502 mit Anna verwitwete Leubenpeck, Besitzerin der anderen Hälfte, einen Prozeß führte und 1506 starb[67]. Sein Vetter und Erbe Dr. Martin Siebenbürger verkaufte 1508 die Haushälfte an Dr. Hans Kaufmann, dessen Frau bereits den anderen Teil besaß[68]. Wir vermerken noch, daß das Haus 1500 und 1508 als „Wurssa Jeronimi", d. h. als Burse zum hl. Hieronymus, bezeichnet wird[69]; hier waren also aus Mitteln der gleichnamigen Stipendienstiftung Räume zur Unterbringung, Verpflegung und Betreuung von Studenten gemietet worden.

Ein Haus am Haarmarkt zunächst dem Waaghaus hatten Mathes Salzer und seine Frau Dorothe im Jahre 1453 um 550 t gekauft. 1457 kam Dorothe als Witwe an die Gewer, 1467 erbten es die Töchter Anna, Gattin des Jakob Track, und Agnes, Gattin des Hans Ingelsteter; beide ließen 1469 ihre Männer als Mitbesitzer eintragen und teilten das Haus[70]. Die Track'sche Haushälfte kam nach Jakobs Tode 1473 an seine Witwe Anna, die 1478 von ihrem zweiten Gatten Wolfgang Leubenpeck beerbt wurde[71]. Die andere Haushälfte fiel nach dem Tode der Agnes nach 1473 an deren Witwer Hans Ingelsteter und die Tochter Agnes d. J. und ging 1484 um 500 t an Wolfgang Leubenpeck über, der nun das gesamte Haus besaß, außerdem zwei hinten angrenzende „Zuhäusel", deren Vorderfronten ins Kochgässel gingen[72]. Nach Leubenpecks Tod (1488) kamen seine zweite Frau Anna und seine Töchter aus erster Ehe, Barbara und Anna (nachmals Kaufmanns Frau) an die Gewer, nach Barbaras Tod die beiden Annas allein. Anna d. Ä. vermachte nach 1502 ihren Anteil ihrer Stieftochter, der Gattin des Dr. Kaufmann, die sich allerdings erst 1518 als alleinige Besitzerin ins Grundbuch schreiben ließ[73].

Das angrenzende Eckhaus, am Haarmarkt zunächst den Fleischbänken gelegen, hatte Anna, die zweite Frau des Wolfgang Leubenpeck, 1488 allein gekauft. Sie vermachte es ihrer Stieftochter Anna, Gattin des Dr. Kaufmann, die 1517 an die Gewer geschrieben wurde[74].

Auch ein Gewandkeller unter den langen Tuchlauben, den Wolfgang Leubenpeck 1484 um 100 fl. und 60 t erworben hatte, kam im Erbwege an Dr. Kaufmanns Frau Anna, die Grundbuchseintragung datiert von 1525[75].

Schon in den Jahren 1501 und 1502 hatte Dr. Hans Kaufmann Bergwerksanteile in seiner fernen Heimatstadt Sterzing erworben[76]. Am 21. Mai 1511 hielt er sich dort selbst auf, vielleicht aus Anlaß des Todes seines Bruders Eberhard III.[77]. 1514 gelangten auch seine Söhne Hans, Leopold und Kilian in den Besitz von Sterzinger Bergwerksanteilen[78].

Wahrscheinlich seinen Verbindungen zum österreichischen Herrscherhaus verdankte Dr. Hans Kaufmann seine Erhebung in den Adelsstand, die angeblich im Jahre 1500 erfolgte[79]. Ein einschlägiges Dokument hat sich nicht erhalten, doch besteht an der Nobilitierung kein Zweifel, da Dr. Kaufmann selbst 1509 mit dem Prädikat „edel und fest" aufscheint und seine Söhne Hans und Leopold anläßlich ihrer Immatrikulierung an der Wiener Universität 1514 als „nobiles" bezeichnet werden[80]. Wohl um sein Prestige als Neugeadelter zu unterstreichen, kaufte Dr. Kaufmann im Jahre 1501 von Hans von Kranichberg die Herrschaft Rassing bei St. Pölten[81] und fügte seinem Familiennamen den Zusatz „zu Rassing" bei, den auch seine Nachkommen verwendeten[82].

Im Dienste der Stadt Wien und Kaiser Maximilians I.

Schon im Jahre 1498, in dem Dr. Hans Kaufmann Bürger zu Wien wurde, hat der Wiener Rat von seiner Auslandserfahrung und seinen Kenntnissen Gebrauch gemacht. Am 13. Oktober d. J. zahlte der Oberstadtkämmerer an „Doctor Johanns Kaufmann und Hern Linhart Lackner" 192 t 7 s 7 d als Vergütung der Spesen aus, die ihnen laut vorgelegtem „Zettel" während einer Reise zu Maximilian I. nach Burgund für „Zehrung" erwachsen waren; ein Bote, „so Doctor Kaufman von Ynnspruck meinen Herren von Wien mit etlichen Briefen hat geschickt, den ich von dem Sigmund Kementer, Wirt zum goldenen Kreuz, aus der Herberg erlöst hab", erhielt 4 s 20 d für „Zehrung" ersetzt[83]. In den städtischen Oberkammeramtsrechnungen der Folgezeit, die allerdings nur für 1499—1501, 1503, 1504, 1507, 1509 und dann erst wieder für 1522, 1527, 1529, 1531—1534, 1536 und 1537 erhalten geblieben sind[84], lassen sich keine Gesandtschaftsreisen Kaufmanns mehr feststellen.

Beziehungen Kaufmanns zur Wiener Universität lassen sich nach 1498 nicht ermitteln, obwohl er als Doktor der Rechte die Qualifikation für einen Lehrstuhl an der juridischen Fakultät besaß. Wohl muß berücksichtigt werden, daß die Akten dieser Fakultät aus dem 15. und 16. Jahrhundert verloren gegangen sind[85]; in den Juristenmatrikeln, die sich erhalten haben[86], suchen wir jedoch seinen Namen vergeblich. Erstaunlicherweise ist er auch nicht als Mitglied der von Konrad Celtes 1497 gegründeten Wiener humanistischen Gesellschaft „Sodalitas Danubiana" nachweisbar[87], obwohl er in seiner Ingolstädter Zeit Celtes, der von 1497 bis zu seinem Tode 1508 in Wien lebte, nahegestanden war und mit einem anderen prominenten Angehörigen der Sodalitas, Dr. Hans Fuchsmagen, der 1510 starb, 1488 in Köln zusammengearbeitet hatte[88].

So drängt sich die Vermutung auf, daß Kaufmann nach 1498 in Wien und auf seiner 1501 erworbenen Herrschaft Rassing ein zurückgezogenes Leben im Kreise seiner Familie führte; nur fallweise übernahm er Aufträge und Funktionen. Am 2. November 1503 wurden er und andere rechtskundige Männer von Maximilian I. um Gutachten zu einem Rechtsstreit zwischen Jörg vom Turm und Simon von Hungersbach gebeten[89]. Im Mai 1508 berief ihn der Monarch in eine Kommission, die den Streit zwischen dem Propst von St. Stephan als Kanzler der Wiener Universität einerseits, der Artistenfakultät und der österreichischen Nation anderseits um die Besetzung des Vizekanzleramtes untersuchen sollte und im Juni d. J. einen Kompromiß erwirkte[90]. Am 20. März 1510 teilte Maximilian Dr. Kaufmann einer Abordnung zu, die mit Vertretern des böhmischen Königs Wladislaw über den Grenzverlauf zwischen Österreich und Böhmen und den Rechtsfall Zinispan verhandeln sollte und zu einem Lokalaugenschein in „Herslag" bei Freistadt am 24. April und zu einem Verhandlungstermin in Prag am 22. Mai 1510 beordert wurde[91].

Für das Jahr 1515 wurde „her Johanns Kaufman, kaiserlicher Rechten Doctor" zum *Bürgermeister von Wien* gewählt; als solcher erscheint er nicht nur in der erhaltenen Ratsliste dieses Jahres[92], sondern auch in Urkunden vom 14. März, 2. Mai, 8. Juni, 17. September[93] und 24. November (hier mit dem

Beinamen „zu Rassing")[94]. Die Wahl traf einen Außenseiter der Kommunalpolitik, denn weder vorher noch nachher ist Kaufmann als Ratsmitglied oder als „Genannter" nachweisbar, und auch sonst hatte er, von der Gesandtschaftsreise 1498 abgesehen, keine Funktion für die Stadt übernommen[95]. Möglicherweise verdankte er seine Wahl zum Bürgermeister einer Intervention seines Gönners Kaiser Maximilian I.[96], dem als Herr der Stadt Wien eine Einflußnahme auf die Zusammensetzung des Rates zustand. Nach allem, was wir über Kaufmann wissen, dürfte er sein Amt zu allseitiger Zufriedenheit ausgeübt haben. Sein Auftreten als Stadtoberhaupt anläßlich des vom 17. bis 28. Juli 1515 stattgefundenen Fürstenkongresses in Wien, bei welchem Kaiser Maximilian I., König Wladislaw von Ungarn und Böhmen und König Sigismund von Polen die zukunftsweisende erbrechtliche Verbindung der Dynastien Habsburg und Jagello durch die berühmte Doppelhochzeit ihrer Erben am 22. Juli erwirkten, war zweifellos ein Höhepunkt seines Lebens[97]. Es ist sehr zu bedauern, daß die städtische Oberkammeramtsrechnung dieses Jahres, die zweifellos genaue Aufzeichnungen über den Anteil der Stadtväter an den verschiedenen Repräsentationsveranstaltungen enthielt, nicht erhalten blieb[98].

Erst nach dem Tode Kaiser Maximilians (12. Jänner 1519) finden wir Kaufmann wieder in einer politischen Funktion, und zwar anläßlich des Generallandtages der österreichischen Erblande, der vom 13. bis 27. März 1519 in Bruck an der Mur stattfand und die Politik der autonomen Ausschüsse, die die Stände der einzelnen Länder als Interimsregierung anstelle des von Maximilian eingesetzten Beamtenregiments gebildet hatten, koordinierte[99]. In Herbersteins Selbstbiographie sind die Namen der Abgeordneten, die an diesem Landtag teilnahmen, überliefert. Die revolutionäre, ständische Partei war durch vier Delegierte aus Österreich unter der Enns, zwei aus Österreich ob der Enns, neun aus der Steiermark, fünf aus Kärnten, drei aus Krain und zwei aus Tirol vertreten, zwei Beamte der alten „Regimenter" — einer für die Niederösterreichische Ländergruppe (der Österreich unter und ob der Enns, Steiermark, Kärnten und Krain unterstanden waren), der andere für den Oberösterreichischen Teil (Tirol und die Vorlande) — bildeten eine hoffnungslose Minderheit, ausschließlich unterstützt von zwei Angehörigen der „Parthey, so bey dem Regimennt zw Osterreich beliben", nämlich Herrn Rudolf von Hohenfeld und „Doctor Johann Khauffman", die solcherart jene Minorität der Herren- und Städtekurie Österreichs unter der Enns, die dem alten Regiment treu blieb, repräsentierten[100]. Kaufmann handelte dabei zweifellos aus Loyalität gegenüber dem Willen des verstorbenen Kaisers, dessen Vertrauen er genossen hatte. Die Zeit bis 1521, in der die ständische Bewegung in Österreich unter der Enns allmählich an Einfluß verlor, scheint Kaufmann fern von Wien, der Hochburg der Radikalen, verbracht zu haben, denn in keiner Quelle, die über die damaligen Vorgänge in der Stadt berichtet, scheint sein Name auf[101]. Wahrscheinlich hat er auf seinem Schloß in Rassing die weitere Entwicklung abgewartet.

Dr. Hans Kaufmann als Mitglied des niederösterreichischen Hofrats und Regiments

Am 5. Juni 1521 übernahm Maximilians Enkel Ferdinand I. die Regierung in den österreichischen Erblanden; die Stände hatten sich unterworfen, über die Wortführer der Aufständischen wurde 1522 in Wiener Neustadt Gericht gehalten[102]. Das alte, abgewirtschaftete niederösterreichische Regiment wurde allerdings nicht reaktiviert; an seine Stelle setzte Ferdinand für die Regierung der niederösterreichischen Ländergruppe eine neue Behörde ein, die die Bezeichnung „Hofrat" führte und am 15. Oktober 1521 eine detaillierte Instruktion erhielt; sie wurde am 5. November 1523 abgeändert. Der Hofrat war dem Herrscher unmittelbar unterstellt; erst am 1. Jänner 1527 trat eine Änderung in Kraft, derzufolge die Regierung der niederösterreichischen Lande wieder ihre frühere Bezeichnung „Regiment" erhielt, jedoch einer neugeschaffenen Zentralbehörde unterstellt wurde, auf die der Name „Hofrat" überging[103].

Einer der Männer, die Ferdinand 1521 in den niederösterreichischen Hofrat als Räte berief, war Dr. Hans Kaufmann, der sich für dieses Amt nicht nur durch seine juristischen Kenntnisse und seine politische Erfahrung, sondern auch durch seine Loyalität zur Dynastie qualifiziert hatte. Er blieb Mitglied des Hofrats (bzw. seit 1527 des Regiments) bis zu seinem Tod 1537[104]. Anders als in dem von Maximilian I. eingesetzten Regiment, dem Übergriffe und Korruption vorgeworfen worden waren, scheint in der niederösterreichischen Regierung unter Ferdinand I. korrekt gearbeitet worden zu sein. Die Einflußnahme der Regierung auf die Verwaltung der Stadt Wien, die 1526 einen Teil ihrer Autonomie eingebüßt hatte[105], war freilich stärker geworden; angesichts der drohenden Türkengefahr, der beginnenden Glaubensspaltung und der Unruhen in der Bauernschaft war eine Straffung des Regimes wohl nicht zu vermeiden.

Einige Belege unterrichten uns über Dr. Kaufmanns Tätigkeit in seinem neuen Amt. Am 27. November 1523 wurde er einer Kommission zugeteilt, die am 3. d. M. in Ödenburg gemeinsam mit ungarischen Emissären Streitigkeiten der Grenzbewohner schlichten sollte[106]. 1524 wurde der niederösterreichische Hofrat von Ferdinand I. mit der Ausarbeitung eines Gutachtens zur Bekämpfung der Lehren Luthers befaßt. Das Gutachten sollte bei einem Fürstenkongreß in Regensburg verwertet werden. Der Hofrat vertrat allerdings die Auffassung, daß die Religionsfrage besser im Lande selbst zu lösen sei, und nicht durch Gewalt, sondern durch kirchliche Reformen; als Ferdinand dennoch auf der Überbringung eines Gutachtens durch ein sachkundiges Regierungsmitglied beharrte, entsandte man am 18. Juli 1524 nach Regensburg Dr. Hans Kaufmann „als der Rechten Doctor, eine gelerte, kunstreiche person, die auch erfaren und in den Gebreuchen wissend" sei[107]. Am 20. April 1524, 6. März 1525 und 14. Juni 1526 fertigte Kaufmann im Namen Ferdinands I. Urkunden in Wien aus[108], am 6. Juni 1529 entschied er als Mitglied eines Schiedsgerichts einen Streit zwischen dem Wiener Augustinerkloster und einem Steinmetzen wegen einer Burgrechtsgült[109]. Während der Belagerung Wiens durch die Türken, die vom 26. September bis 15. Oktober 1529 dauerte, blieb er, getreu seinem Amtseid, gemeinsam mit anderen Regierungsmitgliedern in der umschlossenen Stadt[110]. Seine Verdienste wurden durch die Erhebung in den Ritterstand 1530 gewürdigt, am 14. September d. J. soll er schon als Mitglied der Ritterkurie am Landtag Österreichs unter der Enns teilgenommen haben[111].

Tod und Grabstätte des Dr. Hans Kaufmann und seiner Gattin

Noch im Jahr 1630 befand sich in der Eingangshalle des unausgebauten Nordturms des Wiener Stephansdoms ein Grabmal mit dem Kaufmannschen Wappen und folgender Inschrift:

„Anno Dni. 1537 den 25. Tag May ist gestorben der edel vest hochgelehrt Herr Dr. Johann Kauffmann zu Rhäsing, Ritter, Röm. Kais. wie auch Königl. Majtt. Rath und Regent im Regiment der N. Oe. Lande, ligt hie begraben sammt seiner Gemahel Frau Anna, einer Leubmpeckhin, die gestorben ist Anno 1537."[112]

Daraus geht hervor, daß Dr. Hans Kaufmann am 25. Mai 1537 verstarb und seine Gattin Anna an einem unbekannten Tag desselben Jahres verschied. In den Verzeichnissen von Ogesser (1779)[113] und Gartenschmid (1811)[114] ist das Grabmal nicht mehr erfaßt; möglich, daß es mit einer der damals schon als unleserlich bezeichneten Tafeln identisch war. Unmittelbar neben dem Grabmal des Dr. Hans Kaufmann und seiner Frau befand sich 1630 auch das seiner Schwiegereltern Wolfgang Leubenpeck (gest. 1488) und Anna (gest. 1477), ebenso das Grabmal für Dr. Hans Kaufmanns 1524 verstorbenen Sohn Leopold[115].

Die Nachkommen des Dr. Hans Kaufmann

Aus der um 1498 geschlossenen Ehe zwischen Dr. Hans Kaufmann und Anna geb. Leubenpeck entsprossen fünf Kinder: Hans (in der Genealogie der Gesamtfamilie Hans III.), Leopold, Kilian, Paul und Anna[116]. Hans, Leopold und Kilian erhielten im Jahre 1514 Bergwerksrechte in Sterzing verliehen[117]. Im Sommersemester 1514 wurden „nobiles Johannes et Leopoldus, filii clarissimi domini doctoris Johannis Kaufman de Rässing" mit der hohen Taxe von 1 t in die Matrikel der Wiener Universität eingetragen[118]. Im ersten Quartal 1516 traten „Hans Kaufmann zu Rässing, legum doctor", seine Frau Anna, Leubenpecks Tochter, und beider Kinder Hans, Leopold, Kilian, Paulus und Anna der Gottsleichnamsbruderschaft zu St. Stephan bei[119].

Vom Sohn Hans hören wir nach 1516 nichts mehr. Leopold starb unvermählt am 19. Jänner 1524 und wurde zu St. Stephan in Wien bestattet[120]. Kilian Kaufmann von Rassing befehligte im Juli 1525 im Rahmen des Landesaufgebots in Österreich unter der Enns zur Unterwerfung der aufständischen Bauern ein landesfürstliches Kontingent von 300 böhmischen und 300 deutschen Kriegsknechten in Linz[121]; am 8. April 1533 kaufte er vom Stift Seitenstetten das Gut Hain bei St. Pölten, nahe der väterlichen Herrschaft Rassing[122]. Noch vor seinem Vater, der bis 25. Mai 1537 lebte, ist Kilian Kaufmann gestorben; er hinterließ die Kinder Hans (V.) und Christoph (II.), die noch 1540 unmündig waren[123], den Namen seiner Frau kennen wir nicht.

Als Dr. Hans Kaufmann und seine Frau Anna 1537 starben, lebten noch ihr Sohn Paul, ihre Tochter Anna, Gattin des Wiener Bürgers Gregor Süß, sowie die vorhin erwähnten unmündigen Kinder ihres Sohnes Kilian, Hans und Christoph[124]. Über das Erbgut, das ihnen zufiel und das sie zum Großteil veräußerten, sind wir durch verschiedene Belege unterrichtet. Zunächst finden wir in den Wiener Oberkammeramtsrechnungen von 1537 und 1538 Eintragungen über eine hypothekarisch sichergestellte Forderung von 50 fl, die Veit Aichinger gegen die verstorbene Anna Kaufmann geb. Leubenpeck gehabt hatte und die an die Stadt Wien übergegangen war; diese Verbindlichkeit, die sich bis 1538 um Zinsen von 25 fl und 27 s 4 d erhöht hatte, belastete nun Annas Erben[125], über die Bereinigung der Schuld sind wir nicht unterrichtet.

Das Eckhaus am Haarmarkt zunächst den Fleischbänken wurde am 15. Mai 1540 von dem edlen Paul Kaufmann von Rassing, seiner Schwester Anna, Gattin des Gregor Süß, und den Kindern ihres verstorbenen Bruders Kilian, Hans und Christoph, vertreten durch deren Vormünder Hans Süß und Leopold Een, an den Wiener Ratsherrn Leopold Schadner verkauft[126].

Das Haus in der Schulstraße wurde von den Kuratoren der Kaufmannschen Erben 1543 an den Wiener Handelsmann Georg Märl und dessen Frau Barbara veräußert[127].

Das Haus am Haarmarkt zunächst dem Waaghaus wurde am 15. Mai 1540 von Hans Süß und Leopold Een als Vormünder der Kinder des Kilian Kaufmann und als Bevollmächtigte des Paul Kaufmann und der Anna, Gattin des Gregor Süß, an die Meßstiftung der Anna Feldkircherin auf dem Johannesaltar im St. Laurenzkloster, vertreten durch den Kaplan Mag. theol. Albrecht Gräfinger, verpfändet; diese Stiftung besaß bereits eine Hypothek von 100 t auf diesem Haus, eine weitere Hypothek von 100 t war der juridischen Fakultät der Universität Wien verschrieben. Dennoch nahmen Süß und Een noch eine Hypothek von 200 t zugunsten der Lilienburse auf[128]. Angesichts dieser Belastungen war das Haus nicht zu halten; am 7. Jänner 1545 wurde es von Hans Hofmann als Kurator der Kaufmann'schen Erben um 1300 t an den Wiener Bürger Georg Freudenreich und dessen Frau Radegund verkauft[129]. Am 3. Jänner 1556 finden wir das Ehepaar Freudenreich auch im Besitz eines der beiden Zuhäuser im Kochgässel, das ihnen Hofmann um 180 t zur Befriedigung der Gläubiger der Kaufmannschen Verlassenschaft überlassen hatte; das andere Zuhaus war der Anna, Gattin des Gregor Süß, alleine zugefallen, sie hatte es ihrem Mann vererbt, der es dem Georg Freudenreich überließ; von diesem erwarben es am 15. April Michel Zilliz und dessen Frau Anna, doch schon am 22. September 1557 haben sie es Mag. Georg Freudenreich, Diener des Königs von Böhmen, und seiner Frau Margret um 200 t verkauft[130].

Über das Schicksal des Gewandkellers unter den langen Tuchlauben[131] sind wir nicht unterrichtet.

Am 18. Dezember 1540 verkaufte Paul Kaufmann zu Rassing in seinem Namen und im Namen seiner Schwester Anna, Gattin des Gregor Süß, und der Kinder seines verstorbenen Bruders Kilian, Hans und Christoph, aus dem Gut zu Egg bei Sterzing eine Gült von 17 t und ein Star Futter an den Innsbrucker Bürger Hans Heinricher[132].

All diese Belege lassen vermuten, daß Dr. Hans Kaufmann und seine Frau Anna im Zeitpunkt ihres Todes (1537) schwer verschuldet gewesen waren; ihre Erben mußten, offenbar zur Befriedigung der Gläubiger, alle Wiener Besitzungen, vielleicht auch die in Sterzing, veräußern. Nur die Herrschaft Rassing bei St. Pölten und das benachbarte Gut Haim konnten gehalten werden; sie erbrachten 1542 den „Erben nach Kilian Kaufmann zu Rassing" aus Zinsleistungen der Untertanen jährlich 5 t 4 s 14 d[133]. Bald darauf dürfte die Nachkommenschaft des Dr. Hans Kaufmann und seines Sohnes Kilian erloschen sein[134]; Rassing und Hain fielen vor 1556 an Johann Eustach Kaufmann aus der nach Melk und Jeutendorf benannten Linie des Geschlechts, der Rassing vor 1559 an Hans von Laßberg verkaufte, Hain dagegen mit seiner Herrschaft Jeutendorf vereinigte; mehr darüber im folgenden Kapitel[135].

Die Kaufmann zu Melk und Jeutendorf

Wie bereits erwähnt, waren einige Mitglieder der Familie Kaufmann zu Ende des 15. und im ersten Drittel des 16. Jahrhunderts in Melk (Niederösterreich) ansässig geworden[136].

Am 17. Dezember 1494 erwarben Herr Hans Kaufmann — wir nennen ihn Hans III. — und seine Frau Margret ein Haus in Melk „in der Langzeil berghalben"[137]. Im Jahre 1509, als Margret bereits verstorben war, ließ Hans seine zweite Frau, die ebenfalls Margret hieß, als Besitzerin eines Viertelanteils ins Melker Grundbuch eintragen[138]. Am 13. April 1531 kaufte Margret, Witwe nach Hans Kaufmann, von der Melker Schusterzeche St. Erhard einen Acker von zwei Joch „hinter den Siechen" zu Melk[139]. Im Sommersemester 1539 wurde Balthasar (I.) Kaufmann aus Melk in die Matrikel der Wiener Universität eingetragen[140]. 1542 gehörte ihm die Hälfte des vorhin erwähnten Hauses zu Melk, die andere Hälfte besaßen Sigmund Wunder und seine Frau Brigitte, die 1543 auch Balthasars Anteil erwarben[141]. Am 23. April 1543 veräußerte Balthasar den Acker „hinter den Siechen" an den Melker Lederer Paul Rinkler[142]. Diese Liquidation der Melker Besitzungen dürfte mit Balthasars Übersiedlung nach Sterzing zusammenhängen, er soll dort im Jahre 1550 Bürgermeister gewesen sein. Angeblich war er in erster Ehe mit Anna Kleinhausin von Labers verheiratet, in zweiter Ehe mit Barbara Flamm von Flammeck, die sich nachmals mit Georg von Rastenberg, Richter zu Stein am Ritten, vermählte und 1585 starb[143]. Balthasar II., Sohn des Vorigen, soll noch um 1601 in Sterzing gelebt haben; er hinterließ eine Tochter Barbara, Gattin des Christoph Weyrlechner, die 1666 in Meran verstarb[144].

Ein Wolfgang (II.) Kaufmann soll 1516 bischöflich-freisingischer Pfleger und Hauptmann in Waidhofen an der Ybbs (Niederösterreich) gewesen sein[145].

Ausschließlich in Sterzing nachweisbar ist Kaspar Kaufmann, der dort in den Jahren 1513 und 1514 Bergwerksanteile verliehen erhielt[146]. 1531 pachtete Hans Stöckl aus Schwaz in einem Haus zu Sterzing, das Kaspar und Eberhard (IV.) Kaufmann gehörte, ein Geschäftslokal[147]. 1544 verschrieb Hans Wohlgschaffen der Stadt Sterzing eine Gült auf Kaspars Hausanteil[148]. 1556 widmeten Kaspar Kaufmann und Hans Geizkofler namens des Eustach Kaufmann und der gesamten Kaufmannschen „Freundschaft" (= Sippe) dem Sterzinger Spital Güter für die Kaufmann'sche Armenstiftung[149]. 1555 bis 1557 war Kaspar Bergrichter in Sterzing; er dürfte kinderlos verstorben sein[150].

In Melk wiederum finden wir Eberhard (IV.) Kaufmann, wohl identisch mit jenem, der 1531 gemeinsam mit Kaspar ein Haus in Sterzing besaß[151]. Am 30. März 1535 ließ Elsbeth, Witwe nach dem Melker Bürger Eustach Schrott, ihren zweiten Mann, den edlen Eberhard Kaufmann, mit an die Gewer eines von Schrott hinterlassenen Hauses in Melk schreiben[152]; gleichzeitig wurden die Eheleute auch als Besitzer eines anstoßenden Gartens, den sie um 40 t vom Melker Bürger Mert Weyrlechner, Fischer, gekauft hatten, ins Grundbuch eingetragen[153]. Am 27. September 1535 kauften Eberhard Kaufmann, Bürger zu Melk, und seine Frau Elsbeth einen Acker von 1¼ Joch zu Melk „in der Praiten" um 12 t vom Stift Melk[154], ebenso 1536 um 32 t einen Acker von drei Joch „in der Ziegelau"[155]. Am 12. April 1537 erwarben sie von der Witwe des Thoman Wolmuet eine Wiese von zwei Tagwerk zu Ober-Winden[156]. Die unbelegte Nachricht, daß Eberhard Kaufmann schon 1526 durch Heirat mit Regine Elisabeth geb. Zeller, Witwe nach Joachim Feyertager, eine Hälfte der Herrschaft Jeutendorf bei St. Pölten erworben, 1529 bzw. 1532 von den Stiften Seitenstetten und St. Pölten die andere Hälfte gekauft und sodann den Neubau des Jeutendorfer Schlosses begonnen habe[157], ist insofern glaubhaft, als sich Jeutendorf tatsächlich im Besitz seiner Nachkommen befand[158]. Regine Elisabeth müßte Eberhards erste Frau gewesen und vor dem Jahre 1535, in dem er schon mit Elsbeth verwitweten Schrott vermählt war, gestorben sein. In die Zeit zwischen 1537 und 1542[159] — nicht ins Jahr 1535, wie Wißgrill angibt[160] — fiel Eberhards Tod. 1542 scheinen im Gültbuch Österreichs unter der Enns Witwe und Erben nach Eberhard Kaufmann zu Melk als Angehörige des Ritterstandes mit Zinseinkünften von 24 t 4 s 28 d jährlich auf[161], wenig später die Erben allein, ohne Eberhards Witwe[162].

Als Kinder Eberhards IV. sind Wolf Georg, Johann Eustach, Anna und Regina überliefert[163]; urkundlich faßbar ist jedoch nur (Johann) Eustach, der im Sommersemester 1553 als „Eustachius Kauffman Mellicensis“ (= aus Melk) in der Wiener Universitätsmatrikel aufscheint[164]. Am 6. Oktober 1556 ließ er sich, wie erwähnt, von Kaspar Kaufmann in Sterzing bei einer Widmung für das dortige Spital vertreten[165]; offenbar repräsentierte er damals den in Österreich lebenden Zweig der Familie, die Nachkommenschaft des Dr. Hans (II.) Kaufmann, der nach 1545 von ihren Besitzungen nur mehr Rassing und Hain verblieben waren[166], dürfte vor 1556 ausgestorben und von Eustach Kaufmann beerbt worden sein. Rassing wurde noch vor 1559 an Hans Laßberger verkauft[167], Hain dagegen vereinigte Eustach mit seiner Herrschaft Jeutendorf[168]. 1559 ist im Gültbuch des Viertels ober dem Wienerwald „weillendt Eberhard Khauffmanns zu Melckh gelassen Sohn Eustach Khaufmann“ als Mitglied des Ritterstandes mit jährlichen Zinseinkünften von 11 t 3 s 8 d ausgewiesen[169]. Er bekannte sich mit der Mehrheit des damaligen österreichischen Adels zur evangelischen Lehre. Seine Gemahlin Barbara, Tochter des Christoph Enenkel von Albrechtsberg und der Katharina von Haiden, starb am 25. September 1562, Eustach selbst 1569, beide wurden in der Pfarrkirche von Kapelln bei St. Pölten bestattet[170].

Bevor wir die Schicksale der Nachkommen Eustachs schildern, wollen wir die Einordnung der Kaufmann zu Melk und Jeutendorf in die Genealogie der Familie versuchen. Hans III. ist nach seinen Lebensdaten (1494—1509, gest. vor 1531)[171] derselben Generation wie die Kinder des 1496 verstorbenen Eberhard II. (Hans II., urk. 1472—1537[172]; Christoph, urk. 1486—1505[173]; Wolfgang, urk. 1501—1520, gest. vor 1523[174]; Margret, urk. vor 1497, gest. nach 1511[175]; Dorothe, urk. 1509[176]; Eberhard III., urk. 1501—1509, gest. vor 1511[177]) zuzuweisen; er war wohl ein Sohn Hans' I. (urk. 1465—1486), von dem wir sonst nur zwei Töchter kennen[178]. Balthasar I. (urk. 1539—1543 beziehungsweise 1550, gest. vor 1585)[179] ist auf Grund des Erbganges in Melk als Sohn Hans' III. anzusprechen[180]. Dagegen halten wir Eberhard IV. (urk. 1526 bis 1537, gest. vor 1542[181]) und Kaspar (urk. 1513—1557[182]), die 1531 gemeinsam ein Haus in Sterzing besaßen[183], also wohl Brüder waren, nicht für Söhne Hans' III., sondern für Söhne des vor 1511 verstorbenen Eberhard III., über dessen Nachkommen sonst nichts bekannt ist[184]. Wolfgang II. schließlich, der nur 1516 genannt ist, wäre als Sohn Hans' I. und Bruder Hans' III. denkbar[185].

Wir kehren nun wieder zum Bericht über die Kaufmann zu Jeutendorf zurück und knüpfen beim Tode Eustachs (1569) an[186]. 1571 sind im Gültbuch des Viertels ober dem Wienerwald „weiland Eustach Kaufmanns zu Jeutendorf gelassen Erben“ mit jährlichen Zinseinkünften von 11 t 3 s 8 d verzeichnet[187]. Mit diesen Erben sind offenbar Eustachs Kinder Hans Christoph, Ernreich und Katharina gemeint[188]. Hans Christoph finden wir am 26. Juli 1581 als „Johannes Christoph Khaufman a Jeitndorf“ in der Matrikel der Universität Padua, von August 1581 bis Ende 1582 war er dort Prokurator der deutschen Nation[189], am 16. Mai 1585 wurde er in die Universitätsmatrikel von Bologna eingetragen[190]. Seine Heirat mit Euphrosyne, Tochter des Sigmund Hager zu Allentsteig und der Anna geb. Gienger fand wohl erst nach Beendigung seiner Universitätsstudien statt, nicht schon, wie Wißgrill angibt, am 11. Februar 1579[191]; nahe Allentsteig, in Echsenbach und in Reinsbach, besaßen die Erben nach Eustach Kaufmann von Jeutendorf schon um 1584 zehn bzw. sechs Holden[192]. Um 1590 verpfändete das Stift Seitenstetten dem Hans Christoph Kaufmann acht Holden zu Pottenbrunn[193]. Am 1. April 1593 ließen die Brüder Ernreich und Hans (Christoph) Kaufmann ins Gültbuch einen zusätzlichen Jahreszins von 3 t 1 s 19 d eintragen, den sie von Frau Martha Vellndorferin gekauft hatten[194], am 8. November 1593, nach Aufsandung durch Ernreich, wurde diese Gült Hans Christoph allein zugeschrieben, dazu eine Gült von 16 t 5 s 7 d, die er vom Melker Bürger Philipp Landauer geerbt hatte[195]. 1598 vermählte sich Hans Christoph in zweiter Ehe mit Judith von Oedt[196]. Am 24. September 1599 zählte er zu den Verlassenschaftskommissären nach Sebastian von Laßberg zu Ochsenburg[197]. In der landständischen Organisation Österreichs unter der Enns fungierte er 1596 und 1601 als Raitherr, 1605 als Raitmarschall[198]. 1605 kaufte er das Gut Einöd bei St. Andrä an der Traisen[199]. Am 3. Oktober 1608 unterzeichnete er gemeinsam mit vielen anderen evangelischen Adeligen den bekannten Horner Bündnisvertrag[200], 1610 soll er gestorben sein. Von seinen Kindern aus erster Ehe gingen ihm Wolf Erasmus und Hans Georg im Tode voraus, Wolf Christoph setzte den Stamm fort, Maria Elisabeth war mit Franz Sigmund von Höritsch vermählt, von Eva Susanne wird nichts weiter berichtet. Die Tochter aus Hans Christophs zweiter Ehe, Anna Polyxena, heiratete zuerst Georg Reichard von Lamberg, dann Ernreich von Lagelberg[201].

Wolf Christoph Kaufmann heiratete am 23. Jänner 1614 Veronika, Tochter des Leonhard von Laßberg zu Ochsenburg und der Dorothea geb. Reicker[202]. 1615 veräußerte er das Gut Einöd an Georg Wilhelm von Jörger[203]. Am 1. Februar 1618 wurde Wolf Christoph Kaufmann zu Jeutendorf im Gültbuch des Viertels ober dem Wienerwald mit Zinseinkünften von 31 t 1 s 4 d jährlich eingetragen[204]. Am 31. Mai 1625 starb seine Frau. 1629 nahm er als Mitglied des Ritterstandes an der Erbhuldigung der Stände Österreichs unter der Enns für den Thronfolger Ferdinand teil. Sein Tod fiel auf den 19. April 1639, man bestattete ihn neben seiner Frau in Würmla[205].

Sein Sohn Wolf Dietrich Kaufmann, der ihn als einziges von vier Kindern überlebte, vermählte sich am 10. Februar 1641 mit Maria Magdalena Katharina, Tochter des Hektor Kornfail zu Weinfelden und Würmla und der Regine von Laßberg, sie starb aber schon im Juni 1647. Im selben Jahr finden wir Wolf Dietrich unter den evangelischen Mitgliedern des Herren- und Ritterstandes Österreichs unter der Enns, die eine an den Friedenskongreß in Münster gerichtete Supplik um Garantie freier Religionsausübung unterzeichneten, noch 1657 lebte er als „tolerierter“ evangelischer Adeliger im Lande. Zwei Söhne gingen ihm im Tode voran, 1665 starb er als letzter seines Stammes[206]. Seine Herrschaft Jeutendorf wurde schuldenhalber gerichtlich versteigert, Johann Paul Jakob Gienger erwarb sie 1669 von den Gläubigern[207]. Von den zwei Töchtern Wolf

Dietrichs heiratete Eva Sophia in erster Ehe Maximilian (oder Nikolaus) Gienger von Grünbühel, am 20. Juni 1668 in zweiter Ehe Johann Ferdinand von Velderndorf zu Neuenstein. Die andere Tochter, Katharina Regina, war Gattin des Freiherrn von Gobo, Oberstleutnants des Baden'schen Regiments, sie starb 1709 als Witwe zu Heinrichs[208].

Adel und Wappen der Kaufmann

Ursprünglich waren die Kaufmann eine bürgerliche Familie; ihr Stammwappen, angeblich auf einem 1428 verwendeten Siegel Eberhards I. überliefert, zeigte im roten Feld einen abgewinkelten, silbern bekleideten Arm, der einen

Abb. 1 Das Wappen der Familie Kaufmann im Friedesheimschen Wappenbuch von 1599. Foto: Niederösterreichisches Landesarchiv — Ständisches Archiv, Wien.

braungestielten eisenfarbenen Hammer emporhält[209], offenbar eine Anspielung auf den Bergbau, dem das Geschlecht seinen Wohlstand verdankte.

Nach Wißgrill soll Kaiser Friedrich III. im Jahre 1469 dem Eberhard (II.) Kaufmann „sein adeliges Wappen gebessert und bestättiget haben"[210]. Nach Mayrhofen dagegen erhielt erst Dr. Hans (II.) Kaufmann im Jahre 1500 von Maximilian I. „ein stattliches Adelsdiplom und Wappensvermehrung" für sich und seine Brüder[211]. Wir können feststellen, daß Hans III. 1494 im Grundbuch von Melk mit dem Prädikat „Herr" aufscheint und daß Eberhard IV. ebendort 1535 als „der edle" bezeichnet wird[212]. Daß Dr. Hans (II.) Kaufmann 1509 „edel und fest" genannt wird und seine Söhne in der Wiener Universitätsmatrikel 1514 als „nobiles" apostrophiert werden, haben wir schon an anderer Stelle erwähnt[213]. Das verbesserte Wappen wurde nachweislich schon von Christoph Kaufmann in Sterzing (gest. 1505)[214] und von seinem Bruder Hans II. in Wien (gest. 1537) geführt[215], als Wappen der Kaufmann zu Jeutendorf ist es im Friedeshaimschen Wappenbuch von 1599[216] (Abbildung) und im Aichenschen Wappenbuch von 1709[217] überliefert. Es zeigt im gevierten Schild in Feld 1 und 4 das Stammwappen. Feld 2 und 3 sind geteilt, oben ist in rot ein goldener Ring mit einem Smaragd zu sehen, unten sind in gold zwei Reihen roter Spitzen übereinander angeordnet. Von den zwei Helmen des Wappens trägt der rechte einen roten Flügel mit dem Stammwappen, der linke einen aufsteigenden rot-goldenen Löwen, der den Ring mit dem Smaragd emporhält. Die Helmdecken sind rechts rot-silbern, links rot-golden[218].

Anmerkungen

1 Siehe u. a.: Albert Starzer, Beiträge zur Geschichte der niederösterreichischen Statthalterei, Wien 1897, 413; Hans Ankwicz-Kleehoven, Der Gobelin des Dr. Fuchsmagen in Heiligenkreuz, in: Alt-Wiener Kalender 1924, 64—80.

2 Siehe u. a.: Nikolaus Grass, Der Wiener Dom, die Herrschaft zu Österreich und das Land Tirol, Innsbruck 1968, 79—96.

3 Siehe u. a.: Theodor Wiedemann, Geschichte der Reformation und Gegenreformation im Lande unter der Enns, I, Prag 1879, 78; Starzer (Anm. 1), 416; Gertrud Gerhartl, Wiener Neustadt — Geschichte, Kunst, Kultur, Wirtschaft, Wien 1978, 213 f.; Ausstellungskatalog „Die Zeit der frühen Habsburger — Dome und Klöster 1279—1379". Wiener Neustadt 1979, Kat. Nr. 32 (Grabstein des Marx Treitz-Sauerwein).

4 Zu den unterschiedlichen Wappen vgl. Anm. 8 und 10 sowie 175 und 177.

5 Quellen zur Geschichte der Stadt Wien (im folgenden abgekürzt: Quellen), I/1, 944; I/4, 3702; II/1, 1810, 1760, 1845, 1862, 1901; II/2, 1980; III/2, 2679; Wiener Stadt- und Landesarchiv, Testamentenbücher (im folgenden abgekürzt: TB) 1, fol. 15, 122v, 2, fol. 5; Österreichische Nationalbibliothek, Codex Vindobonensis Palatinus (im folgenden abgekürzt: Cvp.), 8019, fol. 1, 2v, 4; Wiener Stadt- und Landesarchiv, Grundbuch (im folgenden abgekürzt: Gb.) 1/32, fol. 2, 77, 158v.

6 TB 2, fol. 231v—233.

7 TB 2, fol. 231v—233; Quellen I/4, 4443, 4466; Gb. 1/32, fol. 303v; Cvp. suppl. 3344, fol. 118b.

8 Karl Uhlirz, Die Rechnungen des Kirchmeisteramtes von St. Stephan, II, Wien 1902, 307, Fig. 10. In Quellen II/1, S. 460, Beschreibung als „halbmondförmig mit der Spitze nach oben gebogener Pfeil".

9 Alfred Weitnauer, Alte Allgäuer Geschlechter (Allgäuer Heimatbücher, 35), Kempten 1942, 29, 42, 46, 52, 57, 58, 63, 64, 66, 67; Hermann Göhler, Das Wiener Kollegiat-, nachmals Domkapitel zum hl. Stephan in seiner persönlichen Zusammensetzung in den ersten zwei Jahrhunderten seines Bestandes 1365—1554, phil. Diss., Wien 1932, 461 ff., Nr. 289. — Bei Franz Wißgrill, Schauplatz des landsässigen nieder-österreichischen Adels, V, Wien 1824, 27, wird Ulrich Kaufmann irrtümlich der Sterzinger Familie Kaufmann (vgl. Anm. 11 ff.) zugeordnet.

Fortsetzung der Anmerkungen auf Seite 106.

STAMMTAFEL DE

E
in S

Oswald
in Sterzing 1444, 1450
oo
Barbara Walch

Hans I.
in Schwaz 1465—1486
oo
Anna Grueber

E
in Ster

1. M
2. D

Wolfgang II.
in Waidhofen
a. d. Ybbs 1516

Hans III.
in Melk
1494—1509, † v. 1531
oo
1. Margret, † v. 1509
2. Margret, 1509—1531

Balhasar I.
in Melk u. Sterzing
1539—1550, † v. 1585
oo
1. Anna Kleinhaus
2. Barbara Flamm

Balthasar II. in Sterzing
1601

Barbara
oo
Peter Flamm
in Sterzing

Anna
oo
Hans Heyrling
aus Matrei

Christoph I.
in Sterzing
1486—1505
oo
1. Regine Erlacher
2. Agnes Grueber

Margret
1523

Katrei
1523

G

Wolf
Erasmus
† v. 1610

.IE KAUFMANN

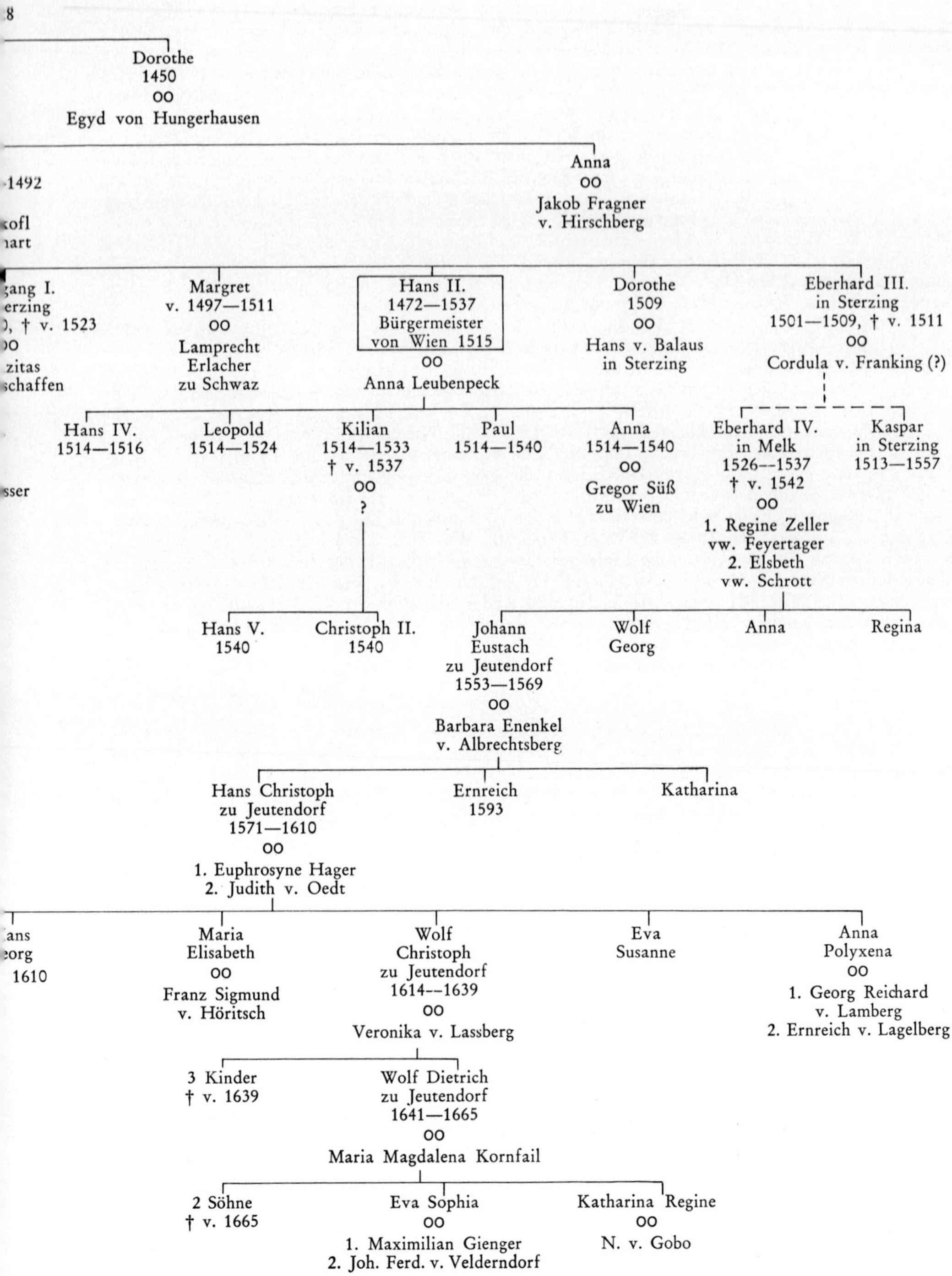

.8
Dorothe
1450
oo
Egyd von Hungerhausen
Anna
oo
Jakob Fragner
v. Hirschberg
-1492
.cofl
.art
.gang I.
.erzing
.), † v. 1523
.oo
.zitas
.schaffen
Margret
v. 1497—1511
oo
Lamprecht
Erlacher
zu Schwaz
Hans II.
1472—1537
Bürgermeister
von Wien 1515
oo
Anna Leubenpeck
Dorothe
1509
oo
Hans v. Balaus
in Sterzing
Eberhard III.
in Sterzing
1501—1509, † v. 1511
oo
Cordula v. Franking (?)
Hans IV.
1514—1516
Leopold
1514—1524
Kilian
1514—1533
† v. 1537
oo
?
Paul
1514—1540
Anna
1514—1540
oo
Gregor Süß
zu Wien
Eberhard IV.
in Melk
1526--1537
† v. 1542
oo
1. Regine Zeller
vw. Feyertager
2. Elsbeth
vw. Schrott
Kaspar
in Sterzing
1513—1557
.sser
Hans V.
1540
Christoph II.
1540
Johann
Eustach
zu Jeutendorf
1553—1569
oo
Barbara Enenkel
v. Albrechtsberg
Wolf
Georg
Anna
Regina
Hans Christoph
zu Jeutendorf
1571—1610
oo
1. Euphrosyne Hager
2. Judith v. Oedt
Ernreich
1593
Katharina
.ans
.eorg
1610
Maria
Elisabeth
oo
Franz Sigmund
v. Höritsch
Wolf
Christoph
zu Jeutendorf
1614--1639
oo
Veronika v. Lassberg
Eva
Susanne
Anna
Polyxena
oo
1. Georg Reichard
v. Lamberg
2. Ernreich v. Lagelberg
3 Kinder
† v. 1639
Wolf Dietrich
zu Jeutendorf
1641—1665
oo
Maria Magdalena Kornfail
2 Söhne
† v. 1665
Eva Sophia
oo
1. Maximilian Gienger
2. Joh. Ferd. v. Velderndorf
Katharina Regine
oo
N. v. Gobo

[10] Laut freundlicher brieflicher Mitteilung des Stadtarchivars von Kempten, Herrn Doktor Wolfgang Haberl, vom 24. Juli 1979 ist das Wappen der Kemptener Kaufmann weder im Kemptener Wappenbuch noch im Urkundenbestand des Kemptener Stadtarchivs überliefert. Eine von Herrn Dr. Haberl angeregte Anfrage beim Bayerischen Hauptstaatsarchiv, München, ergab jedoch, daß das Wappenschild mit dem Frosch auf einem Siegel des Kemptener Bürgers Heinrich Kaufmann an einer heute in München verwahrten Urkunde vom 9. Juli 1473 (Bestand RU Kempten 655) erhalten geblieben ist (dankenswerte Mitteilung des Herrn Archivoberrates Leidel vom 14. September 1979). Herrn Dr. Haberl habe ich auch für die seinerzeitige Überlassung eines Exemplares von Weitnauers Werk (Anm. 9) zu danken.

[11] Sterzing (italien. Vipiteno) liegt in der autonomen Provinz Bozen (Region Trentino-Südtirol; italien. Bolzano-Alto Adige). Angaben über die Kaufmann in Sterzing finden sich unter anderem in folgender Literatur: Conrad Fischnaler, Sterzing am Ausgang des Mittelalters, Schlern-Schriften 9, Innsbruck 1925, 133; Karl Schadelbauer, Sterzing im 15. Jahrhundert, Schlern-Schriften 220, Innsbruck 1962, 17, 25 f.; Franz Huter, Vom Werden und Wesen Sterzings im Mittelalter, Schlern-Schriften 232, Innsbruck 1965, 60, 70 f., 72, 91; Georg Mutschlechner, Das Berggericht Sterzing, ebenda, 114; Erich Egg, Der Kunstraum von Sterzing, ebenda, 206, 217; Hans Kramer, Sterzing vom Beginn des 16. bis zum Ende des 18. Jahrhunderts, ebenda, 405. — Weitere Literaturangaben unter Anm. 12, 14, 19.

[12] Mit der Genealogie der Kaufmann haben sich bisher der Wiener Franz Wißgrill (1737 bis 1803, vgl. Österreichischer Wappenalmanach 1970, hgg. von der Heraldisch-Genealogischen Gesellschaft Adler, Wien, 14 f.) und der Tiroler Stephan von Mayrhofen (1751—1848) befaßt; Wißgrill in dem erst 1824, posthum, erschienenen Band V seines Werkes „Schauplatz des landsässigen nieder-österreichischen Adels“ (vgl. Anm. 9), 26—30, Mayrhofen in seinen ungedruckten „Genealogien des tirolischen Adels“, Bd. IV, 373 f., Nr. 95 (Original im Tiroler Landesmuseum Ferdinandeum, Innsbruck, Inv. Nr. 13374, Fotokopie im Tiroler Landesarchiv, Innsbruck, wo mir Herr Univ.-Prof. Dr. Fritz Steinegger bestmögliche Unterstützung gewährte). Auf Wißgrills Angaben fußen im wesentlichen die Daten über die Kaufmann im „Neuen Siebmacher“ (Neubearbeitung von Johann Siebmachers Wappenbuch), Bd. 50 (Der Adel Niederösterreichs, I), Nürnberg 1918, 219 f. u. Tafel 105. Für den Tiroler Bereich ist Mayrhofen vorzuziehen, für die österreichische Linie der Kaufmann Wißgrill, der sich auf ein Stammbuch der Familien Velderndorf und Höritsch (im 17. Jahrhundert mit den Kaufmann verschwägert, vgl. Anm. 160, 167, 174) beruft. Fehlerfrei sind weder Mayrhofen noch Wißgrill; ich verwerte sie nur, soweit keine verläßlichere Quelle zur Verfügung steht. Meine Angaben über die Anfänge der Familie beruhen auf Mayrhofen.

[13] Freundliche briefliche Mitteilung des Direktors des Tiroler Landesmuseums Ferdinandeum, Herrn Dr. Erich Egg, vom 6. Juli 1979. — Schwaz ist heute Bezirkshauptstadt im Bundesland Tirol.

[14] Sighard Graf Enzenberg, Schloß Tratzberg, Schlern-Schriften 183, Innsbruck 1958, 18.

[15] Erich Egg, Schwaz ist aller Bergwerke Mutter, in: Beiträge zur Geschichte Tirols (Festgabe des Landes Tirol zum 11. österreichischen Historikertag), Innsbruck 1971, 263 f., 273.

[16] Mayrhofen (Anm. 12), 373. Zu den Heyrling s. Rudolf Granichstaedten-Czerva, Meran — Burggrafen und Burgherren, Wien 1949, 124. Bei Egg, Schwaz (Anm. 15), 264, wird Hans Kaufmann als Schwiegersohn des Lamprecht Erlacher bezeichnet; vgl. dagegen Anm. 24.

[17] Schadelbauer (Anm. 11), 17; Huter (Anm. 11), 94.

[18] Schadelbauer (Anm. 11), 25; Huter (Anm. 11), 91; Mutschlechner (Anm. 11), 99, 114, 128.

[19] Conrad Fischnaler, Urkunden und Regesten aus dem Stadtarchiv in Sterzing, Innsbruck 1902, Nr. 360. — Die Urkunden des Sterzinger Stadtarchivs befinden sich heute im Landesarchiv Bozen (vgl. Anm. 28, 34, 132).

[20] Tiroler Landesarchiv, Innsbruck, Bekennenbuch 1490, M 11, 9—11; zitiert nach den im Historischen Institut der Universität Graz unter Leitung von Herrn Univ.-Prof. Dr. Hermann Wiesflecker gesammelten Regesten zur Geschichte Kaiser Maximilians I. Für die Erlaubnis zur Benützung dieses Regestenwerkes danke ich Herrn Univ.-Prof. Dr. Wiesflecker herzlichst.

[21] Mayrhofen (Anm. 12), 373.

[22] Mayrhofen (Anm. 12), 373. — Wißgrill (Anm. 9, 12), 27, nennt dagegen als Gattin Eberhards II. (bei ihm Eberhard I.) Cordula von Franking.

[23] Mutschlechner (Anm. 11), 114; Huter (Anm. 11), 91.

[24] Enzenberg (Anm. 14), 21, 23; Egg, Schwaz (Anm. 15), 264 (hier Hans statt Christoph Kaufmann als Schwiegersohn Erlachers, vgl. Anm. 16). In einem im Pfarrarchiv von Stans bei Schwaz verwahrten Kundschaftsbrief von 1499 werden als Kinder Lamprecht Erlachers Regina, Gattin des Christoph Kaufmann, Margarethe, Gattin des Sebastian Andorfer, Katharina, Gattin

des Hans von Maltitz, Matthäus und Onoffrius genannt (dankenswerte briefliche Mitteilung des Herrn Museumsdirektors Dr. Erich Egg vom 6. Juli 1979, vgl. Anm. 13).

[25] Fischnaler, Urkunden (Anm. 19), Nr. 481. — Mayrhofen (Anm. 12), 373, nennt als Gattin Christophs Regine, Tochter des Jakob Söll aus Bruneck und der Agnes v. Hofstraß; Wißgrill (Anm. 9, 12), 28, führt eine Regina Söllin dagegen als Frau des Wolfgang Kaufmann an.

[26] Mayrhofen (Anm. 12), 374; Huter (Anm. 11), 60; Mutschlechner (Anm. 11), 114; Egg, Kunstraum (Anm. 11), 201, 206, 217; Conrad Fischnaler, Elisabeth Langer-Kofler und Eduard Baron Sternbach, Führer durch Sterzing und Umgebung, Sterzing 1959, 62 (dort irrig „Taufman" statt Kaufmann); Josef Weingartner, Die Kunstdenkmäler Südtirols, I, Innsbruck - Wien - München 1965, 369 (dort irrig „Täufman" statt Kaufmann; die richtige Lesung konnte ich bei einem Besuch Sterzings am 5. August 1979 feststellen).

[27] Mayrhofen (Anm. 12), 374 (nach einer Inschrift auf dem damals noch erhaltenen Grabmal Christophs auf dem Friedhof der Sterzinger Pfarrkirche).

[28] Fischnaler, Urkunden (Anm. 19), Nr. 511. Ergänzende Angaben aus dem Originaltext dieser Urkunde verdanke ich dem Direktor des Landesarchivs in Bozen, Herrn Landesarchivdirektor Dr. Josef Nössing (Schreiben vom 15. September 1980). Danach wurde die Urkunde, die heute im Landesarchiv in Bozen verwahrt wird, von den Brüdern Eberhard (III.) und Wolfgang Kaufmann in ihrem Namen und in Vertretung ihres Bruders — des „hochgelerdtenn, edlen, vesten und ersamen herrn Joahnnsen Kaufman doctor zu Rässing" —, ihres Schwagers Hans von Balaus, des Gatten ihrer Schwester Dorothe, und ihrer Schwester Margreth, Witwe nach Lamprecht Erlacher zu Schwaz, ausgestellt und von Eberhard Kaufmann und Hans Jöchl besiegelt.

[29] Mutschlechner (Anm. 11), 114.

[30] Vgl. Anm. 28.

[31] Kramer (Anm. 11), 405.

[32] Mayrhofen (Anm. 12), 373. — Nach Wißgrill (Anm. 9, 12), 27 f., war Wolfgang Kaufmann 1516 bischöflich-freisingischer Pfleger zu Waidhofen an der Ybbs (Niederösterreich), doch dürfte es sich hier um ein anderes Familienmitglied handeln (vgl. Anm. 145, 185).

[33] Mayrhofen (Anm. 12), 373. — Nach Wißgrill (Anm. 9, 12), 28, war er mit Regina Söllin vermählt (vgl. Anm. 25).

[34] Fischnaler, Urkunden (Anm. 19), Nr. 584; die im Regest nicht angeführten Namen der Kinder hat mir Herr Landesarchivdirektor Dr. Nössing, Bozen (vgl. Anm. 28) mit Schreiben vom 7. November 1980 freundlicherweise mitgeteilt. Mayrhofen (Anm. 12), 373, kennt nur Crescentia, nachmals Gattin des Gaudenz Peysser an der Oberau, der er einen Bruder Balthasar zuschreibt (vgl dagegen Anm. 45, 140—143, 179, 180). Wißgrill (Anm. 9, 12), 28, führt als Söhne Wolfgangs Kilian und Eberhard an (vgl. dagegen Anm. 116—123 und 151—162).

[35] Mayrhofen (Anm. 12), 373; Fischnaler, Urkunden (Anm. 19), Nr. 511 (vgl. Anm. 28) und Nr. 517. — Vgl. Anm. 24.

[36] Fischnaler, Urkunden (Anm. 19), Nr. 511 (vgl. Anm. 28); Mayrhofen (Anm. 12), 373.

[37] Mutschlechner (Anm. 11), 114 (hier mit Eberhard II. gleichgesetzt).

[38] Fischnaler, Urkunden (Anm. 19), Nr. 489, 494, 505, 511.

[39] Mayrhofen (Anm. 12), 373.

[40] Diese nennt Wißgrill (Anm. 9, 12), 27, als Frau Eberhards II. (bei ihm I.); vgl. hiezu Anm. 22.

[41] Vgl. Anm. 181—184.

[42] Vgl. Anm. 214, 215, 216, 217.

[43] Vgl. z. B. Anm. 165—168.

[44] Vgl. Anm. 137—139. Auch Wolfgang II. (1516, vgl. Anm. 145) gehört in diesen Kreis.

[45] Vgl. Anm. 140—143.

[46] Vgl. Anm. 144.

[47] Vgl. Anm. 146—150.

[48] Vgl. Anm. 151—160.

[49] Vgl. Anm. 161—208.

[50] Mayrhofen (Anm. 12), 373 f.; vgl. Anm. 22. Über ihn handelt auch Wißgrill (Anm. 9, 12), 27.

[51] Die Matrikel der Universität Wien (Publikationen des Instituts für österreichische Geschichtsforschung, VI/1), Bd. II/1, Graz - Köln 1959, 135 (Natio Australium Nr. 15).

[52] Gustav C. Knod, Deutsche Studenten in Bologna (1289—1562), Berlin 1899 (Neudruck Aalen 1970), 228, 240.

[53] Haus-, Hof- und Staatsarchiv, Wien (im folgenden abgekürzt: HHStA), Fridericiana 7/1488, fol. 48—53 (zitiert nach der Regestensammlung des Herrn Univ.-Prof. Dr. Hermann

Wiesflecker, Graz, vgl. Anm. 20). Siehe auch Eduard F. Lichnowsky, Geschichte des Hauses Habsburg, VIII, Wien 1844, 742—744, Anhang V. — Die hier erwähnten politischen Ereignisse werden bei Hermann Wiesflecker, Kaiser Maximilian I., Bd. I, Wien 1971, 167—228, besonders 207—222, ausführlich behandelt.

[54] Lichnowsky (Anm. 53), 741, Anhang IV.

[55] Vgl. Ankwicz-Kleehoven, Der Gobelin (Anm. 1), 67.

[56] Götz Frh. v. Pölnitz, Die Matrikel der Ludwig-Maximlians-Universität Ingolstadt-Landshut-München, München 1937, 208, 214. Auf dieses und das unter Anm. 57 erwähnte Werk hat mich der Direktor des Archivs der Universität Wien, Herr Univ.-Prof. Dr. Franz Gall, aufmerksam gemacht, wofür ich ihm herzlich danke.

[57] Gustav Bauch, Die Anfänge des Humanismus in Ingolstadt (Historische Bibliothek, Bd. 13), München-Leipzig 1901, 32 f., 50, 52, 57.

[58] Wiener Stadt- und Landesarchiv, Oberkammeramtsrechnung (im folgenden abgekürzt: OKAR) 1/55, fol. 25.

[59] Zu deren Sterbejahren Cvp. series nova 12781, 1. Vgl. Anm. 112, 115.

[60] Vgl. Anm. 62, 63, 70, 71.

[61] Vgl. Anm. 118.

[62] Gb. 1/7, fol. 366, 28v, 31v. — Das Haus führte seit 1822 die CNr. 824 (heute Wien 1, Schulerstraße 18—20 / Kumpfgasse 1).

[63] Vgl. Gb. 1/7, fol. 299v; Gb. 1/8, fol. 43v, 44 (Anm. 70, 71).

[64] Wolfgang Leubenpeck ist schon 1470 in Wien faßbar; damals wird seine verstorbene Muhme Katrei, Witwe nach Hans Nötl, Kürschner, und nach dem Korneuburger Bürger Marx Kürschner, erwähnt (Quellen II/3, 4342). 1475 zählt er zu den Genannten im Stubenviertel (Genanntenliste 1475 im Wiener Stadt- und Landesarchiv). 1476 handelt er mit Malvasierwein (OKAR 1/39, fol. 10). Er erbt 1478 ein Haus in der Strauchgasse, das seine Frau Anna und deren erster Mann 1463 gekauft hatten (Gb. 1/7, fol. 294; Gb. 1/8, fol. 69v; CNr. 246 = Teil von Wien 1, Strauchgasse 3, Wallnerstraße 9, Regierungsgasse 1, Herrengasse 10, 12), und versetzt es im selben Jahr um 200 fl an Peter Haintzl, Kaufmann zu Memmingen (Gb. 1/35, fol. 30v). Ebenfalls 1478 erbt er von seiner Frau die Hälfte des Hauses in der Schulstraße (Gb. 1/7, fol. 70, vgl. Anm. 62) sowie die Hälfte eines Hauses am Haarmarkt, dessen andere Hälfte er 1484 kauft (s. Anm. 71, 72). 1480 zahlt er die Schuld an Peter Hainzl zurück (Quellen II/3, 4827), 1483 muß er das Haus in der Strauchgasse um 300 t dem Kürschner Stefan Salzer überlassen (Gb. 1/8, fol. 144v), 1485 gehört er dem Wiener Rat an (Cvp. 8019, fol. 39). Er stirbt am 8. Juli 1488 und wird zu St. Stephan bestattet (Cvp. series nova 12781, 1). Einem Beleg vom 4. Jänner 1492 entnehmen wir, daß seine noch lebende Witwe Anna in ihrer ersten Ehe mit dem Korneuburger Bürger Stefan Weiß vermählt gewesen war; die Tochter aus dieser Ehe, Margret, heiratete nun den Wiener Bürger Heinrich Heß (Gb. 1/35, fol. 100).

[65] Ergibt sich aus Gb. 1/10, fol. 222. Zum Prozeß der Anna, Witwe nach Wolfgang Leubenpeck, mit Sigmund Siebenbürger im Jahre 1502 siehe Quellen II/4, 5736 (vgl. Anm. 67).

[66] Gb. 1/7, fol. 32; Quellen II/3, 4684. — Hans Ingelsteter ist 1466 als Brückenmeister zu Wien nachweisbar (Quellen II/3, 4115 bis), 1470 und 1471 gehört er dem Rat an (Cvp. 8019, fol. 33, 33v; Quellen III/3, 4334, 4373), 1475 wird er als Genannter des Stubenviertels erwähnt (Liste im Wiener Stadt- und Landesarchiv). Die Zeit des Todes seiner Frau Agnes (nach 1473, Gb. 1/8, fol. 43v) und seiner Heirat mit Corona (vor 1478) ist unbekannt. Sein Testament datiert vom 14. August 1478 (Quellen II/3, 4684).

[67] Gb. 1/8, fol. 326v—327. Über Sigmund Siebenbürger wird in einem anderen Aufsatz in diesem Band ausführlich gehandelt (siehe S. 26 f.). Der Beleg von 1502: Quellen II/4, 5736.

[68] Ergibt sich aus Gb. 1/10, fol. 221v.

[69] Gb. 29/22, fol. 425; Gb. 29/23, fol. 224. — Die „Bursa sancti Jeronimi" bestand hier schon 1466 und 1469, sie wird 1473 als „Bursa Harrer", 1490 als „Bursa Hieronimi alias Harrer" bezeichnet; s. Karl Schrauf, Zur Geschichte der Studentenhäuser an der Wiener Universität während des ersten Jahrhunderts ihres Bestehens, Wien 1895, 29 (Nr. 6), 32 (Nr. 25/1—4). Mit Harrer ist wohl Johannes Harrer aus Heilbronn gemeint, der von 1442 bis zu seinem Tode 1495 an der Wiener Universität im Lehrkörper der artistischen und der theologischen Fakultät wirkte und des öfteren da wie dort Dekan war, 1467, 1477/78 und 1485/86 als Rektor fungierte und von 1466 bis zu seinem Tod dem Kapitel von St. Stephan angehörte; s. Göhler (Anm. 9), 355 f., Nr. 220. Harrer hat vermutlich das Stipendium, aus dem die Hieronymusburse finanziert wurde, gestiftet.

[70] Gb. 1/7, fol. 375v, 107v, 31v, 260, 299v. Das Haus führte seit 1822 die CNr. 640 (heute Teil von Wien 1, Rotenturmstraße 17, Rotgasse 4). Wahrscheinlich haben die Leubenpecks und nachmals die Kaufmanns hier gewohnt, da da Haus in der Schulstraße als Studentenburse Verwendung fand (vgl. Anm. 69).

[71] Gb. 1/8, fol. 44, 69v.

[72] Gb. 1/8, fol. 152. Die Zugehörigkeit der zwei „Zuhäusel“ im Kochgässel (der heutigen Rotgasse) ergibt sich aus Gb. 1/11, fol. 93v, 101, 133 (vgl. Anm. 130).

[73] Gb. 1/9, fol. 5.

[74] Gb. 1/8, fol. 192, 716. Das Haus führte seit 1822 die CNr. 639 (heute Wien 1, Rotenturmstraße 15, Lichtensteg 2, Rotgasse 2).

[75] Gb. 1/8, fol. 154; Gb. 1/9, fol. 107. — Das Haus, in dem der Gewandkeller lag, führte seit 1822 die CNr. 552 (heute Teil von Wien 1, Tuchlauben 20, Landskrongasse 5, Wildpretmarkt 9). Der Keller wurde vermutlich an einen „Laubenherrn“ (privilegierten Tuchhändler) vermietet.

[76] Mutschlechner (Anm. 11), 114.

[77] Fischnaler, Urkunden (Anm. 19), Nr. 517. Dr. Kaufmann siegelte an diesem Tag eine Urkunde seiner Schwester Margret, Witwe nach Lamprecht Erlacher, worin sie dem Sterzinger Spital den Kaufpreis für eine von ihr veräußerte Alm quittierte. Zu Eberhards III. Tod s. Anm. 39.

[78] Mutschlechner (Anm. 11), 114. Zu den Söhnen vgl. Anm. 116—119.

[79] Mayrhofen (Anm. 12), 374. Das von König Maximilian I. ausgestellte Adelsdiplom soll mit einer Wappenbesserung verbunden gewesen sein und auch für Dr. Hans Kaufmanns Brüder gegolten haben.

[80] Vgl. Anm. 28 und 118. Für die Brüder des Dr. Kaufmann und deren Nachkommen war die Führung eines Adelsprädikats nicht zu ermitteln.

[81] Wißgrill (Anm. 9, 12), 27; Mayrhofen (Anm. 12), 373 (ohne Angabe des Jahres). — Rassing gehört heute zur Gemeinde Kapelln, Gerichtsbezirk Herzogenburg, politischer Bezirk St. Pölten, Bundesland Niederösterreich. Von Schloß Rassing — einer Wasserburg — sind heute nur mehr Reste erhalten; s. Rudolf Büttner, Burgen und Schlösser zwischen Greifenstein und St. Pölten (Niederösterreichs Burgen und Schlösser II/1), Wien 1969, 149.

[82] Vgl. z. B. Anm. 28, 94, 112, 118, 119, 121, 126, 133.

[83] OKAR 1/55, fol. 60v.

[84] Otto Brunner, Die Finanzen der Stadt Wien von den Anfängen bis ins 16. Jahrhundert (Studien aus dem Archiv der Stadt Wien, 1/2), Wien 1929, 68. Ebenda, 280—282, eine Tabelle der Verrechnungen für städtische Gesandtschaften zwischen 1498 und 1537, in der Kaufmann nur 1498 (vgl. Anm. 83) aufscheint.

[85] Wahrscheinlich anläßlich des Brandes der Juristenschule (ehem. CNr. 850 = Wien 1, Schulerstraße 14, Grünangergasse 2, Domgasse 9) im Jahre 1627; vgl. Franz Gall, Die Sankt Ivo-Kapelle in Wien, in Jb. für Landeskunde von Niederösterreich, N. F. 36 (1964), I, 492, 496.

[86] Archiv der Universität Wien, Matricula facultatis iuris 1442—1557.

[87] Zu dieser u. a. Joseph v. Aschbach, Geschichte der Wiener Universität, II (Die Wiener Universität und ihre Humanisten im Zeitalter Kaiser Maximilians I.), Wien 1877, 421—438.

[88] Vgl. Anm. 54, 55, 57. Zu Celtes s. Aschbach (Anm. 87), 189—270, zu Fuchsmagen Anm. 1.

[89] HHStA, Maximiliana 7 b/2, fol. 75; zitiert nach Wiesflecker, Maximilian-Regesten (vgl. Anm. 20).

[90] Hans Ankwicz-Kleehoven, Der Wiener Humanist Johannes Cuspinian, Graz - Köln 1959, 42, Anm. 91. Auch Fuchsmagen war in dieser Kommission.

[91] HHStA, Maximiliana 15 a/1, fol. 109, 109v, 112, 113; 15 a/2, fol. 86, 88, ferner Urkunde vom 7. Mai 1510. — Zitiert nach Wiesflecker, Maximilian-Regesten (vgl. Anm. 20). Die Zinispan waren eine Freistädter Familie; die Einzelheiten des Rechtsstreites sind mir nicht bekannt.

[92] Cvp. 8019, fol. 50.

[93] Quellen II/4, 6069, 6073, 6077, 6086.

[94] Wiener Stadt- und Landesarchiv, Bürgerspitalsurkunde Nr. 814.

[95] Vgl. Anm. 83, 84. In Cvp. 8019 fehlen allerdings die Ratslisten für 1499, 1501, 1502, 1506—1508, 1510, 1511, 1513, 1514.

[96] Vgl. Anm. 20, 53, 89—91.

[97] Zu diesem Kongreß s. Ankwicz, Cuspinian (Anm. 90), 84—88.

[98] Vgl. Anm. 84.

[99] Zu diesem Landtag und seiner Vorgeschichte siehe u. a. Hans Lahoda, Der Ständekampf in den österreichischen Erblanden nach dem Tode Maximilian I. bis zu seiner Beendigung im Blutgericht von Wiener-Neustadt, phil. Diss., Wien 1949, 94—124.

[100] Fontes rerum Austriacarum, Abtlg. 1, Bd. 1 (hgg. von Theodor G. v. Karajan), Wien 1845, 162 f. — Vgl. auch Victor v. Kraus, Zur Geschichte Österreichs unter Ferdinand I. 1519 bis 1522, Wien 1873, 24 f.

[101] Vgl. Richard Perger, Der Wiener Rat von 1519 bis 1526, in: Jb.VGStW 35 (1979), 135—168, und die dort zitierten Quellen.

[102] Vgl. die unter Anm. 99—101 zitierte Literatur.

[103] Starzer (Anm. 1), 17—21; Franz Stundner, Die Kanzlei des Regiments der n.-ö. Lande zur Zeit Ferdinand I. (1521—1564), in: Jb.Lkde. NÖ., N. F. 31 (1953/54), 98—101.

[104] Starzer (Anm. 1), 416; Alphons Lhotsky, Das Zeitalter des Hauses Österreich — Die ersten Jahre der Regierung Ferdinands I. in Österreich (1520—1527), in: Veröffentlichungen der Kommission für Geschichte Österreichs, 4, Wien 1971, 140, 142.

[105] Vgl. u. a. Starzer (Anm. 1), 23 f.

[106] Ankwicz, Cuspinian (Anm. 90), 218.

[107] Theodor Wiedemann, Geschichte der Reformation und Gegenreformation im Lande unter der Enns, I, Prag 1879, 32 f.

[108] Wiener Stadt- und Landesarchiv, Bürgerspitalsurkunden Nr. 832, 834; Quellen II/4, 6349.

[109] Wiener Stadt- und Landesarchiv, Hauptarchivsurkunde Nr. 7032.

[110] Ferdinand Stöller, Soliman vor Wien, Mitt. VGStW 9/10 (1929/30), 69.

[111] Wißgrill (Anm. 9, 12), 27.

[112] Cvp. series nova 12781, 1. — Diese Handschrift ist eine Abschrift des 1630 angelegten, heute verschollenen „Codex Trautsonianus", einer Sammlung von Wiener Inschriften; hiezu Richard Perger, Der Codex Trautsonianus — eine Wiener Inschriftensammlung aus dem 17. Jahrhundert, Jb.VGStW 27 (1971), 31—46. Die Kaufmannsche Inschrift ist dort nur verkürzt wiedergegeben; voller Wortlaut bei Wißgrill (Anm. 9, 12), 27.

[113] Joseph Ogesser, Beschreibung der Metropolitankirche zu St. Stephan in Wien, Wien 1779, 304—322.

[114] Karl Lind, Gebhard Gartenschmied's Werk über die in den Kirchen Wiens anno 1811 befindlichen Grabdenkmale, in: Berichte und Mitteilungen des Alterthums-Vereines zu Wien, XXII (1883), 88—98.

[115] Cvp. series nova 12781, 1. Vgl. Anm. 64, 120.

[116] Vgl. die folgenden Anm. 117—132. Mayrhofen (Anm. 12), 374, vermerkt: „ob Doktor Hans Kaufmann Herr zu Rässing in Österreich eine Nachkommenschaft verlassen habe, ist mir unbekannt geblieben". Wißgrill (Anm. 9, 12), 27, schreibt ihm folgende Kinder zu: Georg Christoph; Ulrich; Leopold (gest. 19. Jänner 1524, begraben zu St. Stephan); Wolfgang (gestorben 1531 als Knabe); Maria Magdalena, in erster Ehe mit Johann Fuchsberger auf Kronsegg, in zweiter mit Paul von Rächwein vermählt; Anna Katharina, Nonne im Kloster St. Laurenz zu Wien. Der erstgenannte Georg Christoph sei mit Justina Reickherin vermählt und 1543 Beisitzer des niederösterr. Landrechts gewesen, und kinderlos verstorben. Diese Angaben stimmen mit unseren Belegen größtenteils nicht überein.

[117] Mutschlechner (Anm. 11), 114.

[118] Die Matrikel (Anm. 51), 405, Natio Australium Nr. 3.

[119] Wiener Diözesanarchiv, Bruderschaftsbuch der Gottsleichnamsbruderschaft, fol. 116v.

[120] Cvp. series nova 12781, 1; vgl. auch Wißgrill (Anm. 9, 12), 27.

[121] Alois Zauner, Vöcklabruck und der Attergau, I (Forschungen zur Geschichte Oberösterreichs, 12), Wien - Köln - Graz 1971, 519.

[122] Urkunde im Archiv des Stiftes Seitenstetten; zitiert bei Hans Blank, Wo lagen „Heunen" und „Grunsing"?, in: Monatsblätter des Vereins für Landeskunde von Niederösterreich, II (1904/05), 355. Wißgrill (Anm. 9, 12), 28, der Kilian für einen Sohn Wolfgangs hält, setzt die Erwerbung von Hain ins Jahr 1537. — Hain gehört heute zur Gemeinde Obritzberg-Ried, Gerichtsbezirk Herzogenburg, politischer Bezirk St. Pölten, Bundesland Niederösterreich.

[123] Vgl. Anm. 126, 128, 132. Nach Wißgrill (Anm. 9, 12), 28, sei Kilian 1535 und 1541 Mitvormund der Kinder seines verstorbenen Bruders (?) Eberhard gewesen.

[124] Vgl. Anm. 126, 128, 132.

[125] OKAR 1/71, fol. 115v; 1/72, fol. 100v.

[126] Gb. 1/10, fol. 144, 144v. Vgl. Anm. 74.

[127] Gb. 1/10, fol. 221v, 222. Vgl. Anm. 62—69.

[128] Gb. 1/10, fol. 144; Gb. 1/36, fol. 396v—398. Vgl. Anm. 70—73.

[129] Gb. 1/10, fol. 256.

[130] Gb. 1/11, fol. 93v, 101, 133.

[131] Vgl. Anm. 75.

[132] Fischnaler, Urkunden (Anm. 19), Nr. 655; die im Regest nicht genannten Namen von Kilians Kindern hat mir Herr Landesarchivdirektor Dr. Josef Nössing, Bozen, mit Schreiben vom 7. November 1980 freundlicherweise mitgeteilt.

[133] Niederösterreichisches Landesarchiv — Ständisches Archiv (im folgenden abgekürzt: NÖLA), Gültbuch 1 (Viertel ober und unter dem Wienerwald 1542—1558), fol. 26, Post 57, und Gültbuch 1 a (alle Viertel, 1542), fol. 11v.

[134] Sie wird nach 1540 (vgl. Anm. 126, 128, 132) nicht mehr namentlich genannt, summarisch erwähnt noch 1542 und 1545 (vgl. Anm. 133, 129). Wahscheinlich starb sie vor 1556 aus, da in diesem Jahr schon Eustach Kaufmann aus der Jeutendorfer Linie im Namen der österreichischen Kaufmann agiert (vgl. Anm. 45, 165).

[135] Vgl. Anm. 167, 168.

[136] Vgl. Anm. 44, 45, 48.

[137] Archiv des Stiftes Melk (derzeit im Diözesanarchiv St. Pölten), Grundbuch Markt Melk 1474—1550, 1. Teil. fol. 23v. Herrn Archivdirektor Dr. Gerhard Winner, St. Pölten, der die Neuordnung des Melker Stiftsarchivs übernommen hat, bin ich für die Beistellung des Grundbuchs zu großem Dank verpflichtet. — Melk ist heute Bezirkshauptstadt.

[138] Grundbuch Melk (Anm. 137), 1. Teil, fol. 23v.

[139] Grundbuch Melk (Anm. 137), 2. Teil, fol. 70v.

[140] Die Matrikel (Anm. 51), Bd. III/1, Graz - Köln 1959, 62 (Austriaci Nr. 18).

[141] Grundbuch Melk (Anm. 137), 1. Teil, fol. 23v.

[142] Gundbuch Melk (Anm. 137), 2. Teil, fol. 104.

[143] Mayrhofen (Anm. 12), 373. Kramer (Anm. 11), 405, nennt dagegen als Sterzinger Bürgermeister von 1550 Heinrich Wohlgschaffen.

[144] Mayrhofen (Anm. 12), 373 f.

[145] Wißgrill (Anm. 9, 12), 27 f. Ein Beleg hiefür war nicht zu ermitteln. Waidhofen ist heute Statutarstadt im polit. Bezirk Amstetten.

[146] Mutschlechner (Anm. 11), 114.

[147] Fischnaler, Urkunden (Anm. 19), Nr. 609.

[148] Fischnaler, Urkunden (Anm. 19), Nr. 670. — Nach Fischnaler, Sterzing (Anm. 11), 133, lag dieses Haus an der Westseite der Sterzinger Neustadt, oberhalb der Jaufengasse, und hatte 1540 einen Steuerwert von 800 Gulden. 1589 gehörte es nicht mehr den Kaufmann, sondern den Söhnen Erzherzog Ferdinands II. von Tirol und der Philippine Welser, Kardinal Andreas von Österreich und Markgraf Karl von Burgau. Es ist identisch mit dem nachmaligen Doppelhaus der Freiherren von Sternbach-Wenzl (heute Sterzing Nr. 171, 172); s. auch Fischnaler, Langer-Kofler und Sternbach, Sterzing (Anm. 26), 36 f. Im Hintertrakt ist auf einer spätgotischen Holzdecke das Kaufmann'sche Wappen zu sehen; s. Enzenberg (Anm. 14), 18.

[149] Fischnaler, Urkunden (Anm. 19), Nr. 724. Zu Eustach s. Anm. 163—170.

[150] Mutschlechner (Anm. 11), 114.

[151] Vgl. Anm. 147.

[152] Grundbuch Melk (Anm. 137), 2. Teil, fol. 85. — Eustach Schrott hatte dieses Haus 1533 von Wolfgang Stainpeck, Bürger zu Wels, und seiner in Melk verheirateten Schwester Anna gekauft (ebda., fol. 77v). Vgl. auch 1. Teil, fol. 36.

[153] Grundbuch Melk (Anm. 137), 2. Teil, fol. 85, und 1. Teil, fol. 9v.

[154] Grundbuch Melk (Anm. 137), 2. Teil, fol. 86.

[155] Ebenda, fol. 87.

[156] Ebenda, fol. 89v, 90. Vgl. auch 1. Teil, fol. 95v.

[157] Wißgrill (Anm. 9, 12), 28. — Jeutendorf gehört heute zur Gemeinde Böheimkirchen, Gerichtsbezirk und politischer Bezirk St. Pölten. Eine Beschreibung und Geschichte des Schlosses bei Büttner (Anm. 81), 167 f.

[158] Vgl. Anm. 163—170, 186—207.

[159] Vgl. Anm. 156 und 161.

[160] Wißgrill (Anm. 9, 12), 28.

[161] NÖLA, Gültbuch 1 a (vgl. Anm. 133), fol. 14.

[162] NÖLA, Gültbuch 1 (vgl. Anm. 133), fol. 32, Post 82.

[163] Wißgrill (Anm. 9, 12), 28.

[164] Die Matrikel (Anm. 51), Bd. III/1, 98 (Natio Austriaca Nr. 27).

[165] Vgl. Anm. 149.

[166] Vgl. Anm. 126—135.

[167] NÖLA, Gültbuch 3 (Viertel ober dem Wienerwald 1559—1570), fol. 64: „Weillendt Hannsen Lasperger zu Ochsenburg und Rassing gelassene Erben" (Primäreintragung). Im Gültbuch 7 (1571—1634), fol. 63, Post 67, werden zunächst Michel und Sebastian Laßperger, beide zu Rassing, erwähnt, ab 1588 Sebastian allein, 1596 geht die Herrschaft an Maximilian von Mamming über. — Zu berichtigen sind demnach Wißgrill (Anm. 9, 12), 28, wonach erst Hans Christoph Kaufmann 1585 Rassing an Max v. Mamming verkauft habe, und der im 19. Jahr-

hundert angelegte „Besitzerbogen" von Rassing (NÖLA, Besitzerbogen VOWW, Einlage 85), wonach Rassing noch 1569 Hans Christoph Kaufmann, 1588 Sebastian und Michel von Laßberg gehört habe. Diesem „Besitzerbogen" zufolge gehörte Rassing übrigens von 1702 bis vor 1715 dem Marchese Hippolyto Malaspina, der uns Wienern als Besitzer des Rottenhofes (heute Palais Auersperg, Wien 8) und der dazugehörigen Gründe, auf denen die Vorstadt Josefstadt entstand, von 1690 bis 1700 vertraut ist; s. Hans Rotter, Die Josefstadt, Wien 1918, 53, 120 f.

168 Wißgrill (Anm. 9, 12), 28; vgl. auch Anm. 122.

169 NÖLA, Gültbuch 3 (Anm. 167), fol. 65v, Post 70.

170 Wißgrill (Anm. 9, 12), 28. — Gemeinde Kapelln, Gerichtsbezirk Herzogenburg. politischer Bezirk St. Pölten, Bundesland Niederösterreich. — Zur Gemeinde Kapelln gehört auch Rassing (vgl. Anm. 81).

171 Vgl. Anm. 137—139.

172 Vgl. Anm. 51—112.

173 Vgl. Anm. 23—27.

174 Vgl. Anm. 29—34.

175 Vgl. Anm. 35.

176 Vgl. Anm. 36.

177 Vgl. Anm. 37—40.

178 Vgl. Anm. 13—16.

179 Vgl. Anm. 140—143.

180 Mayrhofen (Anm. 12), 373, hält ihn für einen Sohn Wolfgangs I.; der unter Anm. 34 zitierte Beleg spricht dagegen. Wißgrill (Anm. 9, 12) kennt Balthasar nicht.

181 Vgl. Anm. 151—162.

182 Vgl. Anm. 146—150.

183 Vgl. Anm. 147, 148, 151.

184 Vgl. Anm. 37—40. Als Söhne Hans' III. und damit Brüder Balthasar I. kommen sie wohl nicht in Betracht, da sie bei dem unter Anm. 141, 142 erwähnten Erbgang in Melk nicht aufscheinen, Eberhard IV. überdies erst 1526 bzw. 1535 durch Heirat in Österreich seßhaft geworden zu sein scheint (vgl. Anm. 152, 157). — Mayrhofen (Anm. 12), 373, kennt weder Eberhard IV. noch Kaspar; Wißgrill (Anm. 9, 12), 28, kennt nur Eberhard IV. (bei ihm II.), den er als Sohn Wolfgangs ansieht, Kaspar scheint auch bei ihm nicht auf.

185 Vgl. Anm. 145. — Wißgrill (Anm. 9, 12), 27 f., identifiziert ihn mit Wolfgang I., der aber nach allem, was wir sonst über ihn wissen, ständig in Sterzing gelebt haben dürfte (vgl. Anm. 29—34).

186 Vgl. Anm. 170.

187 NÖLA, Gültbuch 7 (Anm. 167), fol. 64v, Post 70.

188 Wißgrill (Anm. 9, 12), 28, nennt nur Hans Christoph und Katharina. Zu Ernreich s. Anm. 194.

189 Arnold Luschin von Ebengreuth, Österreicher an italienischen Universitäten zur Zeit der Reception des römischen Rechts, in: Blätter des Vereins für Landeskunde von Niederösterreich, XIV (1880), 418, Nr. 311, und XVI (1882), 239.

190 Luschin (Anm. 189), XVIII (1884), 445. Der hier, 446, erwähnte Leopold Kaufmann gehört vermutlich einer anderen Familie an.

191 Wißgrill (Anm. 9, 12), 28.

192 Alois Plesser, In Vergessenheit geratene einstige Burgen und Schlösser des Waldviertels, in: Monatsblätter des Vereins für Landeskunde von Niederösterreich, I (1902/03), 139 f. — Die Gemeinden Echsenbach und Reinsbach liegen im Gerichtsbezirk Allentsteig, politischer Bezirk Zwettl, Bundesland Niederösterreich.

193 Martin Riesenhuber, Das Benediktinerstift Seitenstetten in den Jahren 1602—1648, in: Jb.Lkde. NÖ., N. F. 12 (1913), 6. — Hans Christoph wird hier ausdrücklich als evangelisch bezeichnet. Die Marktgemeinde Pottenbrunn liegt im Gerichtsbezirk und politischen Bezirk St. Pölten.

194 NÖLA, Gültbuch 7 (Anm. 167), fol. 64v, Post 70, erster Nachtrag.

195 Ebenda, zweiter Nachtrag.

196 Wißgrill (Anm. 9, 12), 28.

197 Gerhard Winner, Das Diözesanarchiv Sankt Pölten — Behörden und Institutionen, ihre Geschichte und Bestände, St. Pölten 1962, 282.

198 Wißgrill (Anm. 9, 12), 28.

199 Büttner (Anm. 81), 157; nach Wißgrill (Anm. 9, 12), 28, fand die Erwerbung schon 1598 statt. Einöd zählt zur Gemeinde und zum Gerichtsbezirk Herzogenburg, politischer Bezirk St. Pölten.

[200] Gustav Reingrabner, Adel und Reformation (Forschungen zur Landeskunde von Niederösterreich, 21), Wien 1976, 15; Wißgrill (Anm. 9, 12), 28.

[201] Wißgrill (Anm. 9, 12), 28 f.

[202] Ebenda, 29.

[203] Martin Kroissmayr, Geschichte der Herrschaft Walpersdorf, Jb.Lkde. NÖ., N. F. 3 (1904), 181. Der Verkaufspreis betrug 21.000 Gulden und 200 Dukaten.

[204] NÖLA, Gültbuch 7 (Anm. 167), fol. 64v, Post 70, letzter Nachtrag.

[205] Wißgrill (Anm. 9, 12), 29. — Gemeinde Würmla, Gerichtsbezirk und politischer Bezirk Tulln.

[206] Wißgrill (Anm. 9, 12), 29.

[207] NÖLA, Besitzerbogen VOWW (Anm. 167), Einlage 123. Danach hat Johann Paul Frh. v. Gienger, Besitzer von Jeutendorf im Jahre 1669, diese Herrschaft von den Kaufmannschen Erben und Gläubigern erworben. Nach Wißgrill (Anm. 9, 12), 29, war sie schon 1647 schuldenhalber gerichtlich feilgeboten worden.

[208] Wißgrill (Anm. 9, 12), 29 f.

[209] Zeichnung bei Mayrhofen (Anm. 12), 373; die Farben nach den unter Anm. 214, 216, 217 zitierten Quellen.

[210] Wißgrill (Anm. 9, 12), 26 f.

[211] Mayrhofen (Anm. 12), 374. Vgl. Anm. 79.

[212] Vgl. Anm. 137, 152.

[213] Vgl. Anm. 79, 80, 118.

[214] Vgl. Anm. 26. Nach Mayrhofen (Anm. 12), 374, war der „quartierte Wappenschild" (so!) auch auf Christophs Grabmal auf dem Sterzinger Friedhof (vgl. Anm. 27) zu sehen.

[215] Vgl. Anm. 112.

[216] NÖLA, Handschrift Nr. 59, 1. Teil, Abbildung 43. Für den Hinweis auf diese Quelle und die Beschaffung einer Aufnahme des Wappens bin ich Frau Oberarchivrat Dr. Silvia Petrin, Niederösterreichisches Landesarchiv, Wien, zu großem Dank verpflichtet. Das Wappenbuch wurde 1599 von Wilhelm Bernhard von Friedeshaim (1545—1605) angelegt und geht vom Stand 1566 aus. Siehe auch Ausstellungskatalog „Renaissance in Österreich", Schallaburg 1974, Katalog Nr. 208.

[217] Cvp. 8311, 8312. — Dieses zweibändige Wappenbuch, betitelt „Insignis status equetris inferioris Austriae", wurde von Johann Joachim von Aichen (1664—1729) angelegt; s. Gebhard König, Die Aichen-Schenkung in den nö. Landessammlungen als Grundstein der nö. Landesbibliothek — Katalog, in: Jb.Lkde. NÖ., N. F. 43 (1977), 170.

[218] Eine Beschreibung des Wappens auch bei Wißgrill (Anm. 9, 12), 30.

Gabriel Gutrater aus Laufen, Stadtschreiber von Wien 1506 bis 1521 und 1524 bis 1527, Bürgermeister von Wien 1522 bis 1524

Von Walter Hetzer, Wien

Vorwort

Da meine Mutter eine geborene Gutrath war, bin ich in den Besitz vieler wichtiger Dokumente über diese Familie, wie z. B. Chroniken, Urkunden sowie zweier Adelsbriefe, gelangt. Ich habe diese Unterlagen schenkungsweise dem Salzburger Landesarchiv überlassen, wo sie den Zufälligkeiten einer unruhigen Zeit entrückt sind.

Im Zuge meiner Forschungen über die Gutrath, vormals Gutrater, habe ich mich auch mit der Person des Wiener Stadtschreibers und Bürgermeisters Gabriel Gutrater befaßt. Dabei konnte ich feststellen, daß über sein Leben und seine Tätigkeit bisher nur wenig bekannt wurde; auch in den Familienchroniken sind nur lückenhafte, zum Teil unrichtige Angaben über ihn enthalten. Dies mag sich zum Teil daraus erklären, daß in Salzburg und Laufen, der Heimat der Gutrater, und in Wien, der Wirkungsstätte des Gabriel, getrennt geforscht und publiziert wurde, ohne die Ergebnisse miteinander in Einklang zu bringen. Ich habe mich bemüht, diese Lücke mit der folgenden Untersuchung zu schließen und glaube damit eine Verpflichtung gegenüber meinen mütterlichen Vorfahren, zu deren Stamm Gabriel Gutrater gehörte, zu erfüllen*.

Vor allem muß festgehalten werden, daß es im Lande Salzburg zwei voneinander unabhängige Familien mit dem Namen „Gutrat" gab, die auch verschiedene Wappen führten.

Das Ministerialengeschlecht von Gutrat

Im Gemeindegebiet der Stadt Hallein im Bundesland Salzburg erheben sich die Ruinen der einstigen Burg Gutrat. Sie wurde wahrscheinlich um 1200 im Auftrag der Erzbischöfe von Salzburg von einem Ministerialengeschlecht erbaut, das sich ursprünglich nach Schnaitsee (bei Wasserburg am Inn) nannte und seit der zweiten Hälfte des 12. Jahrhunderts das Amt der Burggrafen von Werfen (heute Hohenwerfen im politischen Bezirk St. Johann im Pongau) bekleidete. Burggraf Kuno führt erstmals 1208 den Beinamen „von Gutrat"; dies ist auch der erste Beleg für die Existenz dieser Befestigungsanlage, die wohl dem Schutz des Halleiner Salzbergbaues diente. Kuno starb um 1230; im 14 Jh. ist sein Geschlecht, dessen Wappen drei mit Wolkenschnitt belegte Balken zeigte, erloschen, die Burg Gutrat fiel an die Salzburger Erzbischöfe zurück und wurde dem Verfall preisgegeben[1]. Letzter bekannter Vertreter dieser Familie war Heinrich von Gutrat, Amtmann von Anif 1350—1360.

Die bürgerliche Familie Gutrater

Anderen Stammes als die Ministerialen von Gutrat waren die ursprünglich bürgerlichen Gutrater (in der alten Schreibweise „Guetrater")[2], eine jener Familien, die in der einst salzburgischen, jetzt bayerischen Stadt Laufen an der Salzach[3] durch Jahrhunderte das sogenannte Ausfergenrecht als Lehen der Salzburger Erzbischöfe erblich innehatten. Nur diese Ausfergen durften das in Hallein und Schellenberg gewonnene Salz salzachabwärts bis Laufen verschiffen; die Schiffe selbst gehörten anfangs den sogenannten Schiffsherren, seit 1343 der erzbischöflichen Kammer. Am 31. Jänner 1278 war das Ausfergenrecht erstmals verliehen und auf 40 Bewohner von Laufen beschränkt worden. Die Gutrater werden damals noch nicht genannt[4]; ihre Anfänge sind bloß in Familienchroniken überliefert. Diese nennen als Ahnherrn Hans I. Gutrater, der angeblich 1326 starb und im Kreuzgang der Stiftskirche von Laufen beigesetzt wurde[5]. Urkundlich faßbar ist erst Hans III. Gutrater, nach der Familienchronik ein Enkel Hans' I. Ein Beleg vom 23. März 1404 bezeichnet ihn als Bürger und Ausferg zu Laufen und erwähnt seinen „Sweher" (Schwiegervater) Martin Frauendienst[6]; 1437 soll er gestorben sein. Ein Sohn des Hans III. Gutrater und der Agnes geb. Frauendienst war Gabriel I. Gutrater, ebenfalls Ausferg; er heiratete Afra geb. Erlinger und starb 1485, sein Grabstein aus rotem Marmor, im Format 177 × 82 cm, hat sich im Kreuzgang der Laufener Stiftskirche erhalten[7]. Gabriel und Afra waren die Eltern des nachmaligen Wiener Bürgermeisters Gabriel (II.) Gutrater[8], auf den ich später zurückkomme. Der Vorname Gabriel scheint auch in der Folgezeit mehrmals in der Familie auf; so war ein Gabriel Gutrater 1523—1528 Bürgermeister von Laufen, sein Grabstein — er starb 1551 — ist noch im Kreuzgang der Laufener Stiftskirche erhalten[9], von ihm und seiner Frau Lucia geb. Reiterin gibt es auch zwei gläserne Wappenscheiben[10]. Von seinem Sohn Sebastian (1513—1577) existiert ein Porträtstich aus dem Jahre 1570[11]. Andere Mitglieder der Familie dienten während der Türkenkriege von 1529 an im kaiserlichen Heer; so Kaspar Gutrater d. J., der 1601 nach Eroberung der Feste Stuhlweißenburg starb und dem sein Vater Kaspar Gutrater d. Ä., Erbausferg zu Laufen und herzoglich-bayerischer Rentschreiber zu Straubing, ein — noch erhaltenes — Grabmal im Wiener Schottenstift setzen ließ[12], und Hans Chrisostomus Gutrater, Erbausferg zu Laufen und Hauptmann im Ergottischen Regiment, der am 10. November 1603 in der Festung Gran verschied und ebenfalls im Wiener Schottenstift ein — heute verschollenes — Grabmal erhielt[13]. Er war der Onkel und Vormund des Felix Gutrater, Schloßpfleger zu Linz. Von 1529—1698 sind 16 Gutrater im Kampfe gegen die Türken ums Leben gekommen.

Das Wappen der bürgerlichen Gutrater zeigte auf schwarzem Grund drei im Dreieck gestellte goldene Spitzwecken (Rauten)[14]. 1537 wurden vier Brüder Gutrater von Ferdinand I. in den Adelsstand erhoben[15], ihre Linien starben allerdings schon in der nächsten Generation aus. 1627 erhielt Felix Gutrater, kaiserlicher Rat und Schloßpfleger von Linz, von Ferdinand II. die Adelsbestätigung für die gesamte Familie[16]. Diese nannte sich fortan „von Altengutrat und Puchstein" (zwei Burgen bei Hallein) und beanspruchte damit ihre Abkunft von den einstigen Ministerialen von Gutrat, die jedoch urkundlich in keiner Weise belegt ist[17]. Im Sinne dieser Fiktion ist auf der Gutrater'schen Grabstätte auf dem St. Sebastiansfriedhof in Salzburg die Ruine Gutrat bei Hallein abgebildet. Der Arkadengang mit der Gruft wurde 1600 errichtet, ist 1818 abgebrannt und

Abb. 1 Wappenscheiben des Laufener Bürgermeisters Gabriel Gutrater und seiner Frau Lucia.

wurde 1832 erneuert. Das Bild stammt daher aus dieser Zeit. Nachkommen der Gutrat im Mannesstamm leben heute in Kanada, auch meine Mutter gehörte, wie erwähnt, dieser Familie an.

Die akademische Laufbahn des nachmaligen Wiener Stadtschreibers und Bürgermeisters Gabriel Gutrater

Als Geburtsjahr dieses Gabriel, Sohnes des 1485 verstorbenen Gabriel I. Gutrater und der Anna geb. Erlinger, ist in der Familienchronik 1451 überliefert[18]. Dies dürfte nicht stimmen, da Gabriel II. erst 1483 sein Studium in Wien begann[19], was damals schon mit etwa 12 bis 14 Jahren möglich war; demnach wäre eher eine Geburt um 1470 anzunehmen. Nachdem aber um diese Zeit in Wien Kriegswirren herrschten, wird er wohl ein etwas reiferes Alter gehabt haben, und so muß man das Geburtsjahr mit um 1465 annehmen. Die für das Universitätsstudium notwendigen Lateinkenntnisse hat sich Gabriel, wie damals üblich, wohl an einer Pfarr- oder Klosterschule oder einer städtischen Lateinschule angeeignet.

Die Wiener Universität war, dem damaligen Schema folgend, in vier Fakultäten gegliedert. Die artistische Fakultät, benannt nach den „artes liberales“, den freien Künsten (Grammatik, Rhetorik, Dialektik, Arithmetik, Geometrie, Musik und Astronomie), vermittelte das Grundwissen; ihre Absolvierung war Voraussetzung für das Studium an einer der drei „höheren“ Fakultäten, der juridischen, medizinischen und theologischen. Der unterste akademische Grad war an allen Fakultäten das Bakkalareat; die Lehrbefähigung erwarb man erst mit dem nächsthöheren Grad, bei den Artisten als Magister (Meister), an den anderen Fakultäten als Lizenziat. Die unbeschränkte Lehrerlaubnis war bei den Artisten im Magisterium inbegriffen; bei den Juristen, Medizinern und Theologen bedurfte sie eines besonderen Aktes, der Promotion zum Doctor (Lehrer), den Titel „Professor“ hat es im Mittelalter und in der frühen Neuzeit noch nicht gegeben. Der Herkunft nach waren die Universitätsangehörigen in „Nationen“ gegliedert; an der Wiener Universität gab es die österreichische Nation (für alle habsburgischen Territorien und Italien), die rheinische (für Mittel-, Süd- und Westdeutschland, Frankreich, Schweiz und Spanien), die ungarische (für die Länder der ungarischen und böhmischen Krone, Ost- und Südosteuropa) und die sächsische (für Nord- und Ostdeutschland und Nordeuropa). Das Studienjahr zerfiel in zwei Semester, für jedes wurden die Vorsteher der Fakultäten (Dekane) und Nationen (Prokuratoren) sowie das Oberhaupt der Universität, der Rektor, neu gewählt; als Rektor war nur ein Unverheirateter zugelassen. Jeder neu ankommende Student wurde in die allgemeine (artistische) Universitätsmatrikel eingetragen, die Taxe hiefür war der sozialen Stellung des Studenten bzw. seiner Familie angepaßt. An der juridischen, medizinischen und theologischen Fakultät wie auch bei jeder Nation wurden gesonderte Matrikeln geführt; Ereignisse, die sich auf das akademische Leben bezogen, wurden an jeder Fakultät in besonderen Akten festgehalten[20].

Im Sommersemester 1483 wurde „Gabriel Guetrater de Lauffen" in die allgemeine Universitätsmatrikel als Angehöriger der rheinischen Nation eingetragen[21]; die Taxe von 60 Pfennig, die er hiebei zu entrichten hatte, läßt auf Wohlstand seiner Familie schließen[22]. Gleichzeitig wurde Gabriel auch in die Matrikel der rheinischen Nation, mit einer Gebühr von vier Pfennig, eingeschrieben[23]. Man beachte, daß das Land Salzburg, zu dem damals Gutraters Heimatstadt Laufen gehörte, in jener Zeit noch nicht dem Hause Österreich unterstand, sondern ein unabhängiges fürstliches Erzbistum war[24], das geographisch als Teil Bayerns galt; daher die Zurechnung Gutraters zur rheinischen Nation!

Als Gabriel Gutrater sein Studium in Wien begann, stand Österreich im Krieg mit Ungarn. Die Truppen des ungarischen Königs Matthias Corvinus begannen mit der Belagerung Wiens, die zwei Jahre dauern sollte und erst mit der Kapitulation der Stadt und dem feierlichen Einzug des Königs am 1. Juni 1485 beendet wurde. Die Hörerfrequenz an der Wiener Universität war in dieser Zeit naturgemäß stark gesunken. Während im Sommersemester 1482 noch 108 Studenten (darunter 49 der rheinischen Nation) immatrikuliert wurden, waren es im Sommersemester 1483 nur mehr 20, darunter fünf „Rhenenses"; zwei von diesen, Gabriel Gutrater und Bernhard Schewbloder, stammten aus Laufen. Was sie bewog, trotz der Kriegslage gerade Wien als Studienort zu wählen, ist schwer erklärbar, zumal die Universität Ingolstadt viel näher lag und die Universität Freiburg im Breisgau von Laufen nur um weniges weiter als Wien entfernt war. Vielleicht lockte der hohe wissenschaftliche Ruf, den die Hohe Schule zu Wien genoß; vielleicht auch lebten dort Verwandte oder engere Landsleute, die den zwei Laufener Studenten Rückhalt geben konnten. Übrigens schnellten die Hörerzahlen nach Eroberung Wiens durch die Ungarn (Juni 1485) wieder hinauf; im Wintersemester 1485/86 waren bereits 86, im Sommersemester 1486 112 Neuzugänge zu verzeichnen. Der Tod des Königs Matthias am 6. April 1490 und die Rückkehr Wiens und Österreichs unter die habsburgische Herrschaft im selben Jahr haben den Studienbetrieb nicht beeinflußt[25].

Gabriel Gutrater hatte am 16. Juni 1485 an der Artistenfakultät das Bakkalareat erworben, am 3. Februar 1487 war er Magister geworden; am 1. September 1487 wird er auch im artistischen Vorlesungsverzeichnis erwähnt, später jedoch nicht mehr[26]. Im Wintersemester 1486/87 hatte nämlich „Magister Gabriel Guetrater ex Lauffen" sein Studium an der juridischen Fakultät begonnen, die Immatrikulationstaxe betrug 32 Pfennig. Wesentlich höher — ein Gulden — war die Gebühr anläßlich der Graduierung zum Bakkalar der Rechte im Wintersemester 1489/90, und bei Zuerkennung des Lizanziats der Rechte im Wintersemester 1492/93 mußte Gabriel gar drei Gulden bezahlen[27]. Das Doktorat der Rechte hat er nicht erworben, er blieb jedoch an der Universität; näheres über seine Mitarbeit im akademischen Betrieb wissen wir leider nicht, da die Akten der juridischen Fakultät aus jener Zeit verloren sind. Im Wintersemester 1497/98 war „Gabriel ex Lauffen, juris licenciatus" Prokurator der rheinischen Nation[28]. Die Anführung des Familiennamens „Gutrater" wurde hier vergessen. Über seine

Abb. 2 Grabmal des Gabriel Gutrater (gest. 1485) und seiner Frau Anna — der Eltern des Wiener Bürgermeisters — in der Stiftskirche zu Laufen (links). — Grabmal des Gabriel Gutrater, gest. 1551 (rechts).

Wahl zum Rektor für das Sommersemester 1500 findet sich in der allgemeinen Universitätsmatrikel folgende Eintragung[29]:

„Anno seculari (quem plerique jobeleum a Jobel appellari volunt) die divorum martirum Tiburcii et Valeriani electus est in moderatorem rei publice literarie studii Wiennensis Gabriel Gutrater de Lauffen arcium liberalium magister sacratissimeque iurisprudencie licenciatus qui designatus est de consultissima facultate iureconsultorum prefati studii.“

(Zu deutsch: Im Jahr des Jahrhundertbeginns, das die meisten Jubiläum, nach dem Wort „Jubel“, nennen möchten, am Tage der heiligen Märtyrer Tiburtius und Valerian — 14. April — wurde Gabriel Gutrater aus Laufen, Magister der freien Künste und Lizenziat der hochheiligen Rechtwissenschaft, auf Vorschlag der hochgelehrten Juristenfakultät zum Regenten der Organisation der Wiener Universität gewählt). Wie bereits erwähnt, mußte der Rektor unverheiratet sein[30]; Gabriel Gutrater war also im Sommersemester 1500 noch ledig.

Gabriel Gutrater als Stadtschreiber von Wien 1506 bis 1521

Das oberste Organ der bürgerlichen Selbstverwaltung Wiens war der Rat, der aus dem Bürgermeister, dem Stadtrichter und 18 Ratsherren bestand und jedes Jahr neu gewählt wurde. Regelmäßige Teilnehmer an den Ratssitzungen waren außerdem der Stadtanwalt, der im Auftrag des Landesfürsten dessen Interessen im Rat vertrat, und der vom Rat ernannte Stadtschreiber, dem die städtische Kanzlei unterstand. Dem heutigen Magistratsdirektor vergleichbar, garantierte der Stadtschreiber die Kontinuität der Stadtverwaltung gegenüber den wechselnden gewählten Funktionären, unabhängig von politischen Veränderungen. In der Regel vertraute man diesen verantwortungsvollen Posten einem Mann mit akademischer, möglichst juristischer, Bildung an[31].

Als Stadtschreiber von Wien fungierte ab 1500 und noch am 25. Mai 1506 Dr. jur. Stefan Vorchtenauer[32]. Am 23. August 1506 machte er sein Testament; dieses wurde am 8. Oktober, als er bereits verstorben war, publiziert und ins Stadtbuch eingetragen. Ein erhaltener Auszug aus diesem Testament ist von „Gabriel Guet-Rater, licenciat, statschreiber zu Wienn“ unterfertigt[33]; wir können daher annehmen, daß Gutrater zwischen 23. August und 8. Oktober 1506 anstelle Vorchtenauers zum Stadtschreiber bestellt wurde. Wir finden ihn in diesem Amt nachweislich in den Jahren 1507 bis 1512 und 1515 bis 1521[34]; das Fehlen von Belegen für 1513 und 1514 erklärt sich aus der lückenhaften Quellenlage[35], Gutrater hat also wohl ohne Unterbrechung von 1506 bis 1521, sechzehn Jahre lang, das Stadtschreiberamt versehen[36].

Als solcher erlebte er die berühmte Doppelhochzeit der Dynastien Habsburg und Jagiello, die 1515 in Wien stattfand[37], den Aufstand der Stände Österreichs gegen das landesfürstliche Beamtenregime 1519—1520, auf den wir gleich zu sprechen kommen[38], und die große Pest von 1521, der Tausende Wiener, darunter auch einige Ratsmitglieder, zum Opfer fielen[39]. Der Jahressold des Stadtschreibers betrug 32 Pfund, dazu kamen eine „Hausenzulage“ (für den Ankauf von Fischen in der Fastenzeit) von zwei Pfund und ein Deputat von 16 Kufen Salz, für die Stadtschreiberin (d. i. die Gattin des Stadtschreibers) wurde ein „Neujahrsabendopfergeld“ von einem Gulden (damals Gegenwert von 1 Pfund 3 Schilling) ausbezahlt[40]. Sehr hoch war diese Entlohnung nicht; vermutlich hat Gutrater seine Einkünfte durch nebenberufliche Fortsetzung seiner Tätigkeit an der Universität aufgebessert, auch die Mietzinseingänge der Häuser, die seine Frau besaß — darüber noch später —, dürften das häusliche Budget entlastet haben[41].

Gabriel Gutrater als Bürgermeister von Wien 1522 bis 1524 und seine nochmalige Tätigkeit als Stadtschreiber 1524 bis 1527

Kaiser Maximilian I., der am 12. Jänner 1519 starb, hatte als oberste Behörde für den östlichen Teil seiner Erbländer — Österreich unter und ob der Enns, Steiermark, Kärnten und Krain — eine Beamtenregierung, das sogenannte

Abb. 3 Grabmal für Kaspar Gutrater (gest. 1601) im Wiener Schottenstift.

Niederösterreichische Regiment, eingesetzt. Diese Behörde, die seit 1510 in Wien residierte, hatte sich wegen verschiedener Übergriffe und wegen der Korruption einzelner ihrer Mitglieder höchst unbeliebt gemacht; sie wurde daher nach dem Tod des Kaisers von den Ständen — der Interessenvertretung des Adels, der hohen Geistlichkeit und der landesfürstlichen Städte — gestürzt, die Stände bildeten nun selbst eine aus ihren Reihen besetzte Regierung, die bis zur Anerkennung der Länderrechte und bis zur Schaffung eines besseren Regiments durch Maximilians Nachfolger im Amt bleiben sollte. Dem Verhandlungsgeschick des neuen Landesfürsten Karl V. und seiner Räte gelang es, im Laufe des Jahres 1520 gegen gewisse Konzessionen die Auflösung der ständischen Regierungen zu erwirken; auch in der Stadt Wien, die unter dem radikalen Politiker Dr. jur. Martin Siebenbürger eine maßgebliche Rolle in der Aufstandsbewegung gespielt hatte, mußte sich der revolutionäre Bürgerausschuß, der dem zögernden Rat die Politik aufgezwungen hatte, Ende 1520 auflösen. Die Wahl Dr. Siebenbürgers zum Wiener Bürgermeister und seiner engsten Parteigänger zu Ratsherren für 1521 war die letzte Manifestation der Radikalen; als Ferdinand I. in diesem Jahr anstelle seines Bruders Karl V. die Macht in den Erbländern übernahm, wandte sich das Blatt. In den Rat für 1522 wurden — mit Ausnahme Siebenbürgers, dem man als Altbürgermeister einen Ratssitz einräumte — nur mehr Bürger gewählt, die durch die vorausgegangenen Ereignisse nicht kompromittiert waren, an ihrer Spitze, als Bürgermeister, der bisherige Stadtschreiber Gabriel Gutrater, der den neutralen Beamtentyp personifizierte. Stadtschreiber wurde nun Dr. jur. Viktor Gamp. Vom 8. bis 23. Juli 1522 tagte in Wiener Neustadt unter dem Vorsitz Ferdinands I. ein Sondergericht, bei dem sich die Vertreter des 1519 gestürzten landesfürstlichen Regiments als Ankläger und die Teilnehmer an der damaligen Umsturzbewegung als Beschuldigte gegenüberstanden. Der Urteilsspruch erging im Sinne der Anklage; Dr. Siebenbürger und fünf andere Wiener Bürger wurden am 11. August 1522 enthauptet, weitere vier blieben in Haft und kamen schließlich mit einer hohen Geldbuße davon. Der Wiener Stadtschreiber Dr. Gamp, der die Verteidigung der Beschuldigten übernommen hatte, wurde auf drei Jahre des Landes verwiesen, sein Amt übernahm Magister Hans Murringer[42]. Bürgermeister Gutrater, der am 15. August 1522 an der Spitze des Rates Ferdinand I. und seine Gemahlin bei ihrem Einzug in Wien feierlich zu begrüßen und in die Burg zu geleiten hatte, stand nun vor der undankbaren Aufgabe, die Interessen der gedemütigten Bürgerschaft mit der Loyalität zum harten Regime des neuen Landesherrn in Einklang zu bringen; sein persönlicher Freund Dr. Johannes Spießheimer, genannt Cuspinianus, der als einstiger kaiserlicher Diplomat das Vertrauen der Dynastie genoß und sein Amt als Wiener Stadtanwalt auch unter Ferdinand I. behielt — mehr über ihn später —, mag ihm dabei behilflich gewesen sein[43]. Auch 1523 und noch Anfang 1524 hat Gutrater als Bürgermeister amtiert[44]. Er erhielt in dieser Funktion einen Jahressold von 32 Pfund, eine Zulage für „Hofgewand" von 16 Gulden (Gegenwert von 22 Pfund) und ein Hausengeld von vier Pfund jährlich, ferner ein Deputat von 32 Kufen Salz (damals ein wichtiges Konservierungsmittel); das „Neujahrsabendopfergeld" seiner Frau betrug nun zwei Gulden (Gegenwert von 2 Pfund 6 Schilling)[45]. Das Verhältnis zwischen Gabriel und Ferdinand war zweifellos sehr gut, wie aus der Anschrift eines Schreibens vom 9. Februar 1533 zu ersehen ist. Diese lautet:

> „Dem ersamen gelerten unserem lieben getrewen Gabrieln Guettrater, Burgermaister unser Stat Wienn."

Abb. 4 Porträtstich des Sebastian Gutrater von 1570.

Der offenbar unvermutete Tod des Stadtschreibers Hans Murringer Ende 1523[46] brachte die Stadtgemeinde in eine mißliche Lage, da kein geeigneter Nachfolger zur Verfügung stand. Gabriel Gutrater trat daher zwischen 3. und 26. Februar 1524 als Bürgermeister zurück und übernahm neuerlich das Stadtschreiberamt, das er bis 1521 bekleidet hatte; neuer Bürgermeister wurde Hans Süß[47]. Gutrater ist auch 1525 als Stadtschreiber nachweisbar[48]; als solcher erlebte er die Brandkatastrophe, die in der Nacht vom 18. zum 19. Juli 1525 mehr als 400 Häuser Wiens zerstörte[49] und dem auch ein Haus, das seiner Gattin gehörte, zum Opfer fiel[50]. Aus dem Jahre 1526 ist kein Stadtschreibername überliefert; daß Gutrater dieses Amt auch damals und bis zu seinem Tod am 9. Februar 1527 versah, kann daraus geschlossen werden, daß er noch in der Rechnung über sein Leichenbegängnis als Stadtschreiber bezeichnet wird[51] und erst 1527 ein neuer

Stadtschreiber, Hans Hofmann, erwähnt wird[52]. So erlebte Gutrater also noch die Umgestaltung der Wiener Stadtverfassung im Geiste des landesfürstlichen Absolutismus durch Ferdinand I. am 12. März 1526[53].

Gabriel Gutraters Freundschaft mit Cuspinian und seine Mitgliedschaft bei der „Sodalitas Danubiana"

Einer der bedeutendsten Wiener Zeitgenossen Gutraters war Johannes Spießheimer, besser bekannt unter seinem Humanistennamen Cuspinianus. In Schweinfurt 1473 geboren, war er nach Studien in Leipzig und Würzburg 1492 an die Wiener Universität gekommen und 1493 zum Dichter gekrönt worden. Zunächst Mitglied der Artistenfakultät, studierte er seit dem Sommersemester 1494 an der medizinischen Fakultät und wurde 1499 zum Doktor der Medizin promoviert. 1497 bis 1500 unterrichtete er an der Bürgerschule zu St. Stephan. Im Wintersemester 1500/01, also unmittelbar nach Gutraters Rektorat, war er Rektor der Universität, in den Sommersemestern 1501, 1502, 1506 und 1511 Dekan der Mediziner, seit 1501 überdies landesfürstlicher Superintendent der Hohen Schule. Ab 1510 wurde er von Kaiser Maximilian I. des öftern mit diplomatischen Missionen nach Ungarn betraut, die bereits erwähnte folgenschwere habsburgisch-jagellonische Doppelhochzeit von 1515 kam hauptsächlich durch Cuspinians Einsatz zustande. Von 1515 bis zu seinem Tode 1529 vertrat er als Stadtanwalt die landesfürstlichen Interessen im Wiener Rat, offenbar mit großem diplomatischen Geschick, da er sich sowohl während der Aufstandsbewegung 1519/20 als auch nach deren Zusammenbruch im Amt halten konnte. Große Verdienste erwarb er sich auf wissenschaftlichem Gebiet durch Edition antiker Autoren und Verfassung geschichtlicher Werke im Geiste des Humanismus; der von Konrad Celtes 1497 gegründete „Sodalitas Danubiana", einem literarisch-wissenschaftlichen Klub, gehörte er von Anfang an zu, nach Celtes' Tod 1508 übernahm er ihre Leitung und stellte sein Haus in der Singerstraße für ihre Zusammenkünfte zur Verfügung[54]. Eine enge Freundschaft, die sich wohl aus gemeinsamen Forschungsinteressen ergeben hatte, verband ihn mit Gabriel Gutrater, den er stets mit dessen Humanistennamen Eubolius (griechische Übersetzung von Gutrater) erwähnt. So vermerkt Cuspinian in seinem Tagebuch zum 17. Mai 1509 als Firmpaten seines Sohnes Sebastian Felix „Gabriel Eubolius, prothonotarius nostre urbis Vienne vulgo Gutrater dictus, licenciatus juris" (Gabriel Eubolius, Stadtschreiber unserer Stadt Wien, genannt Magister Gutrater, Lizenziat der Rechte)[55]. Auf der Inschrifttafel, die Cuspinian 1510 dem Gedächtnis von zwölf Mitgliedern der Sodalitas Danubiana widmete und in seinem Hause anbringen ließ, scheint auch „Gabriel Eubolius" auf[56]. Mehrmals nennt ihn Cuspinian seines „Pylades", eine Anspielung auf die in der antiken Mythologie überlieferte enge Freundschaft zwischen Agamemnons Sohn Orest und dessen Vetter und Schwager Pylades. So berichtet er z. B. in seinem Werk „De Caesaribus atque Imperatoribus Romanis" von einem im Auftrag Kaiser Friedrichs III. verfaßten Buch über Lehensgebräuche, „qui extat apud Pyladem meum Gabrielem Eubolium jureconsultum peritissimum" (das bei meinem Pylades Gabriel Eubolius, einem vielerfahrenen Rechtsgelehrten, vorhanden ist). Und im Werk „De Consulibus Romanorum Commentarii" unterbricht Cuspinian die geschichtliche Darstellung mit folgendem Vermerk: "Cum ea iam annotassem, supervenit Pylades meus amantissimus Gabriel Eubolius, archigrammateus urbis

Abb. 5 Die Gutrater'sche Familiengrabstätte auf dem Sebastiansfriedhof in Salzburg.

Viennae Pannoniae, antiquitatis studiosus zelator et veritatis indagator solertissimus, qui mihi copiam fecit antiquissimi voluminis Decretorum manuscripti, quod vix prae vetustate legi poterat". (Während ich dieses bereits niedergeschrieben hatte, erschien mein sehr lieber Pylades Gabriel Eubolius, Stadtschreiber der Stadt Wien in Österreich, ein eifriger Erschließer des Altertums und überaus geschickter Erforscher der Wahrheit, und brachte mir die Kopie eines uralten handgeschriebenen Bandes der Dekrete, den er wegen dessen Alters kaum hatte lesen können)[57]. Als Autor oder Herausgeber ist Gabriel Gutrater bisher allerdings nicht nachgewiesen worden; ebensowenig sind engere Kontakte mit anderen Humanisten, von Cuspinian abgesehen, bekannt. Wir müssen daher annehmen, daß er seine Forschungen nur aus persönlichem Interesse, nicht zu Publikationszwecken, betrieb und ihre Ergebnisse seinem ehrgeizigen Freund Cuspinian selbstlos zur Verfügung stellte.

Die Gattin des Gabriel Gutrater

Seit 1508 ist als Gattin des Gabriel Gutrater eine gewisse Katrei (Katharina) nachweisbar[58]. Sie war vorher schon zweimal verheiratet gewesen. Gemeinsam mit ihrem ersten Mann, dem Apotheker Peter Reschl, hatte sie 1490 um 200 Gulden ein Haus in der Preidenstraße gekauft; es fiel ihr als Witwe zu, da die Ehe kinderlos geblieben war[59]. 1497 war Katrei schon in zweiter Ehe mit dem Wiener Ratsherrn Jeronim (= Hieronymus) Etzlinger vermählt und erbte von ihrer kinderlos verstorbenen Schwester Helene, die zuerst mit dem Wiener Ratsherrn Michel Menestorffer, dann mit Heinrich Ottwein, genannt Storr, vermählt gewesen war, ein Haus in der Riemergasse[60]. 1499 erwarben Katrei und ihr Mann Jeronim Etzlinger um 800 Pfund ein Haus in der Kärntner Straße[61], im selben Jahr veräußerte Katrei ihr Haus in der Preidenstraße um 300 Pfund[62]. Auch ihre Ehe mit Etzlinger blieb kinderlos; 1502 war Katrei neuerlich Witwe und kam in den alleinigen Besitz des Hauses in der Kärntner Straße[63]. Wohl nicht allzulange danach wird sie in dritter Ehe Gabriel Gutrater geheiratet haben; gemeinsam mit ihm trat sie 1508 der Gottsleichnamsbruderschaft zu St. Stephan bei[64]. Als „Stadtschreiberin" wird sie in den Oberkammeramtsrechnungen von 1507 und 1509 genannt[65], Cuspinian erwähnt sie am 14. März 1510 in seinem Tagebuch[66]. Gutrater selbst besaß kein eigenes Haus, sondern wohnte bei seiner Frau, vermutlich in deren Haus in der Kärntner Straße[67]; das andere Haus Katreis, in der Riemergasse, dürfte dem großen Stadtbrand von 1525 zum Opfer gefallen sein[68]. Auch in ihrer dritten Ehe blieb Katrei Kindersegen versagt; wie wir noch darlegen werden, starb ihr Mann Gabriel 1527, sie selbst 1529[69]. Ihr durch Brand zerstörtes Haus in der Riemergasse wurde, da sich niemand um den Wiederaufbau gekümmert hatte, von der Stadt Wien eingezogen und 1533 an Wolfgang Hautzenberger und dessen Frau Katrei verkauft[70]. Das Haus in der Kärntner Straße erbten Katreis Verwandte von Vater- und Mutterseite; von Vaterseite waren es Helena, Gattin des Vinzenz Khun, Barbara, Gattin des Hans Teitlhauser, Dorothe, Gattin des Hans Auer und die von Khun, Teitlhauser und Auer als Vormündern vertretenen Kinder der Barbara Goltingerin und der Anna Westingerin, Michel, Anderl, Barbara, Margarethe, Christina und Elsbeth, von Mutterseite Elsbeth, Gattin des Hans Pruckner, Türhüters des Niederösterreichischen Regiments, Anna, Gattin des Michel Renolt, Dieners der Königin, Anna, Gattin des Niklas Rumpl, und Agnes, Gattin des Magisters Wolfgang Kunigl, einstigen Hofprokurators der Niederösterreichischen Regierung. Ein Bruder der Katrei Gutrater, Stefan Sifringer, weilte außer Landes, sein Erbteil wurde von der Stadt Wien, vertreten durch den Oberkämmerer Sebastian Schrantz, den übrigen Erben eingeantwortet; diese verkauften das Haus 1536 um 1600 Pfund an den Ratsherrn Leopold Schadner und dessen Frau Magdalena[71].

Aus der Erwähnung von Stefan Sifringer als Bruder der Katrei Gutrater können wir schließen, daß auch Katrei eine geborene Sifringer war. Über diese Familie war nichts zu ermitteln, ebensowenig läßt sich aus den bisher bekannten Belegen die genealogische Zuordnung der väterlichen und mütterlichen Verwandten Katreis ergründen. Vielleicht bringen künftige Spezialforschungen, allenfalls auch außerhalb Wiens, entsprechende Aufklärung.

Tod und Grabstätte des Ehepaars Gutrater

In der Matrikel der rheinischen Nation der Universität Wien findet sich folgende Eintragung: "Item moritur repentina morte vir egregius Gabriel Gutradter, qui annis multis prothonotarius Viennensis fuit, a(nno) domini 1527 die 9. Febr(uarii)."[72] (Ebenso starb eines plötzlichen Todes der hervorragende Mann Gabriel Gutrater, der durch viele Jahre Stadtschreiber von Wien war, im Jahre des Herrn 1527 am 9. Tag des Februar). Gutraters Sterbejahr 1527 ergibt sich auch aus dem 1524—1534 geführten Raitbuch der Gottsleichnamsbruderschaft zu St. Stephan; dort ist zu 1527 „Gabriel Gutrater, Stadtschreiber" sowohl bei den „Einnahmen für Leichtragen" als auch bei den „Ausgaben für Bestattungen" vermerkt[73]. Es steht also fest, daß Gabriel Gutrater am 9. Februar 1527 starb und zu St. Stephan in Wien bestattet wurde.

Daß ihn seine Frau Katrei überlebte, ergibt sich zunächst daraus, daß der Mitgliedsbeitrag des Ehepaars für die Gottsleichnamsbruderschaft noch über 1527 hinaus, letztmals für das dritte Quartal 1528, bezahlt wurde[74]. Außerdem ist in dem 1773 erschienenen „Speculum academicum Viennense" des Johann Joseph Locher die Beschriftung eines längst verschollenen Grabmals überliefert[75], das sich nach Aussage einer anderen Quelle — des leider nur kopial überlieferten „Codex Trautsonianus", einer 1630 angelegten Inschriftensammlung — im Inneren des Wiener Stephansdomes, „vorn beim Hohen Altar", befand[76] sie lautete: „Hier liegen begraben Gabriel Guetrather, der Rechte Licenciat, und Frau Catharina, seine eheliche Hausfrau. MDXXIX (= 1529)." Das hier angegebene Jahr 1529 kann sich, da Gutrater selbst schon 1527 gestorben war, nur auf das Ableben seiner Frau beziehen, die an seiner Seite bestattet wurde.

Die Stadt Wien hat die Erinnerungen an Gabriel Gutrater durch die Benennung des Gutraterplatzes im 16. Wiener Gemeindebezirk am 19. März 1901 gewahrt.

Anmerkungen

* Das Manuskript wurde von Herrn Dr. Richard Perger für den Druck gestaltet und in Einzelheiten ergänzt. Autor und Redaktion sind ihm für diese Mitarbeit zu Dank verpflichtet. (Anm. d. Red.)

1 F. V. Zillner, Salzburger Geschlechterstudien, in: Mitteilungen der Gesellschaft für Salzburger Landeskunde, 21 (1881), 52; Franz Martin, Die Kunstdenkmäler des politischen Bezirks Hallein (Österreichische Kunsttopographie, Bd. XX), Wien 1916/1927, 46; Martin Hell, Das Land Salzburg, in: Handbuch der historischen Stätten — Österreich, 2, Stuttgart 1966, 341 f.; Peter Feldbauer, Herren und Ritter (Herrschaftsstruktur und Ständebildung, hgg. von Michael Mitterauer, 1), Wien 1973, 180 f.; Ausstellungskatalog „Burgen in Salzburg" (77. Sonderausstellung des Salzburger Landesmuseums Carolino-Augusteum), 1977, 70. Der Beleg von 1208 bei: Willibald Hauthaler, Salzburger Urkundenbuch, 1, Salzburg 1910, Nr. 1034; das Wappen der Ministerialien von Gutrat an einer Urkunde vom 23. März 1266 im Haus-, Hof- und Staatsarchiv, Wien. Herbert Klein, Zur Geschichte des Schlosses Gartenau, in Mitteilungen d. Ges. f. Sbg. Landeskunde 1954, 192—201.

2 Vgl. die unterschiedlichen Wappen (Anm. 1 und 14).

3 Laufen unterstand bis 1803 den Fürsterzbischöfen von Salzburg, dann war es Teil des neugeschaffenen Kurfürstentums Salzburg unter Herrschaft des Großherzogs Ferdinand III. von Toscana, 1805 kam es an Österreich (Teil des Herzogtums Salzburg), 1810 an Bayern (Teil des Salzachkreises). 1816 fiel der größere Teil Salzburgs wieder an Österreich, Laufen blieb jedoch bei Bayern, bloß die Laufener Vorstädte Altach und Oberndorf, jenseits der Salzach, wurden österreichisch.

[4] Hauthaler (Anm. 1), 4, Nr. 94. Die Angabe bei Martin, Kunstdenkmäler (Anm. 1), 46, wonach die bürgerlichen Gutrater schon ab 1278 nachweisbar seien, trifft demnach nicht zu.

[5] Chronik des Hercules Gutrater von 1613 im Benediktinerstift Michaelbeuern, Kopie im Salzburger Landesarchiv; Familienbuch des Joseph Adam v. Gutrat von 1835, Salzburger Landesarchiv. In Die Kunstdenkmäler des Königreichs Bayern, I (Oberbayern), Bd. 3 (Bezirksamt Laufen), München 1905 ist ein diesbezüglicher Grabstein nicht verzeichnet. Diese Bodenplatte war 1905 bis zur Unkenntlichkeit abgetreten. Nur die an den Wänden im Arkadengang der Stiftskirche in Laufen eingemauerten Grabtafeln der Gutrater, ca. 20, sind erhalten geblieben. — W. Hetzer, De Grabmäler der Gutrater. 1980. Maschinschr. Arbeit. Wiener Stadt- und Landesarchiv. — Von 1613—1845 haben die Gutrater insgesamt acht Chroniken und historische Aufzeichnungen verfaßt. Salzburger Landesarchiv.

[6] Urkunde im Bayerischen Hauptstaatsarchiv, München, Laufener Urkunden (Regesten hiezu im Salzburger Landesarchiv). Offenbar auf einem Versehen (Druckfehler?) beruht die Angabe bei Franz Martin, Ein Linzer Burgpfleger erzählt sein Leben — das Hausbuch des Felix Guetrater 1596—1634, in: Mitteilungen der Gesellschaft für Salzburger Landeskunde 88/89 (1948/49), 1, wonach Hans Gutrater, Schwiegersohn des Mert Frauendienst, vor 1338 gestorben sei. (Felix G., geb. 1589, † 1648.)

[7] Die Kunstdenkmäler des Königreichs Bayern (Anm. 5), 2740.

[8] So nach den Familienchroniken (Anm. 5).

[9] Die Kunstdenkmäler d. Kgr. Bayern (Anm. 5), 2741; Stadtarchiv Laufen, Kammeramtsrechnung von 1523.

[10] Wappenscheiben Gabriel Guetrater, Erbausferg zu Laufen und Lucya Reiterin sein Hausfraw. Aus dem Besitz des Autors. Derzeit bei Gutrater-Nachkommen in den USA respektive Canada.

[11] Porträtstich 1570 des Sebastian Guetrater (1513—1577), Druck von der Originalplatte aus späterer Zeit. Platte nicht mehr vorhanden, ein Stück bei W. Hetzer und Salzburger Landesarchiv.

[12] Norbert Dechant, Grabschriften in der Stadtpfarr- und Stiftskirche zu U. L. F. bei den Schotten, in Berichte und Mitteilungen des Altertums-Vereines zu Wien, XVII (1877), 34, Nr. XXV. Österr. Nationalbibilothek, Codex series Nova 12781, HS. 1785, 220.

[13] Dechant (Anm. 12), 61. Karl Lind, Nachträge zu den Grabschriften in der Schottenabtei in Wien. 61. Zum Monument XXV. „Von der Familie Guetrater fand hier seine Ruhestätte Hans Christian, doch ist das Monument verschwunden." Der Name ist hier irrtümlich wiedergegeben. Richtig Hans Chrysostomus. So auch Gutrater-Chroniken. Das Denkmal war 1630 noch vorhanden; vgl. Österreichische Nationalbibliothek, Codex series nova 12781, 219. Dieser Codex ist eine Abschrift des heute verschollenen „Codex Trautsonianus", einer um 1630 angelegten Sammlung von Wiener Inschriften; hiezu Richard Perger, Der Codex Trautsonianus — eine Wiener Inschriftensammlung aus dem 17. Jahrhundert, in Jb.VGStW 27 (1971), 31—46, bes. 34 f.

[14] Abbildungen des Wappens u. a. auf der Wappenscheibe des Laufener Bürgermeisters Gabriel Gutrater (Anm. 10), auf dem Grabmal für Kaspar Gutrater d. J. (Anm. 12) und im Adelsbrief von 1537 (Anm. 15).

[15] Adelsbrief vom 3. September 1537, Salzburger Landesarchiv, aus dem Besitz des Autors.

[16] Urkunde vom 30. Juni 1627 im Salzburger Landesarchiv. Aus dem Besitz des Autors.

[17] Martin, Die Kunstdenkmäler (Anm. 1), 46 und 227; derselbe, Ein Linzer Burgpfleger (Anm. 6), 1.

[18] Chronik des Hercules Gutrater (Anm. 5).

[19] Vgl. Anm. 21.

[20] Siehe u. a.: Joseph Aschbach, Geschichte der Wiener Universität, 1 (Geschichte der Wiener Universität im ersten Jahrhundert ihres Bestehens), Wien 1865, und 2 (Die Wiener Universität und ihre Humanisten im Zeitalter Kaiser Maximilians I.), Wien 1877; Karl Schrauf, Die Universität, in Geschichte der Stadt Wien, hgg. vom Altertums-Vereins zu Wien, II/2, Wien 1905, 961—1015; Artur Goldmann, Die Wiener Universität 1519—1740, ebendort, VI, Wien 1917, 1—205.

[21] Die Matrikel der Universität Wien (Publikationen des Instituts für Österreichische Geschichtsforschung, VI/1), Bd. 2/1, Wien 1959, 185 (Natio Renensium, Zeile 4).

[22] Die Matrikel (Anm. 21), Einleitung (von Franz Gall), XXI.

[23] Archiv der Universität Wien, Matrikel der rheinischen Nation, fol. 179.

[24] Vgl. Anm. 3.

[25] Zu den Hörerzahlen siehe Die Matrikel (Anm. 21), 182—190; zum Ungarnkrieg Karl Schober, Die Eroberung Niederösterreichs durch Matthias Corvinus in den Jahren 1482 bis 1485, Blätter des Vereins für Landeskunde von Niederösterreich, Neue Folge 13 (1879), 1—70, 161—192, 259—294, 383—411.

[26] Archiv der Universität Wien, Akten der Artistenfakultät, III, fol. 318, 324, 326, 327. Diese Angaben stellte Paul Uiblein (Univ. Wien) in dankenswerter Weise zur Verfügung.

[27] Archiv der Universität Wien, Matrikel der juridischen Fakultät, II, fol. 32, 34, 36.

[28] Archiv der Universität Wien, Matrikel der rheinischen Nation, fol. 201. Bei Goldmann (Anm. 20) wird Gutrater unzutreffend zum Wintersemester 1506/07 als Prokurator der rheinischen Nation genannt; das richtige Semester — 1497/98 — dagegen bei Aschbach (Anm. 20), 2, 457.

[29] Die Matrikel (Anm. 21), 277.

[30] Die Ehelosigkeit des Rektors war nicht statutarisch festgelegt, sondern beruhte auf Gewohnheitsrecht; erst ab 1534 wurden auch Verheiratete zum Rektorat zugelassen. S. Goldmann (Anm. 20), 63.

[31] Zur mittelalterlichen Wiener Stadtverfassung im allgemeinen siehe u. a.: Heinrich Schuster, Rechtsleben, Verfassung und Verwaltung, in Geschichte der Stadt Wien (Anm. 20), II/1, Wien 1902, 352—498; Otto Brunner, Die Finanzen der Stadt Wien von den Anfängen bis ins 16. Jahrhundert (Studien aus dem Archiv der Stadt Wien, 1/2), Wien 1929; Richard Perger, Beiträge zur Wiener Verfassungs- und Sozialgeschichte im Spätmittelalter, in JbVGStW 32/33 (1976/77), 11—41. Speziell zum Stadtschreiberamt: Ivo Luntz, Beiträge zur Geschichte der Wiener Ratsurkunde, in Abhandlungen zur Geschichte und Quellenkunde der Stadt Wien, I/II, Wien 1917, 77—162.

[32] Österreichische Nationalbibliothek, Codex 8019 (im folgenden zitiert Cvp. 8019), 46v—48 (für die Jahre 1500 und 1503—1505); Quellen zur Geschichte der Stadt Wien (im folgenden abgekürzt Quellen), II/4, 5833 (zu 1506).

[33] Quellen II/4, 5836 a.

[34] Zu 1507 siehe Wiener Stadt- und Landesarchiv, Oberkammeramtsrechnung (im folgenden abgekürzt OKAR) 1/61, fol. 30v; zu 1508 Wiener Diözesanarchiv, Bruderschaftsbuch der Gottsleichnamsbruderschaft zu St. Stephan (im folgenden abgekürzt BGlb.), fol. 80v; zu 1509 Cvp. 8019, fol. 48v, und Wiener Diözesanarchiv, Raitbuch der Gottsleichnamsbruderschaft (im folgenden abgekürzt RGlb.) 1, fol. 79v. Am 14. März 1510 und 22. Mai 1511 wird Gutrater als Stadtschreiber im Tagebuch des Humanisten Cuspinian genannt; s. Hans Ankwicz-Kleehoven, Das Tagebuch Cuspinians, in Mitteilungen des Instituts für Österreichische Geschichtsforschung, 30 (1909), 304 f. Zu 1512 und 1515—1521 Cvp. 8019, fol. 49—53, zu 1518 außerdem Quellen II/4, 6144.

[35] So fehlen z. B. in Cvp. 8019 (Ratslisten 1401—1601) die Ratslisten von 1506, 1507, 1508, 1510, 1511, 1513 und 1514.

[36] Das Petschaft, das er als Stadtschreiber verwendete, ist im Bestand der Hauptarchivsakten des Wiener Stadt- und Landesarchivs überliefert; Abbildung bei Karl Uhlirz, Quellen und Geschichtsschreibung, in Geschichte der Stadt Wien (Anm. 20), II/1, Wien 1902, 49, Fig. 56. Interessant ist in diesem Zusammenhang die Bemerkungen in der Urkunde vom 11. März 1518 (Quellen II/4, 6144), daß der Aussteller Gabriel Gutrater nicht siegeln könne, da er kein „gegrabens innsigill“ gehabt habe, für ihn siegelte daher der Ratsherr Hans Hutstocker. Ratsprotokolle, die Gutrater als Stadtschreiber eigenhändig zu führen hatte, haben sich aus dieser Zeit leider nicht erhalten; seine Schriftzüge sind jedoch in einzelnen Stücken der Hauptarchivsakten überliefert.

[37] Zu dieser Hochzeit u. a.: Hans Ankwicz-Kleehoven, Der Wiener Humanist Johannes Cuspinian, Graz - Köln 1959, 78—88.

[38] Siehe Anm. 42.

[39] Ankwicz, Cuspinian (Anm. 37), 205.

[40] Vgl. z. B. OKAR 1/61, fol. 30 (Rechnungsjahr 1507).

[41] Vgl. Anm. 59—71.

[42] Zu diesen Ereignissen am ausführlichsten: Hans Lahoda, Der Ständekampf in den österreichischen Erblanden nach dem Tode Maximilians I. bis zu seiner Beendigung im Blutgericht von Wiener Neustadt, philos. Dissertation, Wien 1949. Vgl. auch Richard Perger, Der Wiener Rat von 1519 bis 1526, in JbVGStW 35 (1979), 135—168.

[43] Auf Gutraters Bürgermeisteramt im Jahre 1522 beziehen sich u. a. Cvp. 8019, fol. 53v, und Quellen II/4, 6249, 6250, 6253, 6257, 6258. Zu Cuspinian vgl. Anm. 37, 54.

[44] Für diese Jahre sind in Cvp. 8019 keine Ratslisten überliefert. Auf Gutraters damalige Tätigkeit als Bürgermeister beziehen sich u. a. Quellen II/4, 6267, 6273, 6281—6283, 6285, 6291, 6294—6296, ferner RGlb. 2, fol. 247, 280v.

[45] OKAR 1/63, fol. 27v—28v (Rechnungsjahr 1522). Die Rechnungen für 1523 und 1524 sind nicht erhalten.

[46] RGlb., fol. 252v, 274; Wolfgang Lazius, Vienna Austriae, Basel 1546, III, 158.

[47] Gutrater wird noch am Blasiustag (3. Februar) 1524 als Bürgermeister bezeichnet (RGlb. 2, fol. 280v), am 26. Februar 1524 bereits Hans Süß (Quellen I/1, 96).

[48] RGlb. 3, fol. 30v.

[49] Siehe u. a. Felix Czeike, Das Feuerlöschwesen in Wien 13.—18. Jahrhundert (Wiener Schriften, 18), Wien 1962, 55—58.

[50] Siehe Anm. 70.

[51] RGlb. 3, fol. 108, 131v.

[52] RGlb. 3, fol. 104.

[53] Quellen II/4, 6345.

[54] Ankwicz, Cuspinian (Anm. 37).

[55] Ankwicz, Tagebuch (Anm. 34), 301.

[56] Ankwicz, Cuspinian (Anm. 37), 89—93 und Abb. bei 112. Die Tafel wird heute im Historischen Musuem der Stadt Wien verwahrt.

[57] Ankwicz, Cuspinian (Anm. 37), 204 f., Anm. 55. Gutrater und Cuspinian sowie der Verweser des Vizedomamtes, Peter Meindl, wurden von Ferdinand I. am 29. Mai 1523 beauftragt, den in der Wiener Burg vorhandenen Nachlaß Kaiser Maximilians I. zu inventarisieren und schätzen zu lassen (ebenda, 211).

[58] Vgl. Anm. 64.

[59] Wiener Stadt- und Landesarchiv, Grundbuch (im folgenden abgekürzt Gb.) 1/8, fol. 224. Das Haus trug seit 1822 die Conscriptionsnummer 1141 und entspricht dem heutigen Haus Wien 1, Habsburgergasse 8.

[60] Quellen II/4, 5601. Vgl. Quellen II/3, 5092, 5099. Das Haus in der Riemergasse trug seit 1822 die Conscriptionsnummer 815, heute ist die Parzelle Teil von Wien 1, Riemergasse 15/Singerstraße 27).

[61] Gb. 1/8, fol. 368. Das Haus trug seit 1822 die Conscriptionsnummer 901 (heute Wien 1, Kärntner Straße 1/3, Singerstraße 2).

[62] Gb. 1/8, fol. 368 (vgl. Anm. 59).

[63] Gb. 1/8, fol. 415 (vgl. Anm. 61).

[64] BGlb., fol. 80v („Gabriel Guetrater Licenciat beider Rechte, diezeit Statschreiber zu Wienn, Katherina uxor"). Der erste Mitgliedsbeitrag wurde für das vierte Quartal 1508 entrichtet.

[65] OKAR 1/61, fol. 30, 1/62, fol. 28.

[66] Ankwicz, Tagebuch (Anm. 34), 304.

[67] Vgl. Anm. 63 und 71. Noch sechs Jahre nach Gabriels Tod wurde das Haus Kärntner Straße 1 als „Gabriel Gutraters Haus" bezeichnet. OKAR 1533, fol. 85.

[68] Vgl. Anm. 70.

[69] Vgl. Anm. 72, 73, 75, 76.

[70] Gb. 1/9, fol. 252 (vgl. Anm. 60, zum Stadtbrand Anm. 49).

[71] Gb. 1/10, fol. 57, 57v (vgl. Anm. 61, 63). Dieser Beleg und die unter Anm. 59, 61, 62, 63 und 70 zitierten Grundbuchseintragungen finden sich in dem ungedruckten, maschinschriftlichen Werk von Paul Harrer-Lucienfeld, Wien — seine Häuser, Menschen und Kultur (Wiener Stadt- und Landesarchiv, Handschrift B 433), verfaßt 1954—1958 (8 Bände).

[72] Archiv der Universität Wien, Matrikel der rheinischen Nation, fol. 272v.

[73] RGlb. 3, fol. 108, 131v.

[74] Vgl. Anm. 64.

[75] Locher, 400; zitiert bei Aschbach (Anm. 20), 2, 311 (Anm. 1).

[76] Österreichische Naitonalbibliothek, Codex series nova 12781 (vgl. Anm. 13), 36 und 43. Das Grabmal des Ehepaars Gutrater wird hier also zweimal angeführt, was anscheinend auf ein Versehen des Kopisten zurückzuführen ist. Die Tafel befand sich „Innerhalb des eisernen Gütters vorn beim Hohen Altar". 29.

Vom gleichen Autor sind ferner erschienen:

1. *Die Familie der Gutrater.* Eine kritische Beurteilung der Chroniken.
2. *Die Gutrater Grabsteine.*
3. *Zwei Gutrater Klostervorsteherinnen in Salzburg und der „Abtring".*

Inhalt

Eigentümer und Verleger: Verein für Geschichte der Stadt Wien. Herausgeber und für den Inhalt verantwortlich: ao. Univ.-Prof. Archivdirektor Dr. Felix Czeike. Alle: Wiener Stadt- und Landesarchiv, Rathaus, 1082 Wien, Tel. 42 8 00 Durchwahl 27 05. Gedruckt mit Unterstützung der Stadt Wien. — Mitglieder des Vereins für Geschichte der Stadt Wien erhalten die Publikationen nach Entrichtung des Mitgliedsbeitrags kostenlos.

Druck: Buch- und Offsetdruckerei Karl Werner, 1070 Wien, Lerchenfelder Straße 37.